Alena Mornštajnová

Stille Jahre

Zu diesem Buch
Bohdana wohnt in dem Haus am Ende der Straße, wo der Lavendel vor den Fenstern blüht und sich bunte Zeitschriften auf dem Küchentisch türmen. Während Bohdana mit ihrer Stiefmutter Papiervögel bastelt, verschanzt sich ihr Vater hinter mürrischen Kommentaren. Erst als ihre Großmutter sie mit einem anderen Namen anspricht, beginnt Bohdana zu ahnen, dass der Vater ihr etwas verschweigt. Vierzig Jahre früher wuchs er unter den Versprechen des Kommunismus auf. Begeistert widmete er sein Leben der Partei. Warum fand sein Glück ein jähes Ende?
Alena Mornštajnová erzählt die Geschichte einer zerrissenen Familie, die entgegen aller Wahrscheinlichkeit versucht, wieder zusammenzufinden.

»Ohne große Worte schildert Mornštajnová, wie ein Panzer nach außen die Menschen nicht vor inneren Verwundungen schützt. Einfühlsam, ohne Anklage und Urteil, beweist Mornštajnová ihre Meisterschaft.« *Die Presse*

Die Autorin
Alena Mornštajnová (*1963) ist Schriftstellerin, Übersetzerin und Lehrerin. Sie studierte Anglistik und Tschechisch. 2018 erhielt sie für ihren Roman *Hana* den Tschechischen Buchpreis und zählt seither zu den beliebtesten zeitgenössischen Schriftstellerinnen ihres Landes. Sie lebt in Osttschechien.

Im Unionsverlag ist außerdem lieferbar: *Hana*

Die Übersetzerin
Raija Hauck (*1962) studierte Slawistik in St. Petersburg, Brno und Odessa. Sie promovierte an der Universität Greifswald, wo sie Tschechisch und Russisch lehrte. Heute ist sie freie Übersetzerin und Illustratorin und leitet und moderiert Übersetzungsworkshops, Lesungen und Kulturaustauschprojekte.

Mehr über die Autorin und ihr Werk auf *www.unionsverlag.com*

Alena Mornštajnová

Stille Jahre

Roman

Aus dem Tschechischen
von Raija Hauck

Unionsverlag

Die Originalausgabe erschien 2019 im Verlag Host, Tschechien.
Die deutsche Erstausgabe erschien 2021 im Wieser Verlag, Klagenfurt.

Im Internet
Aktuelle Informationen, Dokumente und Materialien
zu Alena Mornštajnová und diesem Buch
www.unionsverlag.com

Unionsverlag Taschenbuch 988
© der deutschen Ausgabe by Wieser Verlag, Klagenfurt 2022
Diese Ausgabe erscheint mit freundlicher Genehmigung des Wieser Verlags
Originaltitel: Tiché roky
© by Unionsverlag 2023
Neptunstrasse 20, CH-8032 Zürich
Telefon +41 44 283 20 00
mail@unionsverlag.ch
Alle Rechte vorbehalten
Reihengestaltung: Heinz Unternährer
Umschlagfoto: agefotostock (Alamy Stock Photo)
Umschlaggestaltung: Peter Löffelholz
Druck und Bindung: CPI – Clausen & Bosse, Leck
ISBN 978-3-293-20988-6

Der Unionsverlag wird vom Bundesamt für Kultur mit einem
Verlagsförderungs-Strukturbeitrag für die Jahre 2021–2024 unterstützt.

Auch als E-Book erhältlich

PROLOG

An Großmutter habe ich zwei Erinnerungen. Die erste ist verschwommen und unklar. Ich bin noch ganz klein. Ich stehe in unserem Haus an der Treppe, die Fliesen unter meinen nackten Füßen sind kalt und von oben flattern bunte Kleidungsstücke auf mich herab. Sie schweben durch die Luft, bleiben am Geländer hängen und fallen mir vor die Füße. Großmutter läuft herum, sammelt Pullover, Strumpfhosen, Röcke, Unterröcke und riesige Schlüpfer mit langem Bein auf und stopft sie wahllos in die Tasche. Ich laufe hin und fange auch an aufzusammeln. Als ich der Großmutter ein weißes Unterkleid reiche, sehe ich, dass ihr Tränen die Wange herunterlaufen.

Seit dieser Zeit weiß ich, dass auch Erwachsene weinen.

Die zweite Erinnerung ist ganz klar und spielte sich vor einer der wichtigsten Entscheidungen ab, die ich je im Leben getroffen habe.

Im Krankenhausbett liegt eine Frau. Dass es Großmutter ist, weiß ich nur, weil der Vater es mir gesagt hat. Ihre Augen sind fast geschlossen, aber sie schläft nicht. Ihr Brustkorb hebt sich in einem pfeifenden Atemgeräusch und die Papierhaut ihrer Hand ist mit rot-violetten Flecken übersät. Ich bemühe mich, nicht zu tief einzuatmen, weil die Luft in dem Zimmer schwer von Urin, Schweiß und Desinfektionsmitteln ist. Ich betrachte das blasse Gesicht, ob ich die Frau aus meinen Kindheitserinnerungen erkenne. Großmutter öffnet die Augen und schaut mich an.

„Blanka, Blanička." Sie lächelt.

Ich heiße Bohdana. Verwirrt drehe ich mich zum Vater um.

„Blanička", wiederholt Großmutter, aber als ich den Kopf schüttele, packt mich der Vater fest am Arm.

Ich schaue ihn an.

Er weicht mit den Augen aus.

„Blanka war ihre Schwester", sagt er ungeduldig. „Sie ist schon tot."

Ich weiß, dass er lügt. Das haben mir der ausweichende Blick und das Aufblitzen einer früheren Erinnerung verraten.

Als die Großmutter damals die letzten Wäschestücke aufgehoben hatte, richtete sie sich auf, wischte die Tränen ab und schrie nach oben die Treppe hinauf: „Du jagst mich fort. Alle jagst du von dir fort. Blanka ist auch deinetwegen nicht hier. Am Ende wirst du ganz allein sein."

Großmutter lebte danach noch zwei Monate, aber Vater nahm mich nicht mehr zu Besuch in die Klinik mit.

Ich war dreizehn, als ich in dem stinkenden Zimmer, in dem vier von Medikamenten betäubte Patienten lagen, auch mein Ende erblickte. Ich begriff, dass die Menschen um mich herum Tage verlebt hatten, die beeinflussten, wie sie heute leben und was für Menschen sie geworden sind. Dass auch meine Familie ihre Geschichte hat. Und dass ich nichts darüber weiß.

Und damals begann ich, in die Vergangenheit zurückzuschauen und mir die Gegenwart ins Gedächtnis zu graben.

Ich wurde eine Erinnerungssammlerin. In ein großes rotes Heft mit blauen Linien begann ich alle Gedanken und Ereignisse aufzuschreiben, die uns begegneten, auch wenn sie in dem Moment ganz unbedeutend erschienen. Erst in der Abfolge der vergehenden Jahre zeigte sich, dass alles, was passierte, wichtig war, weil genauso wie der Flügelschlag eines Schmetterlings einen Taifun am anderen Ende der Welt hervorrufen kann, auch ein einfaches Wort oftmals verletzen und die Beziehung zwischen zwei Menschen für immer zeichnen kann.

Manchmal beschrieb ich an einem Tag mehrere Seiten, ein anderes Mal schrieb ich nach langem Schweigen nur ein paar Zeilen, aber immer dachte ich daran, für wen meine Aufzeichnungen bestimmt waren. Für einen Menschen, der in jener mir unbekannten Vergangenheit verloren ging, aber den ich sehr, sehr brauchte.

1 / TOCHTER

Unser Haus steht am Stadtrand am Ende einer Sackgasse. Hinter dem Garten, der mit alten Bäumen, ungeschnittenen Sträuchern und äußerst selten gemähtem Gras zugewachsen ist, liegen nur noch ein staubiger Feldweg, eine Wiese und endloser Wald. Der Zaun und die Hauswände sind mit Efeu bewachsen, und wenn man es vom anderen Ende der Straße anschaut, verschwimmt das Haus mit seiner Umgebung und ist schwer auszumachen. Aber wenn man näherkommt, sieht man es.

Es ist groß und fest gebaut und die dunklen Fenster schauen Ankommende aus dem grünen Laub heraus an, als beobachteten und prüften sie, ob die es wert waren, durch das eiserne Tor zu schreiten. Dann in den Vorgarten einzutreten und über den gepflasterten Weg, in dessen Ritzen Moos und Gras wuchsen, bis zu den drei Steinstufen zu gehen, die zur Eingangstür führten.

Von außen ähnelt das Haus meinem Vater. Auch er verschwimmt scheinbar mit der Umgebung, aber kaum kommt man ihm näher, sieht man seine Größe, fühlt seine Kraft und den durchdringenden Blick.

In einer Sache unterscheidet sich der Vater allerdings von unserem Haus. Wenn das Haus die Tür öffnet, überrascht es uns mit seiner Helligkeit, seiner Behaglichkeit. Es ist einladend und vermittelt das beruhigende Gefühl von Heimat. Vater öffnet nie seine Türen. Ich habe überhaupt keine Ahnung, was sich dahinter verbirgt.

Unser Haus ist ein magisches Haus. Ich weiß das, weil am 14. September 1980, als ich geboren wurde, genau ein Jahr und ein Tag seit dem Einzug der Eltern dort vergangen waren. Vater war weit über 40 und Mama nur ein paar Jahre jünger. Ich wurde nach 25 Ehejahren geboren und wuchs als Einzelkind auf. Auf die Rückseite eines meiner ersten Fotos hatte Mama geschrieben, ich sei ein Wunder und ein Geschenk des Himmels.

Für den Vater war ich eine Last.

Als Běla mit uns lebte, roch das Haus nach Lavendel, Kleber und angebranntem Essen. Diese drei Düfte gehörten genauso zu Běla wie die Augen in der Farbe frischgemahlenen Kaffees und die Haare wie dunkle Schokolade, die zu einer Frisur geschnitten waren, die sie Bubikopf nannte, die aber in Wirklichkeit aussah, als hätte sie sich die Haare mit einem Topf selbst geschnitten. Běla hielt diese Frisur für sehr französisch. Obwohl sie kein Wort Französisch konnte, hatte sie eine Schwäche für alles, was mit Frankreich zusammenhing. Daher rührte offensichtlich auch ihre Vorliebe für Lavendel.

Violettblauer Lavendel blühte in Beeten, die den Weg zum Haus einfassten, in Töpfen neben der Treppe und in Kästen auf den Fensterbrettern. Bělas Glaube an die Kraft des Lavendels war unerschütterlich. Sie behauptete, Lavendel würde lästige Insekten fernhalten und die Kleidung vor Motten schützen. Die Kleiderschränke legte sie mit Säckchen voll getrockneter Blüten aus und tat so, als hörte sie nicht das Geschimpfe des Vaters, seine Hemden, Pullover und Hosen röchen wie ein leichtes Frauenzimmer. Mit Lavendelöl behandelte sie Vaters Trauer, ihre Schlaflosigkeit und meine aufgeschlagenen Knie. Sie behauptete, Lavendel verbessere die Verdauung und helfe gegen Blähungen. Sie mischte ihn in Marmeladen, legte ihn in Zuckerdosen, gab ihn zum Essen dazu und machte daraus Essig und Speiseeis.

Das Haus war zu groß für uns. Einige Zimmer benutzten wir überhaupt nicht, nur manchmal wischten Běla und ich Staub, schüttelten die Vorhänge aus und saugten die Teppiche ab, damit nicht Spinnen und andere ungebetene Gäste die Zimmer belegten. Trotzdem hatte Běla die Küche zu ihrem Reich erkoren. Nicht dass sie gern gekocht hätte – trotz aller Mühen und anspruchsvollen Zutaten im Stil der französischen Küche schmeckte jedes Essen von Běla gleich, nämlich angebrannt. Sie hatte die im Erdgeschoss gelegene Küche ausgesucht, weil es dort wegen der breiten Fenster das meiste Licht gab und auch der größte Tisch im ganzen Hause stand.

Běla brauchte den großen Tisch. Dort verbrachte sie viele Stunden mit Ausschneiden, Malen, Kleben, Zusammenlegen. Sie machte die unterschiedlichsten bunten und gemusterten Collagen mit Bildern von Traumlandschaften und Porträts, die aus der Nähe betrachtet in Hunderte bunter Bildchen zersplitterten. Überall lagen haufenweise bunte Papiere und Schnipsel herum, und so mussten wir im benachbarten Wohnzimmer essen.

Der Vater klagte, in der Küche sei es unordentlich, und weil die Teetassen und die Teller mit Suppe und Soßen hin- und hergetragen wurden, war alles im Hause bekleckert und der Teppich ein einziger Fleck.

Wenn Vaters Genörgel stärker wurde und hin und wieder ein schärferes Wort fiel, räumte Běla seufzend Papier, Schere und Kleber in Kartons und wir aßen in der Küche, bis uns die Papierschnipsel wieder ins Wohnzimmer jagten.

Bělas Vorliebe fürs Schöpferische, die den Vater so sehr störte und die ich vergötterte, hätte einem Uneingeweihten seltsam erscheinen können, aber sie hatte einen Grund. Běla schuf nicht nur Collagen, sie war auch Kindergärtnerin und das Schöpferische war deshalb Teil ihrer Arbeit. Wenn auch in ihrem Fall wirklich etwas außer Kontrolle geraten.

Wenn sie auch bei anderen Dingen unruhig und unkonzentriert war, immerzu etwas suchte und über eine Sache eine andere vergaß, so war sie in die Herstellung der Collagen oder in die Vorbereitungen für ihre Arbeit oft so vertieft, dass sie vergaß, dass sie gerade Kartoffeln oder Reis kochte, ein Huhn oder einen Hackbraten im Herd hatte, oder dass die Soße umgerührt werden musste. Aus der Vertiefung riss sie dann der Geruch nach Verbranntem. In diesem Moment legte sie ergeben die Schere beiseite, schob den Stuhl zurück, versuchte seufzend zu retten, was zu retten war, und bereitete sich im Geiste auf die bissigen Kommentare des Vaters vor.

An dem Nachmittag, als wir vom Besuch bei der kranken Oma zurückkehrten, rochen wir schon vor dem Haus die angebrannte Milch. Des Vaters gerunzelte Stirn bewölkte sich noch mehr und die Mundwinkel glitten nach unten. Er schlug die Tür lauter als nötig hinter sich zu und ich dachte, es könnte besser sein, Běla nur in der Tür zu begrüßen und mich in meinem Zimmer einzuschließen. Ich hatte den Kopf voller eigener Gedanken und Zweifel, die Großmutters Worte bei mir hervorgerufen hatten, und ich hatte keine Lust, Vaters böse Bemerkungen zu hören und zuzusehen, wie Běla demütig die Erniedrigung ertrug.

Běla saß am Küchentisch, die Hände vom Kleber verschmiert, und befestigte Flügel, Augen und Schnäbel an Papiervögeln. Ein paar fertige hingen schon an der Lampe über dem Wohnzimmertisch. Im Durchzug der leicht offenstehenden Türen schaukelten und drehten sie sich und es sah aus, als flögen sie über Bělas Kopf herum und suchten einen Platz, wo sie sich niederlassen konnten.

Ich vergaß meinen Vorsatz, mich heimlich, still und leise zu verziehen, setzte mich an den Tisch, nahm eine Schablone und machte mich an das Umranden und Ausschneiden der bunten Flügelchen.

„Was stinkt denn hier wieder so?" Der Vater bemühte sich nicht einmal zu grüßen.

Běla ließ sich nicht aus der Ruhe bringen.

„Ich wollte euch für den Nachmittag Pudding kochen und habe ihn wohl ein bisschen anbrennen lassen."

„Wohl. Ein bisschen." Der Vater schnaubte verächtlich und schlug mit der Hand nach einem Papiervögelchen, das durch die Luft segelte. Er zerriss den Faden, an dem es hing, und warf es zu Boden. „Wenn du doch lieber etwas Ordentliches machen würdest." Er drehte sich um und schlug die Tür hinter sich zu.

Ich sah, wie Běla schluckte und die Schere etwas fester packte.

„Der Papa ist traurig", sagte sie, ohne mich anzuschauen. Nur sie sprach von meinem Vater als Papa. Traurig, unglücklich, müde, überarbeitet – das waren die Worte, mit denen Běla ihren Ehemann entschuldigte, und ich glaubte ihr gern.

Aber zu dieser Zeit hörte ich auf, ein Kind zu sein, und öffnete ein wenig die Tür zur Welt der Erwachsenen. Ich sah sie aufmerksamer an und bemerkte zum ersten Mal, dass ihr Körper etwas anderes sagte als ihre Worte. Ihre Schultern hingen herab, sie lächelte starr und in ihren Augen standen Tränen. Ich bekam Angst.

Obwohl ich Běla mit dem Vornamen ansprach und nie Mama zu ihr sagte, war sie die beste Mutter, die ich haben konnte. Sie gab mir Liebe und ein Gefühl von Sicherheit, war mein Schutzschild gegen Vaters schlechte Launen und gegen die Umwelt. Jetzt begann sich mein Sicherheitsgefühl zu verlieren. Was, wenn der Vater Běla mit seiner Kälte verjagt? Was, wenn Běla genug bekäme von den unbarmherzigen Bemerkungen und dem Leben neben einem Mann, der seine Mutter rausgeworfen hatte und nicht in der Lage war, seine eigene Tochter zu lieben?

Aus Vaters Zimmer drang Musik. Dvořák, den machte er immer an, wenn er übel gelaunt war. Er schloss sich in seinem Zimmer ein, legte die Platte auf und setzte sich in den Sessel mit der hohen Lehne.

Einmal, ich war wohl acht Jahre alt, schlüpfte ich hinter Vater ins Zimmer und setzte mich neben seinem Sessel auf den Teppich. Die Musik erfüllte den Raum und die Töne flogen durch die Luft wie Bělas Papiervögel. Ich schloss die Augen und schwebte ihnen hinterher. Auf einmal verstummte die Musik. Der Vater hatte mich bemerkt und ohne ein Wort den Plattenspieler ausgeschaltet, nahm mich bei der Hand und brachte mich in die Küche.

„Kann ich nicht einen Moment meine Ruhe haben?", schnauzte er Běla an und schubste mich zu ihr. Überrascht schaute sie erst mich an und dann den Vater, der schon wieder ging.

„Aber sie wollte doch nur zuhören", sagte sie dem sich entfernenden Rücken.

Ja, ich wollte zuhören und ich hatte auch das Gefühl, dass die Musik etwas war, das ich mit dem Vater gemein-

sam hatte, und ich wollte doch zu seiner Welt gehören ...
Aber ich konnte diesen Gedanken nicht ausdrücken, und
so stand ich nur da, kam mir schuldig vor, und wusste
nicht, warum. Běla riss den Blick von der verschlossenen
Tür los, streichelte mir übers Haar und schaltete das Radio an.

Als ich jetzt am Tisch saß und die bunten Vögelchen
beobachtete, begannen vor meinen Augen Dutzende
ähnlicher Erinnerungen aufzutauchen, und auf einmal
sah ich, dass mein Vater nie ein guter Ehemann gewesen und Běla bei uns unglücklich war. Ich streckte mich
nach der Puddingschüssel und bohrte den Löffel in die
wackelnde gelbe Masse. Ich lächelte Běla an und aß
diszipliniert eine ganze Portion vom angebrannten Pudding auf.

In dem Moment hätte ich alles getan, um Běla eine
Freude zu machen.

Ich schnitt die letzte Sonnenblume aus und dachte nach,
wie ich von Běla mehr darüber herausbekommen konnte, wie unsere Familie gelebt hatte, bevor wir in das grüne Haus am Ende der Straße zogen und ich geboren wurde. Das ging mir den ganzen Weg vom Krankenhaus im
Kopf herum. Obwohl Běla gern erzählte und mir häufig
von ihrem Zuhause, der Mutter und der Schwester berichtete, sprach sie nie über Vaters Familie.

Großmutters Versprecher, Vaters kaltes Benehmen
und Bělas Unlust, über manche Dinge aus der Vergangenheit zu reden, fügten sich auf einmal zusammen und
ich hatte schreckliche Ideen. Was, wenn mich Mama adoptiert hatte, und als sie dann nicht mehr lebte, ich dem
Vater als ungewolltes Anhängsel zurückblieb ...?

Aber Leuten im Alter meiner Eltern würde man wohl eher kein Baby zur Adoption geben. Oder hatten sie mich entführt? War es möglich, dass irgendwo meine echten Eltern lebten und mich suchten?

Vor Angst zog sich mir der Magen zusammen, aber dann wurde mir bewusst, dass ich dem Vater ähnlich sehe. Und mit den Jahren immer ähnlicher. Oder redete ich mir das nur ein?

Von der oberen Etage drangen Klavier- und Geigentöne zu uns herunter und mir fielen weitere Fragen ein. Warum waren die Eltern nach mehr als zwanzigjähriger Ehe hunderte Kilometer von Prag fortgezogen? Wie war es möglich, dass bald darauf ich geboren wurde?

Ich half Běla, die letzten Papierschnipsel fortzuräumen und verzog mich ins Wohnzimmer. Ich setzte mich auf den Teppich vor die niedrigen hölzernen Schreibschränke und zog die obere Schublade heraus. Ich wusste, dass irgendwo da drin die Geburtsurkunden versteckt waren, die Heiratsurkunde meiner Eltern und die neueste Bescheinigung über die Eheschließung des Vaters mit Běla. Sie lagen in einer Pralinenschachtel. Mir schien, dass sie noch nach den Kirschen in Schokolade rochen, die auf dem Deckel abgebildet waren. Vorsichtig legte ich die Schachtel auf den Boden, aber bevor ich sie öffnen konnte, kam Běla ins Zimmer. Sie streichelte mir über die Haare und setzte sich zu mir.

„Suchst du etwas?"

Ich schüttelte den Kopf. Ich wollte nicht, dass Běla oder irgendjemand anderes auf die Idee käme, ich hätte Zweifel hinsichtlich meiner Herkunft. Běla fragte nicht weiter, und so fischte ich aus der Schachtel mit den Geburtsurkunden die meine. Sie schien absolut in Ordnung zu sein. Ich legte das amtliche Papier zurück in den Umschlag und nahm von unten aus der Schublade einen Stoß Fotografien. Das Hochzeitsfoto meiner Eltern, ein paar schwarz-weiße Momentaufnahmen aus einer Zeit, in der ich noch klein war. Ich betrachtete eine nach der anderen und es kam mir immer seltsamer vor, dass ich außer den Eltern niemanden erkannte. Warum sind nie irgendwelche Onkelchen und Tantchen gekommen, warum kannte ich keine Cousins und Cousinen? Ich verteilte die Fotos auf dem Fußboden und versuchte in den Gesichtern dieser unbekannten Menschen irgendeinen meiner Züge zu finden, eine Andeutung von Ähnlichkeit.

Die Musik in der ersten Etage verstummte.

Schien es mir nur so, oder wurde Běla tatsächlich unsicher? Sie begann, die Fotografien aufzusammeln und sie zurück in die Schublade zu stopfen. Ich rückte ein Stück zur Seite und schob mir unauffällig ein Gruppenfoto von der Hochzeit unters Shirt.

„Komm", sagte Běla, erhob sich und schob die Schublade zu. „Papa hat heute keine so gute Laune. Wir räumen lieber den Küchentisch auf, damit er sich nicht unnötig ärgert."

Gemeinsam legten wir festes Papier, Schablonen, Stofffetzen, Buntstifte und Kleber in Schachteln und Běla trug sie in das Zimmerchen hinter der Küche. Beide wussten wir, dass innerhalb von drei Tagen die Unordnung zurück sein würde, aber wir wollten dem Vater keinen Anlass zu giftigen Bemerkungen geben.

Der Vater kam in die Küche hinunter, schaute sich um und setzte sich an den Tisch.

„Belegte Brote", sagte er. „Daran kann man nun wirklich nichts verderben."

Běla lachte, als hätte er einen gelungenen Witz gemacht.

„Die Tomaten für den Salat habe ich von den Béms bekommen. In diesem Jahr soll die Ernte gut sein."

„Hm", brummte der Vater und während der gesamten Abendessenszeit sagte keiner mehr ein Wort. Ich war vollgestopft mit Pudding, und so knabberte ich ein bisschen am Brot und dachte über die Fotografie nach, die unter meinem Shirt am Körper klebte. Bei der ersten Gelegenheit verschwand ich in mein Zimmer.

Ich setzte mich an den Schreibtisch und betrachtete aufmerksam die Gesichter der Hochzeitsgäste. Aus der Küche drang leises Gespräch zu mir. Dann erhob Vater die Stimme, das Tempo von Bělas gedämpfter Stimme wurde schneller und nahm einen besänftigenden Ton an. Der Vater schrie wütend etwas und dann war es still.

Nach einer Weile hörte ich, wie der Vater die Treppe zu seinem Arbeitszimmer hochstieg. Zur Sicherheit stopfte ich das Foto unter ein Buch, aber ich ahnte, dass das unnötig war. Der Vater kam fast nie in mein Zimmer. Erst gegen neun kam Běla. Als ich klein war, las sie mir Märchen vor. Jetzt las ich schon selbst und ich las viel, aber trotzdem kam sie jeden Abend vor dem Schlafen zu mir herein und las ein Stückchen aus einem Buch vor, das wir zusammen aussuchten. Das war unser gemeinsamer Moment am Ende des Tages, unser Ritual, auf das wir uns beide freuten.

Die Tür zu Vaters Zimmer klappte zu. Ich zog die Fotografie heraus und schaute auf die Rückseite. In sauberer Handschrift waren da in zwei Spalten die Namen aufgeschrieben. Jetzt wusste ich, wo ich mit der Suche beginnen konnte. Ich würde zur Post gehen, im

Prager Telefonbuch die Adressen der Leute vom Foto heraussuchen und ihnen einen Brief schreiben. Sie nach fast vierzig Jahren zu finden, würde schwer sein, aber vielleicht meldet sich jemand von den Hochzeitsgästen bei mir.

Am nächsten Morgen führte mich mein erster Weg ins Wohnzimmer. Leise schloss ich die Tür hinter mir und ging zur Schublade mit den Fotografien. Sie war abgeschlossen und der Schlüssel war weg.

In der ersten Woche war die Schule früh aus. Die Post war gleich gegenüber, und so hatte ich genug Zeit, die Treppe hochzusteigen und in die große Halle mit den zehn Schaltern zu gehen. Drinnen war es angenehm kühl, aber ich fühlte mich unwohl und bekam nur schwer Luft, weil ich unbekannte Orte – und erst recht unbekannte Orte voller fremder Menschen – nicht mag. Sie machen mir Angst. Vom Regal am Eingang nahm ich mir das Telefonbuch mit den Prager Nummern, setzte mich auf die Kante der kunstlederbezogenen Bank an den laminierten Tisch zu den Kunden, die Postanweisungen und Paketscheine ausfüllten, und machte mich – nach der Liste der 27 Namen auf der Rückseite des Hochzeitsfotos – ans Heraussuchen der Adressen.

Das war nicht so einfach, wie ich es mir vorgestellt hatte. Einige Namen gab es überhaupt nicht im Telefonbuch und andere gab es mehrfach. Es unterschieden sich nur die Adressen. Weil ich überhaupt nicht erkennen konnte, wer von den Leuten mit den Namen Jiří Hedra, Mirek Zevada, Jan Řehák oder Pavel Suchý der Richtige war, schrieb ich alle Adressen von den Namen heraus, die sich wiederholten. Schließlich hatte ich 14 Namen und 23 Adressen. Das wäre ja noch was, wenn nicht wenigstens einer antwortet!

Ich kaufte Schreibpapier, Umschläge und Briefmarken, und schrieb zu Hause 23 identische Briefe.

Ich heiße Bohdana Žáková und schreibe Ihnen, weil wir in der Schule die Aufgabe bekamen, einen Stammbaum auszuarbeiten und so viel wie möglich über die Familiengeschichte herauszufinden. Ich wende mich auf diesem Wege an alle Verwandten und Bekannten und bitte sie, mir alles über die Familie meines Vaters und über die Familie meiner Mutter zu schreiben, was sie wissen. Ich freue mich über jede Information. Falls Sie die Adresse von jemandem kennen, der mir helfen könnte, bitte ich Sie, sie mir zuzuschicken.

Ich unterschrieb, fügte das Datum 2. September 1993 hinzu und schrieb den Absender auf.

Das Schreiben der 23 Briefe beschäftigte mich den ganzen Nachmittag. Am nächsten Tag warf ich sie sorgfältig in den Postkasten und bereitete mich innerlich auf eine Flut von Nachrichten vor. Damit die Menge an Post für mich keinen Verdacht weckte, musste ich von der Schule gleich nach Hause laufen und den Briefkasten leeren, bevor Běla oder der Vater von der Arbeit heimkamen.

Ganze zwei Wochen beeilte ich mich auf dem Heimweg und schloss ungeduldig den Briefkasten auf, aber es kam kein Brief. Erst am Ende der zweiten Woche kam ein Brief als unzustellbar zurück und nach ein paar Tagen zwei weitere.

Einige Tage darauf kam der Vater zu mir ins Zimmer.

„Hör mal", sagte er, „ihr sollt in der Schule einen Familienstammbaum erstellen?"

Ich schob ihm das Heft in Familienerziehung zu und schlug es auf der ersten Seite auf. Er schaute auf den mit Buntstiften gezeichneten verzweigten Baum. Am Ende jedes Astes stand ein Feld mit einem Namen. Der Geburtsort und das Datum standen nur bei meinem Namen und dem meiner Eltern.

„Ach deshalb hast du in der Schublade gewühlt", sagte er, und das klang so, als sei er erleichtert. Dann beugte er sich vor, nahm den Stift und schrieb Namen in die leeren Felder. „Du solltest gleich zu mir kommen und nicht fremde Leute belästigen. Oder wollten sie das in der Schule von euch?"

Ich nahm den Radiergummi und wischte sorgfältig ein Feld aus, dass gar nicht ausgefüllt war. Schweigen hat den Vorteil, dass einen niemand beim Lügen erwischen kann und jeder sich das Schweigen auf seine Weise auslegt. Vater hielt meine Suche für eine Schulaufgabe und so konnte ich mir absolut sicher sein, dass er die Wahrheit nicht entdeckt. Es interessierte ihn nicht einmal, in welcher Klasse ich war, und zu den Elternversammlungen ging Běla.

Als sich die Tür hinter meinem Rücken schloss, gratulierte ich mir im Stillen, dass ich mich auf so eine Situation eingestellt und ein falsches Schulheft vorbereitet hatte. Jemand von den Adressaten meiner Briefe musste ans Telefon gegangen sein und den Vater darauf aufmerksam gemacht haben, dass ich nach der Vergangenheit unserer Familie fragte.

Meine Neugier wuchs noch mehr. Warum sollte der Betreffende das tun, wenn es nichts zu verbergen gab?

Ich schaute den Stammbaum an und versuchte mir zu überlegen, an welchen meiner Verwandten ich mich zuerst wenden sollte. Vaters Geschwister Doubravka, Rostislav, Hedvika, Mamas Verwandte … Aber ich sah nur Namen und konnte ihnen kein Gesicht zuordnen, keine Geschichte.

Erst in der Mitte der nächsten Woche fand ich im Briefkasten einen Umschlag mit meinem Namen. Ich lief nach oben und riss ihn ungeduldig auf. Ich zog ein zusammengefaltetes weißes Blatt heraus. Darauf standen nur zwei kurze Sätze.

Von deinem Vater weiß ich nur eins. Er ist ein Schwein.

Ich starrte auf die Worte, die mit schwungvoller Schrift mit verschnörkeltem „S" hingeworfen waren, und wollte einfach losheulen. Also das dachte jemand vom Vater? Auf einmal schämte ich mich, dass ich auf dieses Papier schaute und las, was da geschrieben stand. Ich knüllte den Brief in eine kleine Kugel zusammen und warf ihn in den Korb, aber dann bekam ich Angst, dass ihn jemand findet, ihn auseinanderfaltet und liest. Ich nahm das Blatt schnell wieder heraus, zerriss es in kleine Stückchen und spülte alles im Klo herunter.

In diesem Moment bedauerte ich, dass ich neugierig war. Ich hätte die Briefe nicht schreiben sollen. Die Eltern hatten vielleicht einen guten Grund, fortzugehen und die Tür hinter der Vergangenheit zu schließen. Vielleicht hatte ich sie jetzt ein bisschen aufgestoßen und das Schlechte, das sie hinter sich lassen wollten, würde uns jetzt finden. **Das war ein Fehler.**

2 / VATER

Das war ein Fehler, aber er ließ sich in keiner Weise wiedergutmachen. Sie würden noch ein Kind bekommen. Die Gebärende schloss die Augen, stützte das Kinn auf den Brustkorb und presste wieder heftig.

Svatopluk kam mitten am Nachmittag im Frühjahr 1935 auf die Welt, nach zehn Stunden hartnäckiger Mühen.

„Die haben nichts zu fressen, aber vermehren sich wie die Karnickel." So lauteten die Worte, die ihn auf der Welt begrüßten. Jede menschliche Seele würde so eine säuerliche Begrüßung anekeln, aber dem Neugeborenen war das offensichtlich egal.

Dafür bemerkte sein Papa beleidigt: „Wieso Karnickel, das ist doch erst der zweite Junge. Die beiden Mädchen davor kann man doch gar nicht mitzählen."

Die frischgebackene Mutter lag in dem einzigen Raum, den die Familie in dem Mietshaus in Žižkov bewohnte, in einem Bett, das vom Rest des Zimmers durch einen Wandschirm abgeteilt war, und wartete auf den Abgang der Plazenta. Ihr Körper schmerzte und die bitteren Worte der Hebamme sowie die platten Antworten des Ehemannes regten sie auf. Schon das vierte Mal innerhalb von zehn Jahren zerriss der Geburtsschmerz ihren Körper, zum vierten Mal quälte sie der Gedanke, wie sie die arme Familie, die dazu noch durch die Krise verelendet war, sattbekommen sollte. Und dazu muss sie sich noch das Geunke der Hebamme anhören. Was hat die nur immer? Wovon würde sie leben, wenn die armen Frauen aufhören würden zu gebären?

„Der ist lang und dünn wie eine Schlange. Wie soll er heißen?", fragte die Hebamme.

„Svatopluk."

Die Hebamme prustete los.

„Noch ein erhabener Name. Na ja, was anderes als einen Namen könnt ihr ihm ja auch nicht mitgeben."

Warum dachte dieses Weib, die Hilfe für die Gebärenden in ihrer schweren Stunde gäbe ihr das Recht, grob zu sein? Svatopluks Mutter wollte nichts mehr hören, und so presste sie noch ein letztes Mal, damit sie es hinter sich hatte und die eklige Hebamme endlich verschwände. Zwischen den Beinen rutschte ein weicher Klumpen heraus.

„Der Mutterkuchen", atmete sie auf.

Die Hebamme kam um den Wandschirm herum, um zu kontrollieren, ob die Plazenta komplett war, und die Gebärende schwor sich im Stillen, dass dieses Kind das letzte sein würde. Soll doch der Herr Pfarrer sagen, was er will, sie war entschlossen, auf alle Ratschläge der erfahrenen Nachbarinnen zu hören. Vom Rosmarintee bis zum Ausspülen mit Essigwasser. Die Geburtsschmerzen könnte sie noch aushalten, aber die Anwesenheit der nörgeligen Hebamme wollte sie keine Minute mehr ertragen.

„Der Mutterkuchen ist ganz und ich sehe auch keine großen Blutungen. Es wäre überflüssig hierzubleiben. Es reicht, wenn manchmal die Nachbarin vorbeikommt. Sie können beruhigt ins Wirtshaus gehen, also wenn Sie dafür Geld haben", stieß sie noch einmal nach und dann hörte die neugebackene Mutter nur noch, wie ihr Mann der Hebamme Schnaps eingoss ... und auf einem Bein kann man nicht stehen – als ob diese Hexe das verdient hätte – und sie mit dem Geld bezahlte, das sie sich abgeknausert hatten, und mit ihr fortging, um die Kinder von den Nachbarn zu holen. Wenn er doch lieber wie alle Kerle aus der Straße in die Kneipe gehen und ihr eine Weile Ruhe gönnen würde. Aber ihr Mann ging nicht ins Wirtshaus. Höchstens zu einer verfluchten Versammlung, von der er nüchtern zurückkam, aber mit einem Maul voller Gerede über Gleichheit und Gerechtigkeit. Der wird noch ins Unglück rennen.

Die Hebamme hatte doch recht. Doubravka, Hedvika, Rostislav und jetzt Svatopluk. Sie beugte sich über das Neugeborene, das neben ihr schlief, und verspürte den Drang, das Kissen zu nehmen und es dem Kleinen aufs Gesicht zu drücken. Warum sollte sie weitere Kinder haben, wenn sie ihnen nicht mehr als einen hochtrabenden Namen geben konnte?

Wenn der kleine Svatopluk einen einzigen Wunsch haben könnte, würde er sagen, dass er wie der Papa sein wollte. Sprechen wie der Papa – laut, begeistert und überzeugend, gehen wie er – also aufrecht und entschlossen, sitzen, essen, trinken und vor allem sich rasieren wie der Papa.

Wenn der Papa Wasser in das kleine Blechwaschbecken goss, in einem Schüsselchen mit dem Pinsel die Seife aufschäumte und aus dem Lederetui eine so scharfe Klinge zog, dass man sich daran schneiden konnte, selbst wenn man die Schneide nur ansah, setzte sich der kleine Svatopluk auf seinen Holzhocker in der Ecke und beobachtete andächtig die langen Striche, mit denen der Vater das rostrote Stoppelfeld beschnitt.

Während er diese Prozedur liebte, hasste die Mutter sie. Die Rasur war der Vorbote dafür, dass ihr Mann zu einer Versammlung ging, von der er mit einem Kopf voller seltsamer Ideen zurückkam. Nicht nur, dass die gefährlich waren, sie waren auch gegen Gott. Als reichte es nicht, dass sie selbst den Herrn betrog, indem sie sich gegen eine Empfängnis wehrte, und dass sie Svatopluk anschauen musste, der eine tägliche Erinnerung daran war, wie oft sie ihn während der Schwangerschaft erfolglos versuchte loszuwerden, und wie nah sie dieser Todsünde an dem Tag war, als er geboren wurde.

„Für die Genossen rasierst du dich", beschwerte sie sich mit anklagender Stimme. Und dann fügte sie mit einem Unterton, den der kleine Svatopluk nicht verstand, aber der bewirkte, dass die ältere Doubravka hinter Mutters Rücken bedeutungsvoll lächelte, hinzu: „Du solltest dich für deine Frau rasieren."

Papa antwortete gewöhnlich, dass er sich ja für sie rasieren würde, wenn ihr daran gelegen wäre. Worauf sich ein Gespräch entwickelte, dessen Sinn Svatopluk entging, aber jedes Mal damit endete, dass Papa die Tür zuschlug und die Mutter Svatopluk in den Rücken knuffte und sagte: „Warum schaust du ihn denn wie ein Heiligenbild an? Geh lieber woanders im Weg rumstehen."

Auch daran war der kleine Svatopluk gewöhnt. Ihr Zimmer in dem Mietshaus in Žižkov war für sechs Leute zu klein und die älteren Geschwister waren im Gegensatz zu ihm schon wenigstens ein bisschen zu etwas nütze – selbst die langsame Hedvika half Kartoffeln schälen und fegte den Boden. Und so kam es ihm gar nicht seltsam vor, dass die Mutter immer nur ihn vor die Tür schickte.

Er lief auf die Straße hinaus und begleitete Papa in sicherer Entfernung bis zum Wirtshaus, wo die Versammlung stattfand. Wenn der Papa in der Tür verschwunden war, drehte Svatopluk um und ging zurück. Im Winter schnell, um sich aufzuwärmen, und im Sommer bummelte er mit einem Abstecher durch das Gartenviertel in Vinohrady. Er ging dort entlang, weil an warmen Tagen das Fenster im Erdgeschoss der zweigeschossigen Villa leicht geöffnet war, und an heißen Tagen sogar weit offenstand und Musik auf die Straße herausdrang. Manchmal hauten ungeübte Finger nur langweilige Übungen ins Klavier, aber wenn Svatopluk Glück hatte, flossen Melodien aus dem Fenster, die ihm die Brust eng werden ließen, sodass er kaum Luft bekam, und dann erhoben sie sich federleicht in die Baumkronen und weiter in die Wolken. Er setzte sich auf den Zaun, schloss die Augen und schwang sich mit ihnen in den Himmel.

Während Svatopluk den Vater bewunderte und in ihm einen Helden sah, der für eine gerechte Welt kämpfte – etwa wie ein Musketier oder ein Räuber, der den Reichen nimmt und den Armen gibt –, spürte er einen seltsamen Abstand zur Mutter. Als würde sie eine Abstoßungskraft ausstrahlen, die ihm nicht einmal in Momenten, in denen er eine Umarmung brauchte, gestattete, sich an sie zu drücken. Die Mutter hatte eine Kälte und sachliche Härte in sich, die Svatopluk ihr nicht übelnehmen konnte, weil er richtigerweise erahnte, dass man ohne eine gewisse Hartherzigkeit in der Welt der Armen nicht überleben konnte.

Aber von dem Tag an, als er sah, wie die Mutter im Eimer hinterm Haus ein kleines Kätzchen ersäufte, konnte er sich nicht des Eindrucks erwehren, dass, wenn es nötig wäre, sie auch ihn ertränken würde. Er sagte zu niemandem etwas darüber, was sie getan hatte, nicht einmal zu Hedvika, die das Kätzchen am Tag vorher auf der Straße gefunden und ihm ein Nest aus alten Lappen gebaut hatte. Als das Kätzchen verschwunden war, suchte sie es ein paar Tage lang verzweifelt. Sie suchte alle umliegenden Höfe ab, kroch durch Keller, belästigte Nachbarn und Vorübergehende mit Fragen und unterhöhlte den Vater mit ihrem endlosen Jammern und Flennen so sehr, dass er versprach, ein anderes mitzubringen.

Svatopluk fröstelte bei dem Gedanken an ein weiteres totes Junges. Aber die Mutter schrie energisch: „Komm ja nicht auf die Idee. Ich werde keine Milch für eine Katze verschwenden, wenn ich nicht einmal für die Kinder genug habe." Dann wandte sie sich an Hedvika: „Und du lass das endlich, oder ich hau dir eine rein, dann hast du einen Grund zu heulen."

Hedvika war von schwachem Verstand, nicht einmal in die Schule hatten sie sie deswegen aufgenommen, sie sagten, dass das sinnlos sei, dass sie die anderen Kinder nur aufhalten würde und dass man sie in die Hilfsschule geben sollte, dort wüssten sie sich dann Rat mit ihr. Mutter war damals beleidigt, sie erklärte, Hedvika sei zwar etwas langsamer, aber bevor sie sie in eine Dummenschule gibt, wo sie sowieso nichts lernen würde und die anderen Kinder ihr nur weh tun würden, kann sie lieber zu Hause bleiben und im Haushalt helfen. Was muss eine Frau schon können? Ein bisschen rechnen, damit sie im Laden nicht betrogen wird, und vielleicht ein bisschen lesen, aber wirklich nur ein bisschen, denn die Zeitungen sind fürs Mannsvolk und Bücher und Zeitschriften nur für Fräuleins.

So dumm Hedvika war, so nett und vertrauensvoll war sie. Vielleicht hatte Mutter sie deswegen von allen Kindern am liebsten. Sie wusste, dass Hedvika in ihr nur das Gute sah und sie so liebte, wie sie war. Sie nahm Hedvika als ihr Kreuz, sie wusste, dass sie sich bis zum Ende ihrer Tage – oder Hedvikas – um sie kümmern musste. Und so würde die Sorge um sie vielleicht alle ihre Sünden abbüßen, und wenn sie vor Gott tritt, wird der Herr sie nicht so streng anschauen.

Aber auch ihre Liebe zu Hedvika hatte ihre Grenzen und Hedvika wusste das, weil der Mutter die Hand immer locker saß.

Hedvika seufzte ein letztes Mal, sah den Papa vorwurfsvoll an, weil er sich nicht für sie eingesetzt hatte, und ging ergeben, um bei Doubravka unterzukriechen.

Auch Svatopluk flüchtete sich häufig zur ältesten Schwester. Es war Doubravka, die ihm auf die aufgeschlagenen Knie pustete und sie mit sauberem Wasser abspülte. Sie war es, die ihm vor dem Schlafen Märchen erzählte, auch wenn manche so gruselig waren, dass sie ihn nachts aus den Träumen weckten.

Die Mutter hatte für solche überflüssigen Dinge keine Zeit. Sie putzte in drei Mietshäusern in der Straße, um der Familie wenigstens eine Einnahme zu sichern, wenn der Mann arbeitslos war, was ziemlich häufig passierte. Der Papa war zwar arbeitsam, aber er wusste auch, dass der Mensch für seine Arbeit gerecht bezahlt werden sollte. Von Gerechtigkeit, gutem Lohn, Krankenversicherung und bezahltem Urlaub erzählte er auch seinen Arbeitskollegen, wodurch er die Vorgesetzten gegen sich aufbrachte, und sich folglich in keiner neuen Anstellung lange hielt.

„Musst du denn immer deine Weisheiten herumerzählen? Posaun sie wenigstens nicht auf der Arbeit heraus, wenn du schon eine hast", riet ihm seine Frau, aber es war umsonst.

„Ich sage nichts als die Wahrheit", antwortete er. „Jemand muss sich gegen die stellen. Wenn wir gehorchen wie eine Herde, wird es nie besser werden." Mit jedem weiteren Wort ereiferte er sich mehr und sprach immer lauter. „Warum fährt jemand im Auto herum, und andere haben nicht einmal Geld für Brot?"

Svatopluk schaute bewundernd zu, wie der Vater sich vom Stuhl erhob. Auf einmal erschien er ihm groß und unbesiegbar.

„Vielleicht, weil sie das Maul halten und sich nicht nach zwei Wochen aus der Arbeit schmeißen lassen", entgegnete die Mutter scharf, schnappte sich Eimer und den groben Besen und ging ins Nachbarhaus, um die Treppe zu wischen. „Und am liebsten hätte er mir noch eine Katze angeschleppt", zischte sie und knallte wütend die Tür hinter sich zu. Ihr war zum Heulen, aber Tränen sind keine Lösung, und so zog sie wenigstens Rostislav eins mit dem Lappen über. Er hatte das Pech, dass er gerade aus der Schule heimkam. „Guck doch den Dreck an, den du machst! Wer soll dir denn immerzu hinterherwischen?"

Als die Mutter gegangen war, nahm der Vater das Sakko von der Garderobe, setzte sich den Hut auf und schloss die Tür hinter sich. Svatopluk wartete eine Weile und lief dann auf die Straße hinaus. Der Vater war nirgendwo mehr zu sehen und in die Wohnung, die nach den Küchenausdünstungen roch, hatte er keine Lust zurückzugehen. Er schaute sich um, aber keiner seiner

Freunde war auf der Straße und Franta aus dem ersten Stock wollte er nicht pfeifen, weil er fürchtete, Mutters Aufmerksamkeit zu wecken. Ganz sicher würde sie sich eine viel nützlichere Tätigkeit für ihn ausdenken, als es das Herumstromern durch die Straßen war. Er zog sich die Mütze in die Stirn, steckte die Hände so in die Taschen, wie er es bei den älteren Jungs gesehen hatte, und machte sich in Richtung Gartenviertel auf, um seinen Lieblingsplatz auf dem Zaun einzunehmen. Vielleicht würde er Glück haben und das Fenster des Musikzimmers war offen.

Der Krieg veränderte alles. Er brachte Unsicherheit und Angst mit sich, die sich im Benehmen, den Gesten, Worten und der Stimmlage der Erwachsenen spiegelte. Unwillkürlich sprachen die Menschen leiser und sahen sich selbst bei den unschuldigsten Gesprächen über die Schulter, ob sie nicht jemand hörte. Niemand konnte sich sicher sein, ob der Nachbar oder der Bekannte, mit dem man früher einmal einen Streit gehabt hatte, nicht versucht wäre, noch im Nachhinein die Rechnung zu begleichen und einen mit ausgedachten Gründen bei der Gestapo anzuzeigen.

Papa trat eine Arbeit in der Fabrik an, und obwohl er sich zu Hause über alles Mögliche beschwerte, – von der langen Arbeitszeit, über den geringen Lohn bis zum Meister – besaß er diesmal so viel Verstand, auf der Arbeit zu schweigen. Und zu Versammlungen ging er auch nicht mehr, weil sich zu versammeln komplett verboten war.

Die Mutter war erleichtert, aber nur bis zu dem Moment, als ihr klar wurde, dass ihr Ehemann weiterhin mit seinen Kumpels *zusammenkroch*, wie sie ihm vorwarf, als er am Abend heimkehrte und behauptete, er sei in der Kneipe gewesen, obwohl er überhaupt nicht nach Rauch oder Bier roch. Im lauten Flüsterton, um die Kinder nicht zu wecken, die sowieso nur so taten, als schliefen sie, schimpfte sie ihn einen verantwortungslosen Dummkopf. Und dann wieder bat sie ihn, vorsichtig zu sein und nicht Unglück über die Familie zu bringen.

Papa wandte nur halblaut ein, sie würde sich Unsinn ausdenken, legte sich hin und schlief sofort ein, was Svatopluk am regelmäßigen Schnarchen erkannte. Das Schnarchen war das Einzige, worum er ihn nicht beneidete. Aber er ahnte, dass er das wohl ziemlich wahrscheinlich einmal erben würde. Die Mutter lamentierte noch eine gute Viertelstunde, und als der Ehemann besonders laut schnarchte, stieß sie ihn ärgerlich an.

Svatopluk ging zu dieser Zeit schon zur Schule. Am Anfang war er stolz, dass auch er jetzt zu den großen Kindern gehörte und mit ihnen über die breite Treppe durch die mächtige, verzierte Tür treten, über gefliese Flure mit hohen Decken gehen und sich in die Holzbank setzen durfte. Er war begeistert von dem Klappsitz, auf dem man rittlings sitzen musste, weil er mit einer Stange an der massiven Bank angebracht war. Aber schon am ersten Tag stellte er fest, dass es überaus unbequem war, darauf zu sitzen. Er hatte von seinem Vater die Größe geerbt, sodass er für sein Alter hochaufgeschossen war, die Knie passten nicht unter den Tisch und die Holzlehne drückte.

Das Lernen machte ihm ziemlichen Spaß, besonders die Welt der Zahlen erschien ihm erstaunlich und versöhnte ihn mit allen anderen, wesentlich langweiligeren

Fächern. Besonders verabscheute er das Schönschreiben und er beneidete seinen Haus- und Banknachbarn Franta Novák, dass der Herr Lehrer seine Arbeiten durch die Klasse trug und seine sorgfältig ausgeführten Buchstaben allen als Muster vorhielt.

Franta tat, als läge ihm nichts an dem Lob, aber er ließ das in Schönschrift beschriebene Heft absichtlich offen mit den Seiten liegen, auf denen es Einsen und Lobe gab, wofür ihn Svatopluk am liebsten gehauen hätte, was er ganz sicher auch getan hätte, wenn Franta nicht sein bester Freund gewesen wäre.

Nur dass Franta dann nicht mehr zur Schule ging. Svatopluk ärgerte das, weil er jeden Morgen allein zur Schule laufen musste, während doch der Weg zu zweit viel lustiger war. Und noch schlimmer war es, dass er neben sich in die Bank so ein Mädchen gesetzt bekam. Mit einem Mädchen konnte man doch überhaupt nichts reden! Und dieses hier war noch nicht einmal so schlau, dass man wenigstens abschreiben konnte.

Zu Franta ging er ein paarmal in der Woche am Nachmittag, aber ohne dass die Mutter es wusste. Die Mutter blieb früher oft mit Frau Nováková im Hof stehen und schwatzte endlos lange mit ihr. Und auch jetzt sah Svatopluk einmal, wie sie Frau Nováková eine Tüte mit irgendeinem Einkauf gab, aber ihm verbot sie die Freundschaft mit Franta.

Auch wenn Franta sich überhaupt nicht geändert hatte – sein R ratschte immer noch und er laberte unaufhörlich davon, dass er einmal eine Reise zu den Indianern unternehmen würde, so wie der berühmte Reisende Frič – blieb es Svatopluk nicht verborgen, dass er eigentlich der Einzige war, der mit Franta noch befreundet war.

Wenn auch heimlich. Den anderen Jungs war wohl auch verboten, Franta zu besuchen, aber Svatopluk sah sogar, wie Hansi Richter vor ihm ausspuckte.

Svatopluk und František betrachteten ihre Freundschaft als Spion-Spiel mit heimlichen Verstecken, wo sie sich Nachrichten hinterlegten, und mit dem Ausdenken von Orten, wo sie niemand sehen konnte. Das Spiel hielt leider nicht lange an, weil eines Tages František mitsamt der Familie verschwand, und obwohl noch immer die Vorhänge in den Fenstern hingen und auf den Fensterbrettern die Blumentöpfe austrockneten, wartete Svatopluk umsonst am verabredeten Platz auf ihn. Die Nachrichten holte niemand mehr aus dem geheimen Briefkasten und die Wohnungstür blieb verschlossen. Trotz des ganz und gar tschechischen Namens waren die Nováks Juden und mussten auf den Transport.

Zu dieser Zeit wohnten nur Svatopluk und Hedvika noch zu Hause. Hedvika wurde von der Mutter eingeschlossen, weil sie Angst hatte, dass sie irgendwo etwas Dummes sagen könnte. Sie könnte in die Anstalt kommen und wer weiß, wie das für sie ausginge. Man sagte, dass die Deutschen sich solcher wie Hedvika entledigten, aber das war vielleicht nur Gerede. Es wurden so viele Dinge erzählt und so schreckliche, dass man das einfach nicht glauben durfte, wenn man bei gesundem Menschenverstand bleiben wollte. Angeblich siedelten die Deutschen alle Juden in den Osten aus, und dann sollten die Zigeuner folgen und die Polen und die Tschechen ... Angeblich, angeblich ... Die Leute reden viel.

Rostislav und Doubravka waren im Arbeitseinsatz in Deutschland. Rostislav gehörte zu den abgeführten Jahrgängen und Doubravka hatte sich freiwillig gemeldet, um mit ihrem Verlobten Jindřich zusammenbleiben zu können. Dass das ein Fehler war und der Vater nicht hätte erlauben dürfen, wiederholte die Mutter von dem Augenblick an, als sie erfuhr, dass Deutschland von den Alliierten bombardiert wurde.

Ein paar Wochen, nachdem die Nováks auf den Transport mussten, sah Svatopluk zu, wie in ihre ehemalige Wohnung eine deutsche Familie einzog. Aus dem Umzugswagen stieg eine hübsche, aber müde aussehende Frau mit Rehaugen, und zwei Kinder sprangen ihr hinterher. Die Möbelpacker stellten Koffer, Taschen und große Flechtkörbe voller Geschirr auf das Pflaster. Dann hoben sie unter Aufsicht eines Mannes mit viel zu großem Sakko das einzige Möbelstück von der Ladefläche – ein Klavier – und trugen es auf Trageriemen, die sie über die Schultern gelegt hatten, nach oben. Der neue Nachbar schaute auf die Ladefläche, ob sie leer war, und humpelte ihnen langsam, sich auf einen Stock stützend, hinterher.

Die deutschen Kinder waren etwa so alt wie Svatopluk und ganz offensichtlich nicht begeistert vom Umzug in ein Land, in dem sie eine seltsam ratternde Sprache mit brennenden Zischlauten hatten, die sie überhaupt nicht verstanden, und wo alle sie scheel von der Seite ansahen. Vormittags waren sie in der Schule und nachmittags bei der Hitlerjugend, um Körper und deutschen Geist zu stählen.

Herr Zimmer ging jeden Morgen um acht ins Amt und kam am Abend heim. Manchmal wartete auf der Straße ein schwarzes Auto auf ihn, dann war er ein paar Tage nicht zu Hause. Frau Zimmer fühlte sich in dem fremden Land wohl nicht sicher, weil sie nur aus dem

Haus ging um einzukaufen. Wenn man nach den manchmal auftauchenden blauen Augen und anderen blauen Flecken urteilte, die sie unter geschickt um den Hals gebundenen Tüchern zu verstecken versuchte, drohte ihr zu Hause aber wohl größere Gefahr. Wenn Herr Zimmer auf der Arbeit war, verbrachte sie die gesamte freie Zeit – und davon hatte sie nicht wenig – am Klavier und spielte wehmütige Melodien.

„Wer soll sich diesen Radau denn immerzu anhören", murrte Mutter, „hat denn dieses Weibsbild nichts Ordentliches zu tun? Kein Wunder, dass ihrer ihr manchmal eine reindrückt."

„Willst du etwa, dass sie sich zu euch Tratschtanten auf den Pawlatschen gesellt und euch erzählt, welche Erfolge die deutsche Armee an allen Fronten feiert?", stichelte Papa und Mama war beleidigt.

Svatopluk hielt das Klavierspiel von Frau Zimmer nicht für Radau. Es half ihm, die langweiligen Nachmittage zu ertragen, die er zu Hause verbringen musste, weil die Eltern Angst hatten, er könnte mit den Zimmerkindern über Kreuz geraten.

„Wenn du die Neuen triffst, grüßt du und gehst weiter", ordnete Mutter an.

„Warum sollte ich diese Zugewanderten als Erster grüßen?", protestierte Svatopluk, aber die Mutter gab ihm anstelle einer Antwort eine Kopfnuss.

„Glaubst du, mich freut das, zusehen zu müssen, wie die deutschen Damen in den Laden kommen und ohne Gruß geradewegs an die Ladentheke gehen? Die ganze Schlange muss zusehen, wie sie von dem Wenigen, das es da gibt, das Beste bekommen. Aber die kommen auch noch dran, keine Angst."

Obwohl es noch ein paar Jahre dauerte, erinnerte sich Svatopluk an diese Worte, als er zu Beginn des Sommers '45 mit der Mutter durch die Stadt ging und die deutschen Nachbarn die Trümmer wegräumen sah, die der Krieg hinterlassen hatte. Auch Hansi Richter war dabei. Auf dem rechten Ärmel des staubigen Pullovers hatte er eine weiße Armbinde und legte Ziegel, die man vielleicht noch benutzen konnte, auf einen Karren. Svatopluk konnte nicht widerstehen und spuckte ihm vor die Füße. Die Kopfnuss, die er diesmal von der Mutter bekam, war nicht nur eine Warnung.

„Was ist?", protestierte er. „Ich mache nur dasselbe, was er Franta angetan hat." Aber als er an seinen späten Ausbruch von Heldentum dachte, fühlte er sich auch nach Jahren noch schuldig.

Doubravka kam dünn, müde und mit einem Gesicht voller eitriger Pusteln aus Deutschland zurück, von denen tiefe Narben zurückblieben. Und ohne Bräutigam. Während der aufreibenden Arbeitstage und kalten Nächte kam Jindřich zu dem Schluss, Doubravka sei nicht die Richtige für ihn, die ihm Halt geben und Wärme und Trost in schweren Zeiten spenden könnte, und verliebte sich in ein fröhliches Mädchen aus Südmähren.

Auch Rostislav kehrte heim, aber es war nicht mehr derselbe Rostislav, der nach Deutschland gegangen war. Aus dem jungen Mann, der für den Fußball und durch den Fußball lebte, war ein schweigsamer Sonderling geworden. Es schien, als hätte seine Seele den Körper verlassen. Die Hände arbeiteten, aber die Gedanken waren woanders, weit fort, als hätte er sie im zerbombten Dresden verloren. Er saß ganze Nachmittage zu Hause, schaute an die Wand, stand nur manchmal auf, ging ein paarmal durchs Zimmer und kehrte wieder an seinen Platz zurück, wie ein Mensch, der vergessen hatte, wohin er gehen wollte und warum. In der Nacht wurde er von Steinen geweckt, die auf seiner Brust lagen, und Sand im Mund. Er rief um Hilfe, warf mit den Händen die Bettdecke ab, und wenn er so weit aufgewacht war, dass er begriff, dass er nicht im verschütteten Schutzraum war, sondern zu Hause, in seinem Bett, konnte er nicht mehr einschlafen und starrte stundenlang nur in die Dunkelheit.

Zu Hause wussten sie, dass ihm etwas Schreckliches passiert sein musste, so schrecklich, dass er nicht darüber sprechen konnte, aber nach ein paar Wochen begannen ihnen seine Zustände lästig zu werden. Schließlich war er heimgekehrt und war hier, sagten sie. Viele waren viel schlechter dran und haben sich wieder gefasst. Auch Rostislav sollte sich aufraffen und unter Leute gehen. Er hörte darauf und begann, anstelle zu Hause zu sitzen, in die Kneipe zu gehen. Er kam zwar betrunken zurück, aber nie so, dass er am nächsten Tag nicht aufstehen und zur Arbeit gehen könnte. Also betrachtete die Familie seinen Zustand als sich leicht bessernd.

Aber Svatopluk, der jetzt mit dem Bruder in der Küche der neuen Wohnung schlief, wusste, dass Rostislavs nächtliche Ängste nicht vorüber waren. Er hörte ihn im Schlaf schreien und sah ihn in der Nacht zwischen Fenster und Tür hin- und herwandern. Aber auch er gewöhnte sich nach einer Zeit an des Bruders seltsames Benehmen und dachte nicht mehr, sein Kinderfreund Franta würde in der Küche herumlaufen und hinter der Couch Frantas jüngerer Bruder hervorschauen.

Der Vater verschrieb sich nach dem Krieg, den er entgegen den düsteren Prophezeiungen der Mutter überlebte, voll dem Kampf für die Rechte des Volkes, und verbrachte ganze Nachmittage auf Versammlungen und mit der Arbeit für seine Partei. Er ging in Fabriken, gewann neue Anhänger für die Partei, erklärte den Arbeitern, um wie viel besser die klassenlose Gesellschaft sei und um wie viel stärker und widerstandsfähiger ein solcher Art geeinter Staat. Er verwies auf den Verrat der Verbündeten vor dem Krieg und sang das Loblied des Landes der Befreier, der Heimat glücklicher Menschen, vereint unter dem gütigen Väterchen Josef Wissarionowitsch Stalin.

Und die Genossen, deren Macht im Land schnell anwuchs, verhalfen ihrem treuen Mitglied zu einer würdigeren Wohnung und setzten sich dafür ein, dass er die leere Wohnung im ersten Stock zugeteilt bekam, die, seit die Familie Zimmer sie verlassen musste, noch immer auf die Rückkehr ihrer ursprünglichen Bewohner wartete.

„Ich habe dir doch gesagt, dass die Partei sich um die Leute kümmert", sagte Vater zu seiner Ehefrau, als er die Schlüssel zum neuen Heim auf den Tisch legte.

„Wurde ja auch Zeit", fügte die Mutter hinzu und gedachte im Stillen ihrer verschwundenen Freundin Libuše Nováková und ihrer Familie. Dann begann sie Kartons zu suchen, die sich eigneten, um das Geschirr hinüberzutragen, und ordnete den Söhnen an, sie nach oben zu schaffen.

Und obwohl sie bei den Wahlen im Mai 1946 die Volkspartei Lidovci wählen wollte, weil das sicher der Herrgott wünschen würde, gab sie ihre Stimme aus Dankbarkeit den Kommunisten, weil die im Moment mehr für sie taten. Und gemeinsam mit ihr gaben mehr als 40 Prozent der Bevölkerung der Tschechoslowakei, die die Armut satthatten und sich von den Versprechen einer besseren Zukunft betören ließen, ihre Stimme den Kommunisten. So verhalfen sie Klement Gottwald an die Spitze der Regierung und seinen Parteigängern zur Macht, zu denen auch ihr Mann gehörte.

Die Familie Žák kletterte in der Gesellschaftshierarchie nach oben und Svatopluk stand der Weg zu einer leuchtenden Zukunft offen, an die er genauso aufrichtig glaubte wie sein Vater und für die er alles zu tun entschlossen war. Ihre Religion war die Partei, die Götter die Parteiführer und der Himmel das Leben im Kommunismus. Gleichheit für alle, das war das Gebet, das der Vater ständig wiederholte, die Worte, die auch der heranwachsende Svatopluk beim Einschlafen auf den Lippen hatte.

Obwohl die Kommunisten ein glückliches Morgen für alle versprachen – oder wenigstens für jene, die sich an seinem Aufbau beteiligen wollten, was Svatopluk natürlich wollte und was er aus ganzer jugendlicher Kraft tat –, war nicht zu übersehen, dass die Welt um sie herum mit jedem Tag etwas mehr Farbe und Abwechslungsreichtum verlor. Die Kleidung der Menschen wurde uniform und fade. Kokette Hütchen wurden durch praktische Kopftücher ersetzt, Absätze durch bequeme Sandalen und wehende Kleider durch Hemden und Hosen, die an Arbeitskleidung erinnerten.

Nicht nur die Menschen wurden grau, auch die Straßen. Dort verschwanden die markanten Aushänge an den Geschäften, die geschmückten Schaufenster und die lockende Werbung. Die staatlichen Geschäfte mussten schließlich keinen Wettbewerb um die Kunden führen. Wichtiger war es, die Leute daran zu erinnern, wem sie das Leben und den Frieden zu verdanken hatten. Und so tauchten in den Schaufenstern anstelle der Waren, wovon es sowieso nicht so viele gab, obwohl es immer schwieriger wurde, das auf den Krieg zu schieben, die Porträts der Anführer, der Aktivisten, von Rotarmisten und wieder der Anführer auf ... geschmückt mit roten Sternen, Hammer und Sichel.

Auch das Haus der Musik wurde grau und verfiel und die Gründe, aus denen Svatopluk weiter dorthin ging, änderten sich. Ein- bis zweimal in der Woche lenkte er seine Schritte ins Gartenviertel, saß am Zaun und hörte mit geschlossenen Augen den Melodien zu, die aus den offenen Fenstern des Musikhauses flossen und ihn aus seiner unmittelbaren Umgebung hinaustrugen. Beim Umzug hatten sie in der Wohnung außer den Möbeln der Nováks auch das Klavier vorgefunden, auf dem Frau Zimmer ihre traurigen Melodien gespielt hatte, und Svatopluk fasste sich nach langem Zögern endlich ein Herz und bat die Eltern, Musikstunden nehmen zu dürfen. Er erwartete Widerstand und der stellte sich auch tatsächlich ein. Allerdings nicht von der Mutter und der Grund war nicht das Geld, wie er erwartet hatte.

„Auf dem Klavier rumhämmern ist was für Fräuleins und Bonzen", sagte Papa. „Ein richtiger Kerl arbeitet mit den Händen. Wie konntest du überhaupt auf so eine Idee kommen und vor allem in dieser Zeit der Veränderungen, wo es jeden richtig denkenden Menschen braucht?"

Bis jetzt war es Svatopluk gar nicht eingefallen, mit der Musik könnte etwas nicht in Ordnung sein, und so wusste er überhaupt nicht, was er antworten sollte. Er dachte nur, dass Papa nicht gerade mit den Händen arbeitete, wenn er doch der Parteivorsitzende im Betrieb *Dotas* war, aber er schwieg lieber. Hilfe kam von unerwarteter Seite. Von der Mutter.

„Was laberst du da?", sagte sie. „Svatopluk will doch nicht die Lehre aufhören und abends in Kaffeehäusern spielen. Es ist doch nichts Schlechtes daran, wenn der Mensch ein paar Töne hervorzaubern kann. Und das Klavier ist schließlich noch von dem …", sie verstummte, weil sie sich immer noch nicht mit den Umständen abgefunden hatte, unter denen sie die Wohnung bekommen hatten, „deutschen Frauchen." Sie schluckte.

Papa betrachtete sich das Klavier an der Wand des Raumes, der früher das Wohnzimmer war, jetzt aber gleichzeitig als Schlafzimmer für die Mädchen diente.

„Ich habe doch gesagt, dass wir es verkaufen sollten. Das stört doch hier nur."

„Na, dann nutzt es wenigstens Svatopluk jetzt", entgegnete die Mutter scharf. „Aber die Stunden bezahlst du selbst", drehte sie sich ihrem Sohn zu.

Die Wahrheit war, dass das Klavier für die Mutter die Bestätigung ihrer sich bessernden gesellschaftlichen Stellung war. Sie war arm geboren worden, kämpfte das ganze Leben lang gegen Mangel, musste die Reichen bedienen, wusch deren Wäsche und wischte die Treppen, über welche diese trampelten. Nicht einmal im Traum wäre ihr eingefallen, dass sie eines Tages etwas so Schönes und Überflüssiges wie ein Klavier besitzen würde. Dinge nur so zur Freude konnten sich nur die wirklich Wohlhabenden leisten, Leute, die nicht jeden Heller umdrehen und rechnen mussten, ob es am nächsten Tag auch noch für Essen reichte.

Svatopluk ahnte zwar vorher, dass er der Liebe zur Musik sein schmales Lehrlingsgeld opfern würde müssen, aber bis zu diesem Moment hatte er trotzdem gehofft, dass es nicht nötig wäre. Außer ihm und Hedvika, die als schwachsinnig eingestuft war und eine Rente bekam, arbeiteten alle in der Familie und die Žáks lebten in bislang unbekanntem Wohlstand. Klugerweise erhob er aber keinen Einspruch – damit die Eltern sich das nicht anders überlegen konnten – und machte sich zu dem Haus auf, das von einem Zaun auf einem Mäuerchen umgeben war und aus dessen Fenstern Musik drang.

Zum ersten Mal in diesen langen Jahren blieb er nicht am Tor stehen, sondern ging mit einem seltsamen Gefühl in der Magengegend den Kieselweg entlang zu den ausgetretenen Sandsteinstufen. Er klingelte, und als er den Ton hörte, der sich aus der Nähe viel durchdringender und rasselnder ausnahm, als er es von seinem Plätzchen auf dem Zaunsockel in Erinnerung hatte, zog sich ihm der Magen vor Aufregung zusammen. Und wenn ihm das nicht zu dumm gewesen wäre, wäre er fortgelaufen. Zur Flucht blieb aber sowieso nicht mehr genug Zeit, denn die Tür öffnete sich zuerst ein bisschen und dann ganz weit.

„Guten Tag", grüßte er.

„Tag", antwortete eine kleine Frau mit umfangreicherer Taille und kurzen schwarzen Haaren. Svatopluk glaubte blaue Nuancen darin zu sehen, und es war seltsam, weil er noch nie jemanden mit blauen Haaren gesehen hatte und nicht ahnte, dass man Haare färben konnte.

„Ähm", sagte er, trat von einem Bein aufs andere und löste den Blick von den seltsamen Haaren. „Ich, ich … ich bin wegen des Klaviers hier. Also, ich wollte fragen, ob ich Klavierstunden bei Ihnen bekommen könnte."

„Du?" Die Frau lachte und sah Svatopluk von Kopf bis Fuß an.

Svatopluk wurde in dem Moment bewusst, dass er einen guten Kopf größer war als die Lehrerin und sicher für einen Anfänger zu alt.

„Ich mag Musik sehr gern", fügte er hinzu.

Die Frau trat ein Stück zurück und deutete mit dem Kopf an, er solle eintreten. Er ging an ihr vorbei in die kleine Halle, und ohne darüber nachdenken zu müssen, ging er nach rechts in die erste Tür, in das Zimmer, aus dessen Fenster er das Klavierspiel hörte.

Die Frau setzte sich ans Klavier, aber ihm bedeutete sie stehenzubleiben.

„Dann sing mir einmal etwas vor", forderte sie ihn auf. „Soll ich dir einen Ton angeben?"

Svatopluk sah sie verwirrt an.

„Aber ich will nicht singen, ich möchte Klavier spielen lernen."

„Ich muss doch wissen, ob du ein musikalisches Gehör hast."

Svatopluk zögerte und sagte dann: „Ich weiß nicht, was ich singen soll."

„Dann spiele ich dir ein paar Töne und du singst sie."
Sie spielte eine Melodie.
Svatopluk schwieg.
Sie spielte wieder und sang: „La, la, la …"

„Ich kann nicht singen", sagte Svatopluk. Auf einmal war ihm sehr heiß und er sehnte sich nach nichts mehr, als sich umzudrehen und wegzulaufen.

Die Frau zeigte auf den zweiten runden Hocker am Klavier.

„Setz dich und zeig mir deine Hände."

Er streckte ihr die Hände mit den Handflächen nach oben zu, so wie er sie der Mutter zeigte, wenn sie sehen wollte, ob er sie gut gewaschen hatte. Sie nahm sie sanft und drehte sie um.

„Das sind keine Pianistenhände. Du hast große Handflächen und kurze Finger." Svatopluk wurde es immer peinlicher. Er zog die Hände zurück und erhob sich, um zu gehen. Aber die Frau fuhr fort. „Aber das macht nichts, weil du auch so mein treuester Schüler bist. Wie heißt du?"

„Svatopluk. Svatopluk Žák." Er wollte jetzt wirklich gern gehen, weil die blauhaarige Frau zwar vielleicht Klavier spielen konnte, aber komisch war.

Sie erkannte wohl, was er dachte, denn sie lachte und sagte: „Wenn meine Schüler spielen, stehe ich manchmal am Klavier und schaue aus dem Fenster. Wie sollte ich dich denn nicht bemerken, wo du doch wenigstens einmal in der Woche dort draußen sitzt und das schon mehr als zehn Jahre? Keiner meiner Schüler widmet sich so lange und ausdauernd der Musik. Du musst doch kein Instrument spielen, ja du musst nicht einmal singen können, um die Musik zu lieben." Sie schwieg einen Moment. „Ich könnte dich unterrichten, ich habe weniger Schüler, diese Zeiten sind nicht sehr gut für die Musik und jede Krone zählt, aber ich will dich nicht belügen. Ein Klavierspieler wird nie aus dir. Vielleicht könntest du die Grundlagen erlernen, aber es könnte auch sein, dass die Musik dir zuwider wird. Komm, wann immer du willst, du musst nicht auf dem Zaun sitzen." Als er schwieg und nur auf den Boden unter seinen großen Füßen starrte, fuhr sie fort: „Wenn ihr zu Hause ein Grammofon habt, leihe ich dir gern ein paar Aufnahmen. Ich habe eine Menge davon."

Svatopluk schüttelte nur den Kopf, dann erhob er sich langsam und trat rückwärts den Weg zur Tür an.

„Verzeihen Sie, dass ich Sie gestört habe. Sicher, ich komme gern ... Auf Wiedersehen."

Kaum war das Tor hinter ihm zugeschlagen, fing er an zu rennen und blieb erst am Ende der Straße stehen. Er lehnte sich an eine alte Eiche und schloss die Augen. Ich bin noch dümmer als unsere Hedvika, dachte er. Jetzt kann ich nicht mehr dahin zurück.

Aber er kehrte wieder. Zu Hause sagte er, er sei fürs Klavier zu alt, was Vater freudig aufnahm und Mutter schweigend. Das peinliche Gefühl verschwand langsam, und als Svatopluk in Ruhe über die Worte der Lehrerin nachdachte, erschienen sie ihm auf einmal vernünftig und ziemlich schmeichelhaft. Schließlich hatte sie gesagt, er sei ihr Schüler, oder nicht? So irgendwie. Und sie hatte ihm angeboten, sich Platten auszuleihen. Ein Grammofon hatte die Familie nicht, aber wenn er kein Geld für die Klavierstunden ausgab, könnte er vielleicht mit der Zeit genug für ein gebrauchtes sparen.

Nach einer Woche fasste er Mut und klingelte wieder an der Tür des Musikhauses. Dort setzte ihn die Hausherrin, die diesmal eine lange Strickweste trug und warme Baumwollsocken an den Füßen, die in Stoffpantoffeln steckten, die nach Svatopluks Meinung überhaupt nicht zum vornehmen Beruf einer Musiklehrerin passten, in einen Ohrensessel in der Ecke. Der Knabe am Klavier klimperte ungeschickt herum, aber als die Stunde zu Ende war, legte Frau Vrabcová – und der Name Frau „Sperling" ist für einen so edlen Beruf genauso unpassend wie warme Latschen – Svatopluk eine Aufnahme von Dvořáks Konzert für Klavier und Orchester auf.

Damals begriff er, dass es sinnlos war, sich am Klavierspielen zu versuchen. So etwas Schönes könnte er mit seinen Fingern niemals hervorzaubern. Und dann kochte ihm Frau Vrabcová einen Tee und erzählte über Dvořáks Leben, in welchem Lebensabschnitt die Klavierkomposition entstanden war, wie oft Dvořák sie noch einmal überarbeitete und wie sie von anderen Klaviervirtuosen gespielt wurde. Als Svatopluk heimging, klangen in seinem Kopf Töne und in seiner Seele herrschte eine sonderbare Ruhe.

Dann ging er nur noch donnerstags zu Frau Vrabcová, weil er auf einmal die ungeschickten Versuche der Anfänger nicht mehr ertragen konnte. An diesem Tag kamen die fortgeschrittenen Schüler und manche von ihnen blieben über die Stunde hinaus, um bei Tee und Keksen genauso wie er eine kurze, sachkundige Erzählung über Musik und den Komponisten und danach von einer Schallplatte eine Kostprobe des Könnens wahrer Meister anzuhören.

Von diesen Besuchen erzählte Svatopluk nur Doubravka, und auch das nur, wenn sie beide allein waren. Er ahnte, dass Vater nicht einverstanden wäre, dass er die Zeit verschwendete, die er dem Wohle aller widmen sollte. An Mutters Desinteresse an allen außer Hedvika hatte er sich lange gewöhnt.

Er konnte es ihr nicht übelnehmen, weil es aussah, als ginge Hedvika in der Zeit zurück. Während die anderen erwachsen wurden und einen eigenen Weg durchs Leben fanden, wurde Hedvika ihrer Umwelt gegenüber immer gleichgültiger, und Dinge, die sie früher beherrschte, wurden für sie allmählich fast unmöglich. Die Sorge um Hedvika kostete die Mutter die meiste Zeit und die meisten Gedanken, und das schenkte Svatopluk, der in einem Alter war, in dem junge Burschen noch dem mütterlichen Diktat unterlagen, eine ungeahnte Freiheit.

Aber ganz und gar alles erzählte Svatopluk Doubravka doch nicht. Er sagte ihr nicht, dass die letzte Klavierstunde am Donnerstag einer hübschen Schwarzhaarigen gehörte – mit einem langen Zopf und Augen, die genauso blauschwarz waren, wie die Haarfarbe der Lehrerin Frau Vrabcová. Wenn das Mädchen spielte, beobachtete Svatopluk den schlanken Rücken, den langen Hals und die kleinen Öhrchen mit den Ohrringen wie Wassertropfen. Die Ohrringe hüpften im Rhythmus, im Sommer spiegelten sich Sonnenstrahlen darin und im Winter das Licht aus dem großen Kronleuchter.

Svatopluk wusste, dass sie Eva hieß, und obwohl er nicht in die Kirche ging und nicht die Bibel las, glaubte er in Gegenwart des Mädchens daran, dass etwas wie das Paradies existieren musste. Er sprach nie ein Wort mit ihr. Und obwohl überall behauptet wurde, es gäbe keine Unterschiede zwischen den Menschen, es gäbe nur ein Volk – und dann noch seine Feinde – fühlte Svatopluk, dass dieses Wesen nicht in seine Welt gehörte.

Sie ging leicht und aufrecht, als berühre sie nicht den Boden, den Kopf trug sie hoch und sprach leise, und trotzdem klar und deutlich. Aber es war Evas Gesichtsausdruck und die Lippen, die immer in leichtem Lächeln hochgezogen waren, die Svatopluk für die Grenze hielt, die ihre Welten trennte. Die Menschen aus dieser Welt lächeln schließlich nur dann, wenn sie einen Grund dazu haben, in ihrem Gesicht spiegeln sich die alltäglichen Sorgen und in ihrem Blick der Argwohn und die Erwartung der nächsten Falle, die ihnen das Leben in den Weg stellt. So einen ruhigen und offenen Blick haben nur Kinder, und Svatopluk spürte sehr gut, dass Eva kein Kind mehr war.

Auch sie sprach ihn nie an und Svatopluk war froh, weil er nichts wusste, was sie außer der Musik gemeinsam haben könnten. Sie sprach mit Frau Vrabcová und erst im Weggehen nickte sie in seine Richtung, lächelte ein bisschen mehr und sagte das Einzige, was nur für ihn bestimmt war: „Auf Wiedersehen."

„Auf Wiedersehen", antwortete er ohne zu lächeln und mit zugeschnürtem Hals. Auch für ihn selbst klang seine Stimme grob und unangenehm.

An jedem Donnerstag freute er sich mehr auf die junge Frau als auf die Musik und die Unterhaltung mit Frau Vrabcová. In seinen Gedanken verschwammen die Musik und Eva allmählich in eins, aber trotzdem – jedes Mal, wenn sie gegangen war, **spürte er Erleichterung.**

3 / TOCHTER

Ich spürte Erleichterung. Ein paar Wochen waren vergangen und es war nichts passiert. Überhaupt nichts. Weitere Briefe kamen nicht und offensichtlich hatte auch niemand angerufen, oder Vater hatte es mir nicht gesagt. Ich eilte jetzt nicht mehr von der Schule nach Hause, um als Erste am Briefkasten zu sein, auch wenn ich den Blechkasten immer noch in der Hoffnung aufschloss, es könnte mir jemand antworten. Während des Herbstes kamen nur Werbung, Postanweisungen und eine Zeitschrift über Lebensart, die Běla abonnierte.

Im Dezember brachte die Post eine Weihnachtskarte. *Schöne Weihnachten wünschen Řeháks*, stand darauf. Und unter dem Wunsch standen noch ein paar Sätze. *Wir hoffen, es geht euch gut, und wir freuen uns, von euch zu hören. Grüßt bitte auch Blanka von uns.*

Ich erinnerte mich daran, dass einer der Briefe, die ich abgeschickt hatte, an Jan Řehák ging. Niemand, der so hieß, hatte mir aber geantwortet. Vielleicht waren das genau die Řeháks, die den Vater darauf aufmerksam gemacht hatten, dass ich mich bei ihnen gemeldet hatte. Und dazu noch dieser Name – Blanka. Blanka? So hatte mich doch die Großmutter angesprochen, als wir sie am Sommerende im Krankenhaus besuchten. Im Oktober starb sie und der Vater fuhr allein zur Beerdigung.

„Ihr habt sie doch gar nicht richtig gekannt", sagte er.

„Und wessen Schuld ist das?", fragte Běla leise, als sich die Tür hinter ihm schloss. Dann wurde ihr bewusst, dass ich sie gehört hatte. Sie sah mich entschuldigend an.

Ich bemühte mich, noch mehr aus der Postkarte herauszulesen, aber ich hatte keine Zeit, sie weiter zu untersuchen, und so legte ich die Weihnachtskarte im Flur zu den Flyern und der Werbung. Am Nachmittag war sie fort und keiner erwähnte sie auch nur mit einer Silbe. Aber da wusste ich schon, dass es in der Vergangenheit meiner Familie etwas Seltsames gab.

Ich muss anerkennen, dass Frau Doktor Světáková Geduld mit mir hatte. Engelsgeduld, sagte Běla. Mir war bewusst, dass ich ein bisschen anders war als meine Altersgenossen, aber trotzdem war mir nie so ganz klar, warum ich in die Beratungsstelle musste, die mit Bildern von Kindern und Plüschtieren geschmückt war, und anhören, wie sich die Psychologin die Fragen, die sie mir stellte, selbst beantwortete.

Meine Umgebung nahm wohl an, dass mich der Verlust meiner Mama in sehr jungen Jahren gezeichnet hatte, aber ich dachte das nicht. Ich erinnerte mich überhaupt nicht an Mama und kannte sie nur von einer Fotografie, die im Wohnzimmer auf dem Klavier stand. Ich hatte doch Běla.

Nur bestand auch Běla auf den regelmäßigen Besuchen in der psychologischen Ambulanz. Und außerdem brauchte ich ein Papier für die Schule, das mir von den Lehrern so etwas wie eine *Sonderbehandlung* garantierte. Und einen Platz in der ersten Bankreihe. Běla brachte mich jedes Mal bis in die Praxis, wechselte ein paar Sätze mit der Vierzigerin, deren blonde Haare zu allen Seiten toupiert waren, und setzte sich dann in den Gang, blätterte in Zeitschriften und wartete auf mich und auf ein Wunder.

Ich bemühte mich, ich bemühte mich wirklich, aufmerksam zu sein, mich zu konzentrieren und alles zu machen, was die Psychologin von mir verlangte. Ich hörte auf die hohe Stimme und zeigte kein bisschen, dass mir ihr Gerede überhaupt keinen Spaß machte. Am meisten wünschte ich mir, dass es schnell vorbei war und ich wieder gehen konnte.

Die ganze Zeit lächelte sie mich an, und mit demselben Lächeln, obwohl noch etwas steifer, schickte sie mich nach der Stunde in den Warteraum und rief Běla zu sich ins Büro. Wenn Běla dann herauskam und in der Hand das Papier für meine Lehrer hielt, sah sie genauso verdrießlich drein, wie ich mich fühlte.

„Gehen wir in die Konditorei unsere Laune verbessern?", fragte sie und ich war natürlich nicht dagegen. Běla bestellte ein Punschtörtchen für sich und Erdbeeren mit Sahne für mich, wir kosteten gegenseitig von unseren Leckereien und schwiegen dann. Ich wusste, dass Bělas Missmut bis zum Abend vergehen würde. Schlechte Laune hielt bei ihr nie lange an.

Mit dem Vater war es schlimmer. Der war fast andauernd verdrießlich, und wenn ihm Běla arglos erzählte, wie der Besuch bei der Psychologin verlaufen war, bellte er nur: „Ich hab dir das doch gesagt, warum rennst du immerzu da mit ihr hin? Du kannst niemandem helfen, der deine Hilfe nicht haben möchte. Lass das Mädchen in Ruhe." Das war einer der seltenen Fälle, in denen ich mit ihm einer Meinung war.

Běla machte es wohl Sorgen, dass ich die meiste Zeit zu Hause saß, nicht gern unter Menschen ging und nicht viele Freundinnen hatte. In der zweiten Stufe der Grundschule hatte ich schon ein paar Freundinnen, aber Běla kannte sie nicht, weil ich nie eine von ihnen zu uns nach Hause einlud. Nur meine beste Freundin Zuzana brachte mich manchmal bis ans Tor, um mir das zu Ende zu erzählen, was sie gerade angefangen hatte, denn sie war fürchterlich schwatzhaft und vielleicht auch neugierig, was sich hinter dem eisernen Tor versteckte.

Ich wollte nur nicht, dass meine Mitschülerinnen auf meinen Vater trafen. Es war nicht so, dass ich mich für ihn geschämt hätte, das wirklich nicht. Aber was, wenn er sich zu ihnen genauso kalt und unangenehm verhalten würde wie zu mir und Běla? Sie würden mich bedauern und mir erzählen, wie das bei ihnen zu Hause läuft. Sie vertrauten mir gern ihre Probleme und ihre Geheimnisse an, erzählten mir, wer von den Jungen ihnen gefiel, welches Mädchen nach ihrer Meinung eine fürchterliche Frisur hatte und welches unerträglich aufgeblasen war. Sie erzählten mir alles, weil ich ihnen geduldig zuhörte, und sie wussten, dass ich niemandem etwas sagen würde. Ich hatte aber gar kein Interesse an ihren Geheimnissen. Sie kreisten in meinem Kopf herum und behinderten meine eigenen Gedanken.

Und außerdem brauchte ich zu Hause keine Freundin, weil ich Běla hatte. Ich fühlte mich wohl mit ihr und hatte keine Geheimnisse vor ihr. Bis vielleicht auf meine Versuche, etwas aus der Vergangenheit auszugraben. Und natürlich das Heft, das ich seit dem Tag führte, als ich mich entschlossen hatte, alle Ereignisse aufzuschreiben, damit sich meine Erinnerungen nicht verflüchtigten, und nicht verschwanden wie die ersten Jahre meines Lebens und die Zeit der Eltern und Großeltern.

Zuerst schrieb ich fast jeden Abend. Manchmal schien es mir, dass die Aufzeichnungen gewöhnlich waren, alltäglich, langweilig, und nicht wert, aufgeschrieben zu werden. Aber wenn ich sie mir nach einiger Zeit wieder anschaute, stellte ich fest, dass sie mir halfen, mir jenen bestimmten Tag vorzustellen, mir seinen Geruch ins Gedächtnis riefen und die Farben wiederbelebten. Dank meiner Aufzeichnungen blieben diese Augenblicke lebendig und verloren sich nicht im Dunkel des Vergessens.

Wenn meine Freundinnen von diesem Heft wüssten, würden sie mir wohl nicht so vertrauen. Aber ich hatte nicht die Absicht, meine Notizen irgendjemandem zu zeigen, und hoffte, dass sie in der untersten Schreibtischschublade in einem Hefter mit der Aufschrift Naturkunde in Sicherheit waren. Den Vater interessierte ich nicht und Běla achtete meine Privatsphäre.

Den Eintrag über den Besuch der psychologischen Beratungsstelle verzierte ich mit einer Zeichnung der toupierten, blonden Psychologin Světáková. Zu ihrem Mund malte ich eine Sprechblase dazu wie bei Comicfiguren und füllte sie mit lauter Fragezeichen aus. Das war meine persönliche Rache für die verlorene Stunde Lebenszeit und würde der Psychologin bestimmt mehr über mich verraten als das, was sie aus mir herausquetschte.

Vor den Osterfeiertagen im Jahr 1994 teilte uns der Vater mit, er führe ein paar Tage nach Prag.

„Doubravka verkauft Mutters Wohnung", sagte er. „Für sie allein ist die jetzt viel zu groß. Sie möchte, dass ich ihr beim Ausräumen helfe, da ja nur noch wir beide übrig sind. Als könnte sie sich dafür nicht jemanden bestellen, der all den alten Plunder fortwirft", fügte er säuerlich hinzu. „Die Möbel sind gerade noch gut genug zum Verbrennen. Die waren schon alt, als wir in die Wohnung einzogen. Das muss alles weg. Mutter war so geizig, dass sie auch Kleidung nur gebraucht kaufte und dann die nächsten zwanzig Jahre immer wieder umnähte."

„Übertreib nicht", sagte Běla versöhnlich. „Sie war nicht geizig, nur gewohnt, ein Leben lang überaus sparsam zu sein."

Aha, dachte ich. Also kannte Běla die Großmutter doch besser, als ich angenommen hatte.

„Wenn du möchtest, komme ich mit", bot Běla an. „Ich helfe euch aufzuräumen, und vielleicht kann ich etwas von ihren Sachen zum Zerschneiden gebrauchen. Vielleicht bunte Zeitschriften oder Flicken. Im Frühjahr werden wir im Kindergarten Stoffhandpuppen basteln."

„Ganz bestimmt nicht. Du wirst mir hier keinen alten Kram anschleppen", ärgerte sich Vater. „Als hätten wir nicht schon genug Unordnung."

Běla und ich sahen uns nach dem Küchentisch um. Die Tischplatte war unter der Flut von Bändern, Farben und ausgeblasenen Eiern kaum zu sehen, weil Běla den Osterschmuck vorbereitete und aus festem Papier große Eier ausschnitt, damit die Kinder sie anmalen konnten. Und auf der anderen Tischseite lagen meine Lehrbücher und die aufgeschlagenen Hefte. Auf den Stühlen häuften sich Zeitschriften, die für Collagen zerschnitten werden konnten.

Ich senkte den Kopf und gab vor, zu rechnen und nicht zu bemerken, was um mich herum passierte. Mir war klar, dass es gleich einen weiteren von Vaters Auftritten geben würde und danach umgehend eine Großreinigung der Küche.

„Mach lieber hier Ordnung. Warum muss ich das immer ertragen? Das ist doch keine Küche, sondern ein Saustall. Wenn du schon nicht kochen kannst, mach wenigstens sauber."

Ich sah Bělas Hände an. Sie waren zu Fäusten geballt und die Nägel gruben sich in die Handflächen.

„Das meinst du doch sicher nicht ernst", sagte sie mit zum Tisch gesenktem Blick.

Wie zu erwarten, antwortete Vater nicht, drehte sich um und schlug die Tür hinter sich zu. Běla drehte mir den Rücken zu und schob die Ausschnitte in Kartons. Ich wusste, dass sie sich bemühte, die Tränen zu unterdrücken. Ich stellte mich neben sie, streichelte ihre Hand und begann, ihr beim Aufsammeln zu helfen.

An diesem Abend schrieb ich mir ins Heft, dass der Vater einen Psychologen viel dringender braucht als ich. Und dass es sehr gut ist, dass er für ein paar Tage wegfährt. Und dass ich Běla helfen werde und ihr nicht noch zusätzlichen Kummer bereite, damit sie nie mehr weinen muss.

Dann blätterte ich ans Ende des Tagebuchs, wo ich innen auf den festen Umschlag meinen Stammbaum geklebt hatte, und in den der Vater die Namen seiner Eltern und Geschwister eingetragen hatte. Heute hatte ich aus Vaters und Bělas Gespräch entnommen, dass Hedvika und Rostislav nicht mehr lebten, und mir also auch keine Fragen mehr beantworten würden. Von Vaters Verwandten lebte nur noch seine Schwester Doubravka, und auch von ihr sprach er **nur selten**.

4 / VATER

Nur selten kam es vor, dass Svatopluk nicht mit dem Vater einer Meinung war, und deswegen ärgerte es ihn, dass er seine Liebe zur Musik so herablassend betrachtete. Er hatte immer zu ihm aufgeschaut, Vaters Worte waren für ihn Gesetz, was in einem Alter, in dem sich junge Menschen von ihren Eltern abgrenzen, eher eine Ausnahme war, und der Vater war trotzdem nicht zufrieden mit ihm. Aber erfreut war er, als Svatopluk nach der Lehre in den ´50er Jahren in der Fabrik *Dotas*, Elektrogeräte für den Haushalt herstellte und, wo er selbst seit der Überführung in Volkseigentum im Parteiapparat arbeitete, für ein Studium ausgewählt wurde. Er sollte sich sowohl in einem technischen Fach als auch im Marxismus-Leninismus weiterqualifizieren, weil – wie der Vater sagte – man gebildete Leute brauchte, die aus dem Arbeitermilieu kamen. Er unterstützte seinen Sohn beim Studium der Fachliteratur, ja sogar der Klassiker, aber die Bücher über Musik versteckte Svatopluk lieber vor ihm. Und ein Grammofon nach Hause mitzubringen, davon konnte er nur träumen. Musik – und vor allem die klassische – war für den Vater ein bourgeoises Relikt und unnütze Zeitverschwendung.

Svatopluk ging noch immer zu Frau Vrabcová, um Musik zu hören, aber nicht mehr so oft, weil er neben der Arbeit studierte und die Verpflichtungen im Studium und die Teilnahme an Parteiaktionen den Großteil seiner Zeit beanspruchten.

„In letzter Zeit hast du dem Leben den Vorrang vor der Musik gegeben", bemerkte die Lehrerin bei einem seiner Besuche wie nebenbei. Bevor er antworten konnte, fügte sie hinzu: „Das ist natürlich in Ordnung."

Svatopluk hielt es für richtig, ihr seine Gründe zu erklären, damit sie ja nicht dachte, er würde sich wie ein bürgerlicher Student dem Leben hingeben. Und er begann über sein Studium zu sprechen, die Parteiversammlungen, Agitationen und die Parteiarbeit, aber als er den seltsam starren Gesichtsausdruck der Lehrerin sah, verstummte er, und es war ihm peinlich, als hätte er etwas Unpassendes gesagt.

Die Lehrerin zog sich den Pullover enger um den Körper und nickte.

„Sicher, das ist wichtig."

Und Svatopluk war es noch unangenehmer, weil er aus ihrer leisen Stimme Angst heraushörte. Er wusste, dass Frau Vrabcová immer weniger Schüler hatte, aber dachte nicht darüber nach, wovon die Lehrerin lebte. Ihn interessierte mehr, wohin die schwarzhaarige Eva verschwunden war und warum sie nicht mehr jeden Donnerstagnachmittag zur Klavierstunde kam. Er wagte nicht zu fragen, was ihm selbst komisch vorkam, weil er es nie schwierig fand, auf einer Versammlung aufzutreten und vor den Leuten seine Ansichten auszusprechen. Vielleicht hatte er das Gefühl, dass selbst wenn Frau Vrabcová ihm auf die Fragen antwortete, die ihn quälten, und er vielleicht erfahren könnte, wo Eva zu finden war, er sie sowieso nicht aufsuchen würde. Er wüsste nicht, wie er sie ansprechen, noch worüber er mit ihr reden sollte.

Und so ging er weiter manchmal die Musiklehrerin besuchen, um bei ihr Schallplatten anzuhören und ihre Erzählungen über Musik. Aber ihm war bewusst, dass etwas anders war. Die freundschaftliche Nähe war verschwunden, die Svatopluk sich im Haus der Musik so gut fühlen ließ. Seine Besuche wurden seltener und kürzer, und als er nach einiger Zeit das Haus verschlossen vorfand und Frau Vrabcová aus seinem Leben verschwand, fehlte sie ihm eigentlich auch nicht.

Eines Tages zog Svatopluks Bruder Rostislav aus. Er kam wie gewöhnlich von der Arbeit, aber anstatt zu essen und dann in die Kneipe zu gehen, zog er den braunen Pappkoffer unter dem Bett hervor und begann, seine Sachen hineinzulegen. Die Mutter war in der Küche, sodass sie das ungewöhnliche Tun ihres Sohnes nicht bemerkte und erst durch dessen Flüche und Drohungen, die an Hedvika gerichtet waren, herbeigerufen wurde. Hedvika hatte – obwohl sie langsam im Kopf war – irgendwie begriffen, dass Rostislav die Familie verlassen wollte, zog die eingepackten Socken und Turnhosen aus dem Koffer und trug sie zurück in den Schrank.

„Lass das, du Dummkopf. Hör auf damit und verpiss dich", war aus dem Zimmer zu hören. Die Mutter war mehr von der Länge der Rede ihres Sohnes gefesselt als von der Wortwahl. Normalerweise antwortete er nur einsilbig, oder er sprach gar nicht.

„Du ziehst aus?", fragte sie, wischte sich die nassen Hände an der Schürze ab und legte die Sachen zusammen, die Hedvika einfach so in den Schrank zurückgeworfen hatte.

„Ja."

„Und wohin?"

Rostislav antwortete nicht, und so präzisierte sie die Frage.

„Zu irgendeiner Frau?"

„Ja."

„Aha", sagte Mutter, legte das zusammengelegte Hemd in den Koffer und dachte nach, ob das gut oder schlecht war.

Rostislav war schon lange erwachsen, seine Altersgefährten hatten eigene Familien, also sollte sie eigentlich froh sein. Sie wusste aber gut, dass es nur auf der Arbeit oder in der Kneipe zu einer Bekanntschaft kommen konnte, und unter Berücksichtigung seines Charakters und seiner Arbeit in der Autowerkstatt tippte sie auf die zweite Möglichkeit. Erst dachte sie an das Glück ihres Sohnes und dann ein bisschen auch an sein Geld. Ein Teil von Rostislavs Lohn löste sich zwar in Alkohol auf, aber zum Essen und zur Wohnung trug er doch bei. Jetzt würde er es wahrscheinlich mit einem leichten Frauenzimmer vertrinken, eine ordentliche Frau kann man in der Kneipe nicht treffen, das war ja sonnenklar – eine anständige Frau würde sich nie mit ihm zusammentun.

Allerdings wusste niemand, wo ihn sein Glück erwartete und mit wem, überlegte sie, und Rostislav war ein seltsamer Vogel und würde wohl auch kein anderer mehr werden. Der Krieg hatte ihn so sehr verändert, es hatte keinen Sinn, mit ihm zu verhandeln, also dann ging er eben.

„Vergiss nicht die Hausschuhe", sagte sie, nahm die widerstrebende Hedvika bei der Hand und zog sie fort in die Küche.

Als Svatopluk von der Vorlesung in der Abendschule zurückkam, war Rostislav fort. Doubravka schluckte in der Küche ihren Kummer mit Hefebuchteln hinunter und Hedvika hielt sich an Mutters Schürze fest, als hätte sie Angst, sie könnte sie auch verlassen.

Mitten in der Nacht wachte Svatopluk auf. Es war seltsam, nicht des Bruders Atem zu hören oder wie er durchs Zimmer lief, sich unruhig im Bett herumwälzte und tief seufzte. Auf einmal kam er sich sonderbar einsam vor und ihm fiel zum ersten Mal auf, dass nicht alle Menschen für immer in seinem Leben bleiben würden. Um dieses beklemmende Gefühl zu verscheuchen, begann er an Jiřina zu denken, das Mädchen, mit dem er sich schon ein paar Wochen traf und dessen Atem er in der Dunkelheit viel lieber hören würde als den des Bruders.

Wenn jemand Svatopluk fragen würde, was ihm an sich selbst am meisten gefiel, würde er eine Weile so tun, als dächte er nach, und würde dann antworten – die Stimme. Wirklich, seine Stimme war männlich, volltönend und angenehm. Er konnte damit die Zuhörer bei öffentlichen Auftritten und in Versammlungen fesseln und viele Mädchen so verzaubern, dass sie mehr der Melodie als dem Inhalt seiner Worte erlagen.

Er strahlte Selbstvertrauen aus. Er war sich dessen, was er sagte, so sicher, und so überzeugt von seiner Wahrheit und der Richtigkeit jedes seiner Worte, dass er in den Zuhörern den Eindruck erweckte, dass sie bislang nur im Dunkeln tappten und erst jetzt neben Svatopluk und unter seiner Führung den richtigen Weg durchs Leben fanden.

Svatopluk war durch seine ehrliche Überzeugung zu wissen, wie man leben sollte, und zu verstehen, was für die Menschheit das Beste war, vorherbestimmt, ein Anführer zu werden. Nur ist das Schwierige mit den Anführern, dass sie wissen, was das Beste für die Menschheit ist, aber vergessen, dass das nicht das Beste für den Menschen sein muss.

Svatopluk, der in Bewunderung für den Vater aufwuchs, glaubte an den Kollektivismus, die Macht des Klassenkampfes und die brüderliche Liebe zur Sowjetunion. Zum Wohl der Partei und des Volkes studierte er, arbeitete und redete auf Versammlungen, brannte für gemeinsames Arbeiten, gemeinsamen Besitz und gemeinsame Anstrengungen, und wurde deshalb zuerst Vorsitzender der Jugendorganisation im Betrieb und dann aktives Parteimitglied. Der Vater war stolz auf ihn und die Mutter sagte: „Du solltest dir lieber eine Frau suchen."

Svatopluk hatte schon ein paar Mädchen. Manche Bekanntschaften ließen sich als einfacher Flirt beschreiben, andere dauerten länger an, und mit der Zeit bekamen die Fräuleins den Eindruck, die Beziehung zwischen ihnen und Svatopluk sei auf dem Weg zur Ehe. Kaum hatte Svatopluk das begriffen, beendete er die Bekanntschaft. Eines Tages wollte er natürlich heiraten, schließlich hatten viele seiner Altersgenossen sogar schon Kinder, was sicher richtig war, weil die Familie die Keimzelle des Staates war, aber Svatopluk hatte nicht die Absicht, einfach so seine Freiheit aufzugeben. Er wollte sich in keiner Bindung festlegen, die ihn nicht nur in seinen Möglichkeiten, das Leben zu genießen, einschränkte – im Übrigen vergnügte er sich nicht gerade viel –, sondern auch in der Arbeit. Er wollte nicht wie der Vater enden, der in der Öffentlichkeit ein geachtetes Parteimitglied war, aber zu Hause nur ein Ehemann, der von giftigen Bemerkungen und Vorwürfen verfolgt wurde.

Svatopluk fuhr oft zu den Versammlungen des Tschechoslowakischen Jugendverbandes, um Vorträge über die Tätigkeit der Partei zu halten und bei der Lösung von Problemen in den lokalen Organisationen zu helfen. In den Sitzungen der Ausschüsse wurden auch Verstöße gegen die Parteidisziplin verhandelt. Wenn es sich um kleinere Verfehlungen handelte, genügte es, dem Betreffenden eine Rüge auszusprechen, für ein größeres Vergehen drohte der Ausschluss. Svatopluk ging an solche Maßnahmen sehr besonnen heran, weil er sich bewusst war, dass ein Ausschluss aus der Jugendorganisation, oder sogar aus der Partei für den Menschen ein Stigma war, welches sein weiteres Leben beeinflusste. Er begriff aber auch, dass es in manchen Fällen keinen Ausweg gab.

In den Versammlungen saß er am Präsidiumstisch, der mit einem roten Tuch bedeckt und mit roten Nelken geschmückt war, und während der Ansprachen, die sich nicht so sehr unterschieden und die er deshalb nur mit halbem Ohr anhörte, um zu wissen, wann er nicken und wann er klatschen musste, vertrieb er sich die Zeit damit, dass er die Mädchen betrachtete, die im Plenum saßen. Wenn er gerade nicht vergeben war, oder die Zeit für eine Veränderung reif war, wählte er sich die aus, die ihm am meisten gefiel, und am Ende der Versammlung versuchte er einfach sein Glück. Den Mädchen schmeichelte das Interesse des bedeutenden Mannes. Manchmal wurde eins von ihnen Svatopluks neues Mädchen. Bis zu dem Zeitpunkt, da er das Interesse verlor oder die Betreffende feststellte, dass sich Svatopluk eigentlich doch nicht von den anderen Männern unterschied – vielleicht nur dadurch, dass er beschäftigter und langweiliger war als der vorhergehende junge Mann, den sie seinetwegen verlassen hatte.

An einem frühen Novemberabend setzte sich Svatopluk an den Präsidiumstisch, der auf einem Podest eines im Erdgeschoss gelegenen Klassenraumes der örtlichen Schule stand. Mit Absicht wählte er den Platz an der Tür, um nach seiner Rede unauffällig zu verschwinden. Es war schon die dritte Versammlung aus Anlass des *Monats der tschechoslowakisch-sowjetischen Freundschaft*, an der er in dieser Woche teilnahm, und Svatopluk war erkältet und müde und musste nach Hause ins Bett.

Im Raum war es feuchtkalt, weil in der Schule im Rahmen der Einsparungen in den Nachmittagsstunden nicht geheizt wurde, und von der Tür zog es unangenehm. Er wartete, dass er mit seiner Ansprache an die Reihe kam, schaute immer wieder nach dem Mantel, der an der Tür am Haken hing, und überlegte, ob es angemessen war, aufzustehen und sich ihn überzuziehen. Er überflog mit einem schnellen Blick die Jugendlichen, die er auf den Stühlen vor sich hatte. Offensichtlich war ihnen auch kalt und sie konnten das Ende der Versammlung kaum erwarten.

Mit dem Blick blieb er an einem Mädchen in der zweiten Reihe hängen. Es verkroch sich in einem dunkelblauen Pullover. Der war zu groß, die Ärmellöcher fielen ihr bis auf die Ellbogen und die Ärmel reichten bis zu den Fingerspitzen, zwischen denen sie die Haare zwirbelte. Dieser Pullover gehörte sicher dem jungen Mann, der nur in einem Hemd neben ihr saß und so tat, als sei ihm überhaupt nicht kalt. Svatopluk sah die langhaarige junge Frau wieder an und überlegte, dass er sie von irgendwoher kannte. Und dann erinnerte er sich. Natürlich, das war Eva. Eva, die bei Frau Vrabcová Klavier spielte und eines Tages aus seinem Leben verschwunden war. Auf einmal brauchte er den Mantel nicht mehr. Ihn durchfloss die gleiche Wärme, die vermutlich der junge Mann neben ihr fühlte.

Eva sah ihn an. Er begriff, dass sie ihn erkannt hatte, und nickte zum Gruß. Sie lächelte. In diesem Moment wusste Svatopluk, dass er bis zum Ende der Versammlung bleiben würde.

Manchmal schaute er verstohlen zu ihr hin, aber ihren Blick fing er nicht ein. Sie schaute auf den Redner, der mit monotoner Stimme das Grußwort vortrug, und nur manchmal senkte sie den Blick auf die kalten Finger und zog die Ärmel noch weiter darüber. Als die Reihe endlich an Svatopluk kam, um über die Zusammenarbeit mit der sowjetischen Jugend zu sprechen, hatte er nicht den Mut, die Augen vom Papier zu heben. Als wäre er wieder der noch unmündige Junge, den ihre Gegenwart in Verlegenheit stürzte. Was, wenn er den Faden verlieren und nicht weiterwissen würde?

Er las zu Ende und das Publikum klatschte. Endlich fasste er Mut und schaute in Richtung Eva. Sie klatschte nicht. Sie schaute ihn unverwandt an und sah aus, als würde sie angestrengt über etwas nachdenken.

Er ging zu seinem Platz im Präsidium zurück und sagte sich, dass er wohl doch unauffällig verschwinden sollte. Aber er blieb bis zum Ende sitzen und sammelte nach der letzten Rede langsam die Papiere ein, die vor ihm auf dem Tisch lagen, und gab Bekannten die Hand. Nach Eva schaute er sich nicht mehr um. Er hatte beschlossen, nicht zu ihr zu gehen.

„Wir haben uns lange nicht gesehen", sprach sie ihn an. Er drehte sich langsam um. Auf den Lippen hatte sie diese Andeutung eines Lächelns, das ihn noch immer aus der Ruhe brachte.

„Spielst du noch Klavier?", fragte er etwas unlogisch und war selbst überrascht, dass er sie duzte. Als er damals vor langer Zeit, bevor sie aus seinem Leben verschwand, im Stillen Gespräche mit ihr führte, siezte er sie immer.

„Ich besuche das Konservatorium", zuckte sie mit den Schultern.

„Frau Vrabcová ist weggezogen", platzte er heraus, weil er nicht wusste, was er ihr antworten sollte.

„Sie ist nicht weggezogen, sie ist gestorben. Ich war auf ihrer Beerdigung. Ich dachte, ich würde dich da treffen … Sie hatte dich gern."

„Ich hatte sie auch gern. Ich wusste nicht … ich dachte …" Er war nie auf die Idee gekommen, dass die Musiklehrerin gestorben war. Sie war nicht in dem Alter, in dem Leute starben, und er erinnerte sich nicht, dass sie über die Gesundheit geklagt hätte. Aber Frau Vrabcová klagte eigentlich nie über etwas und über persönliche Dinge hatte sie auch nicht viel gesprochen, bevor zwischen ihnen etwas zerbrach. „Das tut mir leid", fügte er verlegen hinzu und musste immerzu daran denken, dass Eva ihn nicht vergessen hatte, dass sie auf der Beerdigung nach ihm Ausschau gehalten hatte und vielleicht sogar enttäuscht war, als er nicht kam. „Was ist mit ihr passiert?", fragte er.

Ungeduldig schüttelte sie den Kopf

„Sie ist einfach gestorben." Sie schaute sich um. „Hier ist es fürchterlich verraucht. Gehen wir ein bisschen spazieren?"

Svatopluk nickte, obwohl er eigentlich nicht spazieren gehen wollte, weil ihm die Verlegenheit unangenehm war, die er in ihrer Gegenwart fühlte. Aber auch verabschieden wollte er sich nicht von ihr. Ihn zog die Wärme an, die ihre Haut ausstrahlte, ihm gefiel der Duft ihrer Seife und er wünschte sich, ihre Hand zu nehmen und sie leicht zu drücken, um sich zu überzeugen, dass sie wirklich so weich war, wie sie aussah. Wie gern würde er in seiner Hand ihre langen, schlanken Finger spüren, die wie geschaffen schienen, die Tasten zu berühren.

Sie schüttelte den warmen Pullover ab, gab ihn dem Mädchen, das neben ihr stand und neugierig Svatopluk anschaute: „Sag Petr Danke." Dann reichte sie Svatopluk ihren Mantel, damit er ihn ihr hinhielt, schlüpfte hinein und band sich ein Tuch um den Kopf. Sie hängte sich bei ihm ein, als wären sie ein altes Ehepaar, und gemeinsam gingen sie hinaus auf die dunkle Straße.

„Dich hätte ich auf der Versammlung nicht erwartet", sagte er nach einer Weile.

„Warum nicht?"

Er wusste nicht, was er sagen sollte. Er konnte ihr doch nicht erklären, dass sie für ihn ein Wesen aus einer anderen, heute schon aussterbenden Welt war.

„Irgendwie konnte ich mir dich da nicht vorstellen."

Ein paar Schritte weiter sagte sie: „Heutzutage gehen doch alle auf Versammlungen."

„Alle nicht."

„Gut, also die, die sich anpassen wollen."

„Du willst dich anpassen?"

„Ich studiere Klavier und will mich an der Schule halten. Ich habe keine Arbeiterherkunft, also muss ich doch irgendwie eine positive Haltung zum Aufbau der Heimat nachweisen."

„Die hast du doch, oder?"

„Klar. Hör mal, ist das nicht ein seltsames Gespräch? Solltest du mich nicht eher fragen, was ich die ganzen Jahre gemacht habe? Oder was für Bücher ich lese, ob ich ins Kino gehe ..."

„Was hast du die ganzen Jahre gemacht?"

Und Eva erzählte ihm von ihrem Vater, der an der Universität Antike Philosophie lehrte, aber jetzt schon in Rente war, von der Mutter, die ihr die Liebe zur Musik vererbt hatte, von dem Haus in Vinohrady, wo sie gelebt hatten, bevor sie in ein Mietshaus in Žižkov umziehen mussten. An dieser Stelle zögerte sie etwas, aber was soll's, fügte sie hinzu, wenigstens hatte sie es so näher zur Schule. Deswegen war sie damals aus meinem Leben verschwunden, fiel Svatopluk ein, und hörte weiter zu, wie sie über Ferien sprach, die ihre Familie früher in der Sommerwohnung in Südböhmen verlebte.

Das war eine völlig andere Kindheit und ein völlig anderes Leben, als er es kannte. Er begann zu begreifen, woher Evas Selbstsicherheit rührte, das Gefühl, dass ihr die Welt gehörte.

„Du hattest eine schöne Kindheit", sagte er.

„Kindheit schon", antwortete sie, und bevor er etwas fragen konnte, bat sie ihn, etwas über seine Kindheit zu erzählen.

Und so erzählte er ihr von den in einem Raum verlebten Jahren, vom Umzug nach dem Krieg und vor allem vom Klavier, das immer nur unnütz im Wohnzimmer Platz wegnahm und Gegenstand eines Dauerstreites zwischen Vater und Mutter war. Er sprach davon, wie ihm

Rostislav fehlte, wie nah er sich mit Doubravka stand und dass sie ihre liebe Not mit Hedvika hatten.

„Bestimmt ist es schön, Geschwister zu haben", sagte Eva. „Manchmal bedauere ich es, dass ich keine habe." Sie blieb stehen und schaute auf ein erhelltes Fenster im fünften Stock eines alten Mietshauses, ganz ähnlich dem, in dem Svatopluk wohnte. „Meine Eltern warten. Sie legen sich nie schlafen, bevor ich nicht zu Hause bin. Das ist der Nachteil, wenn man ein Einzelkind ist", lachte sie. Dann wurde sie ernst und schaute ihm in die Augen. „Also lädst du mich irgendwohin ein, oder muss ich noch weitere fünf Jahre warten, bis wir uns wieder zufällig auf irgendeiner Versammlung begegnen?"

Sie musste nicht einmal fragen, denn Svatopluk war sich absolut sicher, dass er sie wiedersehen wollte, und das so schnell wie möglich, und schon jetzt, hier auf dem Bürgersteig vor dem hohen Haus mit den schmalen Fenstern und dem abgeblätterten Putz ahnte er, dass er sie eines Tages fragen würde, ob sie das ganze Leben mit ihm verbringen wollte.

Dass sie heiraten, beschlossen Svatopluk und Eva nach einer nicht ganz einjährigen Beziehung, obwohl weder die eine noch die andere Familie darüber erfreut war. Svatopluks Verwandte störte, dass Eva aufgeblasen war, wie seine Mutter erklärte. Sie konnte den erniedrigenden Moment nicht vergessen, als sie das Mädchen beim ersten Besuch bat, etwas auf dem Klavier zu spielen, und Eva nach ein paar Tönen angewidert den Deckel zuklappte und erklärte, das Instrument sei hoffnungslos verstimmt. In das Wort „hoffnungslos" legte sie großen Schmerz, der die Mutter wie ein Vorwurf durchfuhr, dass sie so ein wertvolles Ding nicht verdiente, wenn sie nicht in der Lage war, sich darum zu kümmern. Und das verzieh sie der zukünftigen Schwiegertochter nie.

Svatopluks Vater mochte Eva aus Prinzip nicht. Seines Erachtens war sie ein bourgeoises Element.

Ja, Eva stammte aus einer bürgerlichen Familie. Der Vater war ein ehemaliger Universitätsprofessor und die Mutter arbeitete gar nicht – weil sich die feinen Damen die Hände nicht schmutzig machen mussten, wie die Mutter hinter Evas Rücken voller Verachtung bemerkte. Svatopluk verteidigte seine Liebste natürlich. Er behauptete, ihre ganze Familie hätte die Veränderungen begriffen, die die Welt bewegten, sich angepasst und es geschafft sich einzureihen.

Das war natürlich nicht so ganz die Wahrheit, was Svatopluk ahnen konnte. Aber es war einfacher für ihn, sich selbst zu belügen, als sich mit der Tatsache abzufinden, dass auch Evas Eltern nicht begeistert von ihm waren. Der Heirat stimmten sie erst nach langer Überredung zu und weil sie wussten, dass Eva sowieso tun würde, was sie wollte, und auch, weil sie wegen der Parteizugehörigkeit des zukünftigen Schwiegersohns Angst hatten, ihre Vorbehalte laut auszusprechen. Für sie war Evas Eheschließung ein tiefer Fall in der schon nicht mehr existierenden gesellschaftlichen Hierarchie und ihren Schwiegersohn nannten sie in seiner Abwesenheit nur *diesen Bolschewiken*.

Svatopluk war aber so grenzenlos in Eva verliebt, dass er sie auch genommen hätte, wenn sie in seiner Gegenwart so von ihm gesprochen hätten. Mehr hätte ihn wohl gestört, wenn er gewusst hätte, dass Eva auch andere Gründe als die reinste Liebe hatte. Sicher, sie bewunderte Svatopluks Entschlossenheit, sie hatte ihn gern, aber vor allem brauchte sie einen Mann mit Einfluss. Jemanden, der es einrichten konnte, dass sie ihre musikalische Ausbildung anwenden und spielen konnte.

In den Nächten, in denen Svatopluk von einem Leben mit ihr träumte, setzte sie sich im Geiste auf der Bühne in eine schwarze Robe gekleidet ans Klavier. Sie spielte Soli in großen Klavierkonzerten, reiste durchs ganze Land – nicht einmal im Traum wagte sie, sich ausländische Säle vorzustellen – und nach dem Konzert verbeugte sie sich vor dem begeistert klatschenden Publikum.

Wegen der Umstände und den offensichtlichen Vorbehalten beider Familien war die Hochzeit im Sommer des Jahres '59 nicht besonders groß. Die Brautleute wurden im örtlichen Nationalausschuss des entsprechenden Stadtteils getraut. Von einer kirchlichen Zeremonie konnte wegen Svatopluks Parteizugehörigkeit keine Rede sein. Evas Familie hielt die Ehe deswegen für ungültig, und demzufolge für eine Sünde, und Svatopluks Mutter weissagte, dass eine Verbindung ohne kirchlichen Segen nicht glücklich sein konnte. Das war die einzige Sache, in der sich die durch die Hochzeit verwandten Familien einig waren.

Svatopluks Trauzeuge war sein Freund und Kollege Jiří Hedra und Evas Trauzeugin ihre Konservatoriumskommilitonin Eliška Sýkorová. Jiří meisterte seine Aufgabe mit der Würde eines verheirateten Mannes und Familienvaters, Eliška dagegen, die im Beginn ihrer Schwangerschaft war und an Übelkeit litt, begann sich der Kopf zu drehen, und die Zeremonie konnte nur wegen des schnellen Eingreifens des Zeugen beendet werden. Er stützte seine schwankende Kollegin für den

Rest der Rede und Svatopluks Mutter ließ sich nie wieder ausreden, dass die beiden etwas miteinander hatten. Immer wenn die Rede auf die Hedras oder Sýkoras kam, verzog sie angewidert das Gesicht, und als Eliška Sýkorovás Ehe nach zehn Jahren auseinanderging, erklärte die Mutter, das sei zu erwarten gewesen.

So bescheiden die Zeremonie war, so lustig war das Hochzeitsbankett. Außer den Familienangehörigen, die sich konsequent auf ihrer Seite des festlich gedeckten Tisches hielten, waren Evas Freundinnen und Svatopluks Genossen eingeladen. Nach anfänglicher Verlegenheit schwand die Anspannung im Saal der örtlichen Wirtschaft, wo alle Feierlichkeiten und die Einwohnerversammlungen des Stadtviertels stattfanden. Und mit der Zeit und der Menge des getrunkenen Alkohols schlug die Stimmung von verlegen in gelöst um und später in geradezu ausgelassen. Evas Eltern gingen bald, Svatopluks Mutter trank vom Wein und streute Bemerkung um Bemerkung über die verdorbene Jugend und das Ende der Welt in Richtung Doubravka, die zufrieden Kuchen, Törtchen und belegte Brote futterte. Dann erhob sie sich, um Hedvika nach Hause zu bringen, die beschlossen hatte, die Momente, in denen die Musik nicht spielte, mit ihrem unartikulierten Gesang zu füllen.

Svatopluks Vater rührte den Alkohol aus Prinzip nicht an, diskutierte aber umso leidenschaftlicher mit den anwesenden Genossen das eine, das ihn wirklich interessierte, also den Weg zum Kommunismus. Die meisten Genossen flohen aber bei der ersten Gelegenheit und widmeten sich lieber Evas Freundinnen, die mit jedem getrunkenen Glas schöner und zugänglicher wurden. Und nach neun Uhr am Abend interessierte wirklich niemanden mehr die Parteizugehörigkeit, die politische Anschauung oder die Konfession. Manchmal verschwand ein Paar aus dem verrauchten Saal, und das, was es verband, war sicher nicht die Liebe zur Musik oder zur Sowjetunion.

Zu einem einzigen Zwischenfall kam es, als sich Svatopluks Bruder Rostislav entschloss, sein unglückliches Leben zu beenden, und aus dem Saal wankte. Er zog den Gürtel aus der Hose, warf ihn über das Wasserrohr in der Toilette und begann auf die Kloschüssel zu klettern. Da er aber eine Menge Alkohol getrunken hatte, gelang ihm das nicht so gut, und so kam dank der Verzögerung eine der anwesenden Damen gerade in dem Augenblick, als es ihm endlich gelungen war, den Kopf in die Schlinge zu stecken. Das Mädchen fing beim Anblick des Eindringlings an zu kreischen und zu schimpfen. Rostislav bemerkte, dass er sich auf weibliches Hoheitsgebiet verirrt hatte, und das versetzte ihm einen solchen Schrecken, dass er sich zu entschuldigen begann und herunterklettern wollte, um einen besseren Ort zu finden, wo er seine Absicht zu Ende bringen wollte. Aber da drangen schon die Hochzeitsgäste hinein, herbeigerufen von dem erbosten Geschrei, und verhinderten die Tat.

Um den unglücklichen Rostislav kümmerte sich dann eine Frau, von der die Mutter nur als Schlampe sprach, weil sie nach ein paar Jahren Zusammenlebens noch immer nicht mit Rostislav verheiratet war. Auch die Betreffende war mit ihrer Situation nicht zufrieden und wollte Rostislav nicht sterben lassen, solange er keine verheiratete Frau aus ihr gemacht hatte. Sie verabreichte ihm ein paar Ohrfeigen, damit er zu sich kam, und brachte ihn nach Hause. Dann ging der Spaß bis in die frühen Morgenstunden weiter.

Trotz seines jugendlichen Alters – oder vielleicht gerade deswegen – erreichte Svatopluk bald die Funktion des Stellvertreters für Produktion. Er arbeitete immer noch in dem Betrieb, in dem er vor Jahren als Lehrling angefangen, neben der Arbeit die Mittelschule und die Hochschule abgeschlossen hatte und nach dem Vorbild des Vaters und aus eigener Überzeugung ein hoher Parteikader wurde. Evas Eltern behaupteten, dass er sich dank der im Moment richtigen politischen Ansichten hochgearbeitet hatte, aber die Wahrheit war, dass Svatopluk intelligent und fleißig war und etwas von seiner Arbeit verstand.

Die Parteizugehörigkeit schadete natürlich keinesfalls und verhalf den Frischvermählten zu einer eigenen Wohnung. Das war ein Privileg, von dem andere junge Familien nur träumen konnten. Es gab zu wenige Wohnungen und die Wartelisten waren lang.

Gleich nach der Hochzeit zogen sie in eine kleine Wohnung. Außer einer seltsamen fensterlosen Küche, die an der Stelle war, wo ursprünglich der Flur endete, hatten sie nur ein Zimmer, und weil ihre Behausung durch die Teilung einer großen Wohnung aus der Zwischenkriegszeit in drei kleine entstanden war, mussten die Jungvermählten sich Bad und Toilette mit zwei anderen Familien teilen.

Noch mehr störten sie aber der Rauch und der schwere Husten, die aus dem Nachbarzimmer herüberdrangen. Das Husten war vor allem in der Nacht zu hören und war so laut, dass es sie weckte.

Eva war zu der Zeit schwanger, der Zigarettenrauch schlug ihr auf den Magen, und außerdem hatte sie Angst, dass die Bazillen, die in den Gemeinschaftsräumen durch die Luft schwirrten und unter der Tür hindurch in ihr Zimmer drangen, dem ungeborenen Kind schaden könnten. Der alte Mann wollte auch nicht begreifen, dass ihm schon lange nicht mehr das ganze Haus gehörte, und kam in seinem abgewetzten Morgenmantel ohne anzuklopfen in jeden Raum. Wenn er gerade nicht hustete, fluchte er auf die Unordnung, die die anderen Mieter hinterließen. Besonders hatte er es auf Evas lange dunkle Locken abgesehen und hörte erst auf, ohne Vorwarnung mit einem gefundenen schwarzen Haar in der Hand ins Zimmer der Žáks einzudringen, als Svatopluk ihm drohte, ihn aus der Wohnung werfen zu lassen. Danach traute er sich nur noch auf dem Gang zu schimpfen.

Zwei weitere Zimmer wurden von einer Familie mit vier kleinen Kindern bewohnt, die offensichtlich als Ergebnis stürmischer Streits auf die Welt kamen, auf die eine noch stürmischere Versöhnung folgte. Mehr als der Krach der sechsköpfigen Familie störte Eva der Gestank der ausgekochten Windeln und der ständige Essensgeruch. Deswegen blieb sie so lange es nur ging in der Schule, wo sie Musik unterrichtete und den Chor leitete, und erwarb sich damit den Ruf einer arbeitsamen und verantwortungsvollen Genossin Lehrerin.

Svatopluk tröstete sie, dass sie nach der Geburt des Kindes die Geräusche und Gerüche nicht mehr stören würden, genauso wie sie ihn nicht störten, und die erschöpfte Eva dachte, dass er im Gegensatz zu ihr in solchen Verhältnissen aufgewachsen war. Und natürlich sagte sie ihm das auch.

Die Situation entspannte sich nach zehn Monaten, als die vielköpfige Familie wegen der Kinder beschloss, aufs Land in das Haus der Eltern zu ziehen.

„Die sind schon alt und brauchen unsere Hilfe", sagte die müde Frau und fuhr sich unbewusst mit der Hand über den aufs Neue gerundeten Bauch. Eva dachte, dass Hilfe wohl eher die werdende Mutter brauchte, und verdächtigte die etwas umfangreichere Familie, dass es ihnen mehr um das Haus als um die Eltern ging. „Wer weiß, wen man Ihnen hier an unserer Stelle reinsetzt", sagte die verdiente Mutter und entfernte sich mit wiegenden Schritten auf ihr Territorium.

Eva setzte sich mit genauso wiegenden Schritten und aufkeimenden Ängsten vor den neuen Mietern ans Klavier. Svatopluk hatte es von den Eltern hierherbringen und stimmen lassen, aber Eva spielte nur in Gedanken darauf, mit in der Luft über den Tasten schwebenden Händen, um die anderen Parteien nicht zu stören.

Sie machte sich unnötige Sorgen. Als die streitbaren Eheleute mit ihren Nachkommen unter großem Gepolter und Getöse ausgezogen waren, meinte der alte hustende Mann, sie hätten die Wohnung geräumt, weil die Reaktionäre endlich den Putsch unternommen hatten, vor dem die Kommunisten ständig warnten und den sie schon im Keim zu ersticken versuchten. Er kam zu dem Schluss, dass sich die Verhältnisse wieder umgedreht hatten und er wieder Besitzer des ganzen Mietshauses war. Er ging nur im Morgenmantel auf dem nackten Leib durchs Haus, um die Miete einzutreiben, regte sich auf und schrie herum, verlangte nach seinem Recht. Aber noch bevor er in der dritten Etage angekommen war, kam der Krankenwagen und brachte ihn irgendwohin, von wo er nicht mehr zurückkehrte.

Nur Eva wegen verletzte Svatopluk seine Grundsätze, zog an ein paar Strippen und aus drei armseligen Buden wurde wieder eine große, geräumige Wohnung. Im Wohnzimmer stand das Klavier, auf dem Eva spielen könnte, wann immer sie wollte, weil sie in der vierten Etage niemanden mehr mit der Musik störte. Und selbst wenn – wer würde es wagen, sich über die wunderschönen Töne zu beschweren, die aus den Fenstern des stellvertretenden Direktors eines volkseigenen Betriebes und Sekretärs der Parteiorganisation flossen? Aber Eva spielte nur manchmal, meistens, wenn Svatopluk sie darum bat. Ihre ganze Zeit und Liebe widmete sie ihrer Familie – Svatopluk und dem Töchterchen, das im Juli dieses Jahres geboren wurde. Trotzdem streichelte Eva jedes Mal schuldbewusst das Klavier, wenn sie daran vorüberging, als würde sie sich bei ihm entschuldigen, dass sie es vernachlässigte. Und in Gedanken versprach sie ihm: Eines Tages, eines Tages komme ich zurück zu dir.

Es war der Beginn der 60er Jahre und im Radio sagten sie, dass der Aufbau der glücklichen Zukunft voranging. Svatopluk **war glücklich.**

5 / TOCHTER

Ich war glücklich. Der Vater war abgereist, um seiner Schwester beim Ausräumen der Wohnung zu helfen, und ich verspürte eine Ruhe, die mir die ersten Frühlingstage aufheiterte. Ich musste nicht sein finsteres Gesicht und die strengen Blicke fürchten. Die Küchentür öffnete ich ohne zuerst das Ohr daranzulegen, um festzustellen, ob die Luft rein war. Auf dem Flur ging ich nicht auf Zehenspitzen, um zu vermeiden, dass er mich bemerkte.

Die Erleichterung dauerte leider nicht lange an. Der Vater kehrte früher zurück, als er ursprünglich geplant hatte, und seine Laune war noch schrecklicher als vor der Abreise.

„In den paar Monaten seit Mutters Tod ist Doubravka völlig verwahrlost", beschwerte er sich schon in der Diele. „Sie saß wie eine fette Kröte im Sessel und interessierte sich ausschließlich dafür, was sie essen könnte. Sie war ja immer dick, aber jetzt ist sie so fett, dass sie kaum noch aufstehen kann. Sie geht gerade noch zur Tür, um für die Pflegerin mit dem Essen zu öffnen. Sie kauft zwei Portionen, futtert sie in einem Anlauf auf und isst dann noch Hörnchen und Kekse. Es ließ sich gar nicht mit ihr darüber reden, dass sie mir beim Ausräumen helfen sollte. Ich musste sie noch bedienen. Als sie sie abholten, um sie ins Pflegeheim zu bringen, konnte sie nicht einmal die Treppe hinuntergehen. Die werden da schon ihre Freude an ihr haben!"

Ich zog die Hochzeitsfotografie aus der untersten Schublade und suchte eine beleibtere junge Frau, die meine Tante Doubravka sein könnte. Eine etwas dickere

Frau stand rechts hinter dem Bräutigam, aber ihr Kopf war gesenkt, sodass man ihr Gesicht nicht sehen konnte.

Nach einer Weile hörte ich, wie der Vater an der Tür vorbei in sein Zimmer ging. Er wurde nicht einmal langsamer. Er fehlte mir nicht. Das nicht, aber trotzdem tat es mir leid, dass er nicht zu mir hereinsah. Vielleicht hatte er in den paar Tagen ganz und gar vergessen, dass ich auf der Welt war, und wenn ich verschwinden würde, würde er mich überhaupt nicht suchen.

Ich legte die Arme um die Knie und schaute hinaus. Das Fenster in meinem Zimmer zeigte auf die Straße. Ich konnte bis zur Kreuzung sehen, an der meine sichere Welt endete, das Gebiet, das ich kannte.

Die blendende Frühlingssonne beschien das Dach des gelben Familienhauses, wo die Béms wohnten. Herr Bém war ein kleiner, dünner Mann mit einem großen Schnauzbart und einer durchdringenden Stimme. Er stand oft mit dem Vater am Drahtzaun zusammen, der unsere Gärten trennte. Sie unterhielten sich über das Beschneiden der Bäume, die beste Bewässerung und das Düngen. In diesen Augenblicken war der Vater ein ganz anderer, als ich ihn kannte. So ruhig und gefällig sprach er nie mit mir oder Běla. Seine Stimme war auf einmal tiefer, das Timbre angenehmer und das Sprechtempo langsamer. Nur manchmal regten sich die beiden Herren auf, wenn sie sich einmütig über die Verhältnisse beschwerten und sich daran erinnerten, was unter den Kommunisten besser war.

Frau Bémová kam manchmal auf einen Schwatz mit Běla zu uns herüber, was mich immer freute. Nicht, dass ich das Gerede der Nachbarin so unterhaltsam fand, aber Frau Bémová war eine tolle Köchin und brachte uns jedes Mal etwas Süßes mit. Ich glaube, dass Běla nicht so begeistert über die Kuchen und Buchteln war, weil sie nichts Süßes aß, um die Figur zu halten und auf französische Weise *chic* zu sein. Außerdem lobte Vater Frau Bémová, stellte sie Běla als Beispiel hin und sagte, es könne doch nicht so schwer sein, manchmal etwas nicht anbrennen zu lassen. Běla lächelte wieder nur, als sei das wer weiß wie witzig, und Frau Bémová redete und redete, wohl um den peinlichen Augenblick wegzureden. Sie erzählte ohne Punkt und Komma, die Worte flossen aus ihrem Mund wie ein Fluss, und ich hatte nach einer Weile das Gefühl, in ihrem Wortschwall zu ertrinken, und musste gehen.

Ich mochte die beiden Béms, aber am liebsten hatte ich ihren Hund Zub. Obwohl er im Garten eine Hundehütte hatte, drückte er sich auf der Türschwelle herum und versuchte sich bei jeder Gelegenheit ins Haus zu schummeln. Dann schrie Frau Bémová und jagte ihn mit dem Besen hinaus, weil sie die Vorstellung nicht ertragen konnte, dass Zubs Pfoten ihren gewienerten Boden schmutzig machen und auf den Teppichen und den Möbeln – um Gottes Willen – Haare hängenbleiben könnten.

Zub war wie ich. Er mochte keine fremden Menschen, hielt sich am liebsten dort auf, wo er sich auskannte, und nie hörte ich ihn bellen. Er spürte wohl, dass wir verwandte Seelen waren, denn wenn ich in die Schule ging, begleitete er mich auf der anderen Seite des Zaunes bis zum Ende des Gartens und dort wartete er auf mich, bis ich heimkam. Wann immer ich in den Garten hinauskam, lief er herbei und verlangte, dass ich das Tor zwischen unseren Gärten für ihn öffnete. Nur lustlos, mit zwischen die Beine gekniffenem Schwanz kehrte er dann nach Hause zurück, wenn Frau Bém rief, drehte sich immer wieder um und warf mir klägliche Blicke zu. Ich kümmerte mich immer um Zub, wenn die Béms zu Besuch zu ihren Kindern oder in den Urlaub fuhren, was zu meiner Freude recht häufig vorkam. Und einmal passierte es, dass Zub nach ihrer Rückkehr aus dem Urlaub ablehnte, sich von mir fortzubewegen. Herr Bém packte ihn am Halsband und zog ihn zu sich in den Garten, aber Zub setzte sich ans Tor und ließ sich auch nicht mit den geliebten Keksen fortlocken. Als er auch am nächsten Morgen noch auf seinem Platz ausharrte, und am Mittag und am Abend immer noch entschlossen auf unser Haus starrte, willigten die Béms ein, dass er bei uns blieb. Und so lief mir zu Hause und im Garten ein rostroter, strubbeliger Mischling aus einem Cockerspaniel und einer unbekannten Rasse hinterher. Er folgte mir auf Schritt und Tritt, aber aus dem Tor ging er niemals.

Frau Bém sagte, er sei so verängstigt, seit er sich als kleiner Welpe einmal verlief und den ganzen Nachmittag nicht gefunden werden konnte. Die Béms suchten ein paarmal die ganze Straße ab und fragten alle, aber obwohl es ihnen so vorkam, als hörten sie Zub verzweifelt irgendwo auf dem Hof der Táfls bellen, fanden sie den Hund nicht. Schließlich öffnete sich Herr Bém gegen Abend das Tor der Táfls selbst, ging ums Haus herum und sah Zub, der eng an einen Baum im hinteren Garten angebunden war. Damals stritt sich Herr Bém mächtig mit Herrn Táfl. Der schrie, Zub hätte die Hühner gejagt, sodass eins davon zu Tode kam, und dass er den Hund nicht herausgeben würde, solange die Béms nicht das Huhn bezahlten. Herr Bém erklärte, dass das Huhn nicht totgebissen wurde, sondern an Altersschwäche gestorben war, und er nichts bezahlen würde. Wie es am Ende ausging, weiß ich nicht, aber seit der Zeit redeten die Béms und die Táfls kein Wort miteinander und Zub kroch immer, wenn er die hohe Gestalt von Herrn Táfl sah, ins Gebüsch.

Wir kamen mit den Táfls gut aus. Vor Herrn Táfl hatte ich zwar ein bisschen Angst, weil ich wusste, dass er Zub etwas Schreckliches angetan haben musste, aber Frau Táflová lächelte nett und ihr Sohn Lukáš gehörte zu meinen Lieblingsmenschen. Also gut, ich war wohl ein bisschen verliebt in ihn. Aber daran war nichts Komisches, denn von Lukáš schwärmten alle Mädchen, die ihn kannten.

Ich hielt ihn für einen meiner Glücksmenschen. Das bedeutete, wenn ich ihn morgens sah, lief es den ganzen Tag gut und mir konnte nichts Schlimmes passieren. Mein zweiter Glücksmensch war Frau Dudková, die im Kiosk an der Ecke unserer Straße arbeitete. Mit ihr war mir mein Glück sicher, denn sie saß an jedem Wochentag hinter dem Schiebefensterchen. Sie lächelte die Vorübergehenden an, und wenn ich die Sicherheit unserer Straße verließ, wo ich jeden kannte und alle mich kannten, sodass sie keine unnützen Fragen stellten und weder sich noch mich in Verlegenheit stürzten, versäumte sie es nie, mir zuzuwinken.

Auf dem breiten Fensterbrett saß ich immer, wenn ich etwas Wichtiges durchdenken musste. Und deshalb setzte ich mich dort mit Zub zu meinen Füßen auch an dem Tag hin, als die Bestätigung kam, dass ich in die Mittelschule aufgenommen worden war. Als ich mich für die Baugewerbeschule bewarb, war Běla nicht begeistert und der Vater war wohl nicht überrascht. Aber mit Sicherheit wusste ich das nicht, weil er nur mit den Schultern zuckte und sagte, dass sei meine Entscheidung und dass er mir da nicht reinreden wollte.

Běla fragte mich damals, warum ich gerade die Gewerbeschule ausgesucht hatte, aber ich konnte es ihr nicht erklären. Besser gesagt, meine Gründe hätten ihr sicher nicht gefallen.

Ich hatte mich dort angemeldet, weil sich dort auch Zuzana Horáková angemeldet hatte, mit der ich seit der ersten Klasse befreundet war. Wir saßen immer in der ersten Bank. Ich deshalb, damit mich die Lehrerin gut sehen konnte, und die langbeinige, gelockte Zuzana deshalb, weil sie gern bei allem die Erste war. Sie war ein bisschen durchgeknallt, warf sich auf alles Hals über Kopf und zog die ganze Aufmerksamkeit auf sich. Die Freundschaft mit ihr war sehr wichtig für mich und ich wusste, dass sie mir den Eintritt in die unbekannte Umgebung erleichtern würde. Es dauerte immer eine Weile, bis ich mich an neue Leute gewöhnte, und eine Freundin an der Seite zu haben, half mir. Außerdem schien mir die Baugewerbeschule keine schlechte Idee zu sein, denn die meisten Schüler dort waren Jungen. Und Jungen sind nicht so schwatzhaft und nicht so neugierig wie Mädchen.

Und dann dachte ich noch, dass ich dem Vater mit der Wahl einer technischen Richtung eine Freude mache. Er behauptete immer, dass geisteswissenschaftliche Fächer zu nichts nütze seien.

Ich konnte mir nicht so ganz genau vorstellen, was die Absolventen der Gewerbeschule machten, aber Zuzana sagte, dass ihr älterer Bruder Martin, zu dem sie aufsah wie zu einem Halbgott, immer nur Häuser zeichnete, und das schien mir nicht schwer zu sein. Außerdem war es noch lange hin, schließlich dauerte die Schule vier Jahre, was einem Menschen mit fünfzehn Jahren wie eine ganze Ewigkeit vorkommt.

Der erste Schultag rückte näher, und obwohl ich mich bemühte, es nicht zu zeigen, wuchs meine Unsicherheit. Běla bot mir an, mich in die neue Schule zu begleiten, aber ich lehnte ab. Sicher hätte das jemand bemerkt und ich wäre meinen zukünftigen Mitschülern noch seltsamer vorgekommen.

Am Morgen wachte ich früher als gewöhnlich auf, spielte in meinem Kopf alle möglichen Szenarien durch und spulte in Gedanken den Weg ab, den ich jetzt Tag für Tag nehmen würde. Ich muss durch das Stadtzentrum gehen und werde eine Menge Leute treffen. Aber ich wusste schon, dass es einfach so war. Auf der Welt gab es viele Menschen – neugierige und gleichgültige, gute und schlechte – und ich musste lernen, unter ihnen zu leben, obwohl es viel einfacher wäre, sich in einer Ecke zu verkriechen und nur zuzuschauen.

Entschlossen setzte ich mich aufs Bett, schlüpfte in die Pantoffeln, machte mich ins Bad auf und dann in die Küche. Běla hatte schon gefrühstückt, lief durch den Raum, stopfte Sachen in die Tasche und nahm sie wieder heraus, suchte immerzu irgendetwas und redete und redete. Ich begriff, dass mein Wechsel in die neue Schule sie nervös machte, und dass sie sich um mich sorgte. Und die Angst, die es mir früher am Morgen gelungen war zu unterdrücken, war wieder da.

Ich ging aus dem Haus, durch die Straße, winkte Frau Dudková zu und sie wünschte mir aus dem Kiosk heraus einen schönen Tag. Zuzana wartete an der gewohnten Stelle auf mich, und weil wir uns lange nicht gesehen hatten, erzählte sie den ganzen Weg lang, wen sie in den Ferien getroffen und was sie gemacht und was sie alles gesehen hatte und mit wem sie mich bekanntmachen wollte, und ich hörte ihr nur mit halbem Ohr zu und hatte Angst vor dem Moment, in dem ich durch die Glastür treten musste und dann in ein Klassenzimmer voller Menschen, die mich nicht kannten.

Meine Alterskameraden waren meistens zuerst nett zu mir, aber dann zogen sie sich zurück, schauten mich heimlich an, flüsterten etwas untereinander und fingen schließlich an, mich aufzuziehen, oder im besten Falle mich nicht mehr zu beachten. So war es in der Grundschule und in allen Freizeit- und Sportgruppen und bei allen Aktionen, zu denen mich Běla schickte, so wie es ihr offensichtlich Frau Doktor Světáková riet. Nach einer gewissen Zeit begriff Běla, dass das keine Lösung war, und einmal hörte ich, wie sie zu Frau Bém sagte, ich sei einfach eine Einzelgängerin und viele Menschen brächten mich in Verlegenheit.

Ich würde hinzufügen, dass ich viele Menschen in Verlegenheit brachte.

Ich trat vorsichtig in den Klassenraum, aber aus meinem Versteck hinter Zuzanas Rücken hervor sah ich, dass alle unsicher waren. Vielleicht außer Zuzana, die das Gefühl hatte, dass sie mit einem Bruder in der Schule gar kein Neuling war. Außerdem gehörte sie zu den Menschen, die sich aus so einer Kleinigkeit, wie es eine neue Umgebung und fremde Menschen waren, keine Probleme machten. Im Übrigen waren auch das Gründe, warum sie mit mir befreundet sein konnte und ich mit ihr.

„Hallo zusammen", sagte sie laut direkt in der Tür. „Ich bin Zuzana und das ist Bohdana. Bohdana ist klüger", lachte sie und schob mich vorwärts, „aber ich kann dafür tolle Spickzettel machen. Komm, unter der Lampe ist es am dunkelsten." Sie setzte sich in die erste Bankreihe direkt vor dem Lehrertisch. Und das war es.

Weil ich wirklich ziemlich klug bin, ging mir auf, dass sie uns in die erste Bankreihe gesetzt hatte, weil Běla sie darum gebeten hatte. Das hätte mir einfallen können, dass Běla zu ihr rennt und auch zu meinen zukünftigen Lehrern mit einem Papier von Frau Doktor Světáková und ihnen erklärt, dass ich *Sonderbehandlung* brauchte. Ich sollte ihr dafür dankbar sein, und war es eigentlich auch, aber ich kam mir auch noch komischer vor.

Weil ich von der Mittelschule nichts erwartete, wurde ich nicht enttäuscht. Eher im Gegenteil. Die meisten meiner Mitschüler waren Jungen und beachteten mich nicht sehr, oder zeigten es wenigstens nicht, so wie es bei Jungen dieses Alters normal war. Außerdem schien mir, dass manche von ihnen genauso seltsam waren wie ich. Also fügte ich mich ziemlich gut ein.

Nach einer Zeit stellte sich heraus, dass Zeichnen, Darstellende Geometrie und technische Fächer offensichtlich mein Metier waren, was bei einem Mädchen ziemlich ungewöhnlich war. Deshalb überraschten meine guten Ergebnisse nicht nur mein Umfeld, sondern mich selbst wohl am meisten.

Wenn ich in der Stille meines Zimmers saß und zeichnete, vergaß ich die Stille, die in unserem Haus herrschte. Es gibt verschiedene Arten von Stille. Eine gemütliche Stille, eine Stille, die zum Schlafen ruft, eine Stille, die sich auf die Ankunft eines nahen Menschen freut. Aber auch drückende Stille, voller Erwartungen, dass sie im nächsten Moment von einem Schrei oder einer schroffen Bemerkung unterbrochen wird. Die Stille unseres Hauses war nervös und zerbrechlich, angefüllt mit nicht ausgesprochenen Worten. Sie drohte zu zerreißen und dann drängen alle angestauten Worte heraus, bleiben in der Luft hängen und können nie wieder vergessen werden.

Der Vater wurde mit den Jahren reizbarer und wortkarger, mich sprach er fast nie an und Běla bekam nur ironische Bemerkungen ab. In meiner Gegenwart versuchte Běla manchmal, seine Worte zu einem Witz umzumünzen oder gab einfach vor, ihn nicht zu bemerken. Aber immer häufiger hörte ich aus der Küche gedämpfte Verhandlungen, und danach herrschte wieder mehrtägiges Schweigen.

Mich grauste die Vorstellung, dass Běla die Geduld verlieren und uns verlassen würde. Wie hatte die Großmutter noch zum Vater gesagt? Alle hast du von dir vertrieben. Auch Blanka ... So viel Zeit war inzwischen vergangen und ich wusste noch immer nicht, von wem die Großmutter gesprochen hatte.

In der Stille meines Zimmers zu sitzen, zu zeichnen und mit Tusche Linien zu ziehen, war beruhigend, aber am allerbesten war die Vorstellung, dass ich einmal ein richtiges Haus projektieren können würde. Und in diesem Haus werden Menschen wohnen und in die Zimmer und durch die Gänge gehen, die ich für sie ausgedacht habe. Ich stellte mir vor, was für ein Leben sie haben würden.

Für die meisten anderen waren die Darstellende Geometrie und vor allem das Zeichnen ein Problem. Die Tusche verschmierte auf dem Papier und die Linien und Projektionspunkte entsprachen nicht den Regeln, also begannen sie mich um Hilfe zu bitten, sobald sie feststellten, dass ich mit dem Technischen Zeichnen keine Schwierigkeiten hatte. Und weil ich auch Bĕlas Vorbereitung hatte und geschickt war, half ich bald nicht nur mit den Zeichnungen, sondern auch mit der Herstellung von Raummodellen, und zwar der Hälfte der Klasse. Die Mitschüler dankten es mir, indem sie mich unter sich aufnahmen, und die Unterrichtenden teilten mich einer Gruppe zu, die mit ihren Modellen die Schule in einem nationalen Wettbewerb repräsentierte.

Da war ich schon nicht mehr zufrieden. **Nicht immer läuft alles so, wie man es sich vorstellt.**

6 / VATER

Nicht immer läuft alles so, wie man es sich vorstellt, und Svatopluk gefiel die Richtung nicht, in der sich die Republik in den 60er Jahren zu entwickeln begann, die jetzt auch offiziell eine sozialistische war, worauf er als überzeugter Kommunist gehörig stolz war.

Der Glaube an die gemeinsame Arbeit und den Aufbau einer besseren Zukunft war verloren gegangen. Von seinem Platz als Stellvertreter für Produktion aus bemerkte Svatopluk, dass die Begeisterung für den Aufbau von politischem Aktivismus und Zweifeln abgelöst wurde. Und das nicht nur bei den Arbeitern in den Werkstätten und den Angestellten in den Büros, sondern auch bei Parteimitgliedern. Die Arbeitenden interessierten sich mehr für ihre Bequemlichkeit als für hehre Ziele. Die Frauen träumten von Waschmaschinen, Kühlschränken und Mixern, die Männer von Motorrädern und PKWs, die Jugend von Radios und Tonbandgeräten und Eltern von Sonntagen im Gärtchen, weil die freien Tage im Wochenendhaus ein neuer Modetrend geworden waren.

Die Türen zum Westen öffneten sich ein bisschen und die Leute begannen zu vergleichen. Eine junge Generation war herangewachsen, die nicht die Armut kannte, in der Svatopluk und viele seiner Altersgenossen ihre Kindheit verbrachten, und es erklangen immer mehr Stimmen, die den Sozialismus kritisierten und auf die Unterschiede zwischen Versprechen und Wirklichkeit hinwiesen.

Svatopluk verstand das nicht.

„Sehen sie denn nicht, was die Partei für sie getan hat? Was für ein großes Stück Arbeit wir geleistet haben?

Die haben keine Ahnung, was Arbeitslosigkeit bedeutet, und wie es ist, wenn man nicht weiß, ob man wenigstens trockenes Brot für die Kinder zum Essen haben wird", beklagte er sich bitterlich während des Abendessens bei Eva.

„Im Westen haben sie keine Kommunisten und es geht ihnen auch nicht schlecht", bemerkte Eva ruhig, und damit reizte sie Svatopluk noch mehr.

„Nur dank der Hilfe aus Amerika. Die haben da schon ordentlich Geld reingesteckt!"

„Während uns der Russe nur aussaugt und das Zusammenarbeit nennt", entgegnete sie scharf.

„Sie haben uns befreit, hast du das schon vergessen? Wo wären wir ohne sie?"

„Ein bisschen mehr im Westen?", fragte Eva ironisch und Svatopluk sprang vom Sessel auf, haute mit dem Löffel auf den Tisch wie ein Lehrer mit dem Zeigestock auf das Pult und brüllte: „Deine Mutter musste nicht in drei großen Häusern die Treppen wischen, dein Vater war nicht arbeitslos und du konntest ganze Tage auf dem Klavier klimpern. Einen Dreck weißt du vom Leben, mein Mädelchen."

Aber da stand Eva auch schon, stützte sich mit den Händen auf dem Tisch ab und hackte ein Wort nach dem anderen heraus: „Ihr Kommunisten habt uns alles gestohlen, uns aus unserer Wohnung vertrieben und in ein Loch im fünften Stock gesteckt. Papa wurde aus der Universität geworfen und Mama musste Geschirr in der Bahnhofskneipe abwaschen gehen, damit sie nicht als Schmarotzerin eingesperrt wurde." Sie holte tief Luft. „Und wenn du schon vom Klavier sprichst, ohne euch Kommunisten müsste ich nicht Musik in der Grundschule unterrichten. Ich hatte mehr drauf, da kannst du sicher sein."

„Und das hat dir wer gesagt, Frau Vrabcová?"

„Unter anderem auch Frau Vrabcová, der ihr zuerst das Haus konfisziert habt, ihr fremde Leute in die obere Etage gesetzt und sie dann beschuldigt habt, sie würde sich mit den Klavierstunden gesetzeswidrig bereichern. Sie hat sich lieber umgebracht, als sich durch die Gerichtssäle schleifen zu lassen."

„Mami? Streitet ihr euch?"

Eva setzte sich hin und zog Blanka zu sich heran.

„Die Erwachsenen müssen manchmal verschiedene Dinge klären, aber das heißt noch lange nicht, dass sie schreien müssen, nicht wahr?" Sie sah Svatopluk an, der noch immer über dem Tisch aufgerichtet war, als wolle er sich nie wieder bewegen. „Und sie sollten nicht beim Abendessen versuchen, das zu klären, vor allem, wenn ich mir solche Mühe gegeben und euch Erdbeerknödel gemacht habe. Möchtest du Nachschlag?"

Blanka schüttelte den Kopf.

„Und du?", wandte sich Eva an Svatopluk, aber der nahm seinen Teller und brachte ihn in die Küche. Dort stellte er die nicht aufgegessene Portion auf den Tisch und setzte sich schwerfällig.

Das war nicht der erste Streit zu diesem Thema und ganz sicher auch nicht der letzte. Er war nicht einmal der schlimmste, oft standen sie sich wie zwei wütende Hunde gegenüber, diskutierten, warfen sich Einsprüche und Begründungen an den Kopf, schrien sogar, aber sie benutzten nie Worte, die den anderen verletzen konnten. Beide waren so weise und trotz aller Widersprüche mochten sie sich so gern, dass ihnen bewusst war, dass eine persönlich gemeinte Beleidigung, die einem leicht von den Lippen ging, den anderen schwer treffen konnte und nicht mehr zurückzunehmen ging. Von so einem Treffer bleibt eine Narbe, die zwar mit der Zeit heilt, aber die Beziehung bleibt dauerhaft von der Narbe gekennzeichnet. Und wenn es viele von diesen Narben gibt, wird die Beziehung rauer, oder zerbricht einfach.

Und Svatopluk lag etwas an Eva. Er liebte sie und wollte, dass sie glücklich war. Er war glücklich mit ihr. Sie war die Erfüllung seiner Träume. Immer noch war sie für ihn jenes stolze Mädchen mit dem angedeuteten Lächeln auf den Lippen, das Mädchen, von dem er nicht zu träumen wagte, das Mädchen aus einer anderen Welt. Aber in der letzten Zeit hatte er das Gefühl, dass er sie mit etwas enttäuscht hatte, dass er nicht ihre Erwartungen erfüllt hatte, dass sie nicht glücklich mit ihm war. Und ihre heutigen Worte bestätigten ihm das.

Er hörte, wie sie Blanka zum Schlafen legte. Dann kam sie in die Küche, legte ihm versöhnlich die Hand auf die Schulter, drückte sie leicht und fragte: „Gehst du ihr heute nicht das Märchen vorlesen?"

„Hat sich Frau Vrabcová wirklich umgebracht?", fragte er. „Warum hast du mir das nie erzählt?"

„Das ist lange her", sagte sie nach einer Weile.

Und Svatopluk begriff, dass sie nicht über Frau Vrabcovás Tod gesprochen hatte, weil er ihrer Meinung nach zu denen gehörte, die daran schuld waren, und sie nicht wollte, dass er sich das vorwarf.

Er streichelte ihren Handrücken, erhob sich und ging wie an jedem Abend, den er zu Hause verbrachte, um seiner Tochter eine Gute-Nacht-Geschichte vorzulesen.

Alles war genauso, aber trotzdem war etwas anders.

Als Svatopluk klein war, las ihm oder seinen Geschwistern niemand vor dem Schlafengehen ein Märchen vor, und so war er von Evas Wunsch, er solle Blanka am Abend wenigstens eine halbe Stunde widmen, ziemlich überrascht.

„Du bist den ganzen Tag auf der Arbeit", sagte sie. „Aber ein Papa ist nicht nur dazu da, um das Geld zu verdienen. Du musst mehr Zeit mit Blanka verbringen."

Bis zu diesem Augenblick hatte Svatopluk an so etwas überhaupt nicht gedacht. Er mochte Blanka, er fand sie niedlich und bestimmt war sie das allerschönste Kind, das er je gesehen hatte – ehrlich gesagt, bemerkte er andere Kinder nicht so sehr –, aber er war überzeugt, dass ein kleines Kind vor allem die Mutter brauchte. Trotzdem entsprach er Evas Wunsch, weil er nicht unnötig streiten wolle und auch weil er dachte, dass auch Eva sich am Abend eine Weile erholen wollte, weil sie die Tage in der Schule mit Kindern verbrachte und den Nachmittag mit der kleinen Blanka. Da hatte sie einen Anspruch auf ein paar Minuten Ruhe.

Aber kaum hatte er einmal mit dem Vorlesen angefangen, wurde aus der halben Stunde vor dem Schlafen der Teil des Tages, auf den er sich am meisten freute. Mit Blanka kam er in die Sicherheit der kindlichen Welt, in der er nie gelebt hatte, oder an die er sich überhaupt nicht erinnern konnte. Sie half ihm, einen Einblick in eine Welt grenzenlosen Vertrauens zu bekommen, ungetrübter Freude und unendlicher Fantasie. Er war eingenommen von dem erwartungsvollen Ausdruck in Blankas schwarzen Augen, die so sehr den Augen ihrer Mutter ähnelten. Er war immer wieder überrascht von der angespannten Aufmerksamkeit und freute sich über das zufriedene Lächeln, wenn wieder alles gut ausging, und das Gute über das Böse siegte, wie es eben im Märchen war. Er beantwortete gern ihre neugierigen Fragen, dachte gemeinsam mit ihr neue Enden für alte Märchen aus. Und sie waren so froh miteinander, dass die gemeinsame halbe Stunde sich zu einer Stunde und mehr ausweitete, und Eva kommen musste, um ihn leise darauf hinzuweisen, dass Blanka schon lange schlafen sollte.

An diesem Abend schaffte er es aber nicht, sich auf das Märchen zu konzentrieren und auch nicht auf Blankas endlose Fragen, mit denen sie die Zeit hinauszögern wollte, um noch nicht schlafen zu müssen. Er nahm sich oft vor, früher von den Produktionsberatungen und den Parteiversammlungen loszugehen, aber der Betrieb brauchte ihn und die Genossen brauchten ihn, denn es gab immer mehr Leute, die bequem leben wollten, und es gab immer weniger von denen, die verantwortungsvoll arbeiten wollten. Eva behauptete, dass niemandem an der gemeinsamen Sache lag, es sei für die Menschen nicht natürlich, für andere zu arbeiten. Es finden sich immer solche, die nur von der Arbeit der anderen schmarotzen, daran änderst du nichts, sagte sie, die Menschen arbeiten nur gut, wenn sie für sich arbeiten. Schau dir einmal die unwilligen Verkäuferinnen an, die bekleckerten Tischdecken in den Restaurants, die Angestellten, die vor dem Ende der Arbeitszeit an der Stechuhr Schlange stehen. Wo sind denn deine fröhlich singenden Erbauer der Zukunft? Wahrscheinlich sitzen sie in Parteiversammlungen, stichelte sie, und dann stritten sie wieder.

Svatopluk lehnte es ab zu glauben, dass das System, in dem Besitzende und Besitzlose nebeneinander lebten, gerechter war als die Gesellschaft der Gleichen. Was machte es schon, dass manchen die Gleichheit aufgedrängt werden musste? Schon der Vater hatte immer gesagt, dass man mit den Kapitalisten hart zur Sache gehen muss. Auch mit den Bauern und den Gewerbetreibenden, die von der Arbeit anderer leben ...

Er dachte an Frau Vrabcová. Er kannte solche Fälle. Sein Vater winkte dabei nur ab. Wo gehobelt wird, fallen Späne, pflegte er zu sagen. Aber dieser Span traf Svatopluk tief und schmerzte.

Blanka war endlich eingeschlafen. Er schaute zu, wie sie ruhig mit offenem Mund atmete, die dunklen Haare zum Zopf geflochten. Ihre Hände lagen ausgebreitet auf dem Kopfkissen, in der vertrauensvollen Pose, in der kleine Kinder schliefen. Als er Eva heiratete, wollte er nur sie, an Kinder dachte er nicht. Er wollte so viel Zeit wie möglich mit ihr verbringen, sie anschauen, sie berühren, sie lieben. Er vergötterte sie immer noch und sehnte sich nach ihr, aber er verspürte auch das Bedürfnis nach weiteren Kindern, die Welt um sich herum durch ihre freudige Energie zu erleben und daraus Lebenslust zu schöpfen.

Eva lehnte ab. Er vertraute darauf, dass sie es sich anders überlegen würde, er sprach immer wieder von einem zweiten Kind. Er hoffte, dass sich der Wunsch nach einem Kind in Eva festsetzen und wie ein zufällig gesäter Same aufkeimen würde. Zuerst tat sie, als nähme sie ihn nicht ernst, und antwortete ihm lächelnd, später dann ging sie verärgert aus dem Zimmer, wann immer er von einem zweiten Kind sprach, und am Ende schrie sie.

„Ich will kein zweites Kind, verstehst du? Ich bringe doch kein Kind auf deine jämmerliche Welt. Blanka ist schon groß genug, dass ich wieder richtig zu spielen anfangen kann und wenigstens ein bisschen das machen, was mir wirklich Spaß macht. Ich lasse mich nicht für noch mehr Jahre zu Hause anbinden."

Svatopluk wusste nicht, was ihn mehr verletzte, ob es die schroffe und eindeutige Ablehnung war, oder dass Eva ihr Leben als jämmerlich bezeichnete.

Er konnte nicht begreifen, woher ihre ständige Unzufriedenheit rührte.

Sie hatte ihn gern, da war er sich sicher. Abends hörten sie stundenlang gemeinsam Musik aus dem Radio oder von Schallplatten, lasen oder unterhielten sich einfach. Sie konnten ewig miteinander reden, aber sie durften nicht an das gefährliche Thema des Aufbaus der Heimat rühren. Im selben Moment sprang der Funke über und ein Brand loderte auf, der genauso schnell erlosch, wie er aufgeflackert war. Wenn er in der Nacht aufwachte, was ihm häufig passierte, weil er nicht einmal im Schlaf die Arbeit vergessen konnte, lag sie an ihn gekuschelt wie ein Bärchen bei seiner Mutter da oder berührte mindestens mit der ausgestreckten Hand seinen Arm. Aus der Frau, die im Tageslicht wie eine stolze Göttin aussah und sich in Streits in eine wilde Wölfin verwandelte, wurde in der Nacht ein Kind, das Sicherheit und Gewissheit bei ihm suchte.

Eva war nicht die Einzige, die sich in der sozialistischen Tschechoslowakei unwohl fühlte. Der Ruf nach Veränderung erklang auch aus hohen Partei- und Regierungskreisen, und auch das verdarb Svatopluk den Schlaf. Er glaubte fest, dass der Weg, den das Land beschritt, richtig war. Er glaubte nicht an Lockerungen, ein neues ökonomisches System oder den Sozialismus mit menschlichem Antlitz. Seiner Meinung nach war das nur ein weiterer Versuch, die Entwicklung des Landes zu Gunsten eines Häufchens von Reaktionären umzukehren.

Der gleichen Meinung war schließlich auch Svatopluks Vater. Er war schon in Rente, aber immer noch politisch aktiv, was Svatopluk beeindruckte und die Mutter ärgerte. Sie hätte es viel lieber, er würde ihr mit Hedvika helfen. Doubravka war zwar noch immer ledig und lebte bei den Eltern, aber sie musste zur Arbeit, sodass sie der Mutter vormittags nicht zur Hand gehen konnte.

Und Hedvikas Zustand verschlechterte sich mit zunehmendem Alter. Das, was in der Kindheit wie eine leichte geistige Zurückgebliebenheit aussah, verwandelte sich im erwachsenen Alter in Stumpfsinn und Unselbständigkeit und es kamen körperliche Beschwerden hinzu. Mit der Zeit verlor Hedvika die Fähigkeit, etwas Neues zu lernen, völlig, und aus ihrem Gedächtnis verschwanden auch Dinge, die sie früher – wenn auch unter Schwierigkeiten – erlernt hatte. Die Mutter musste immerzu Obacht geben, dass Hedvika nicht etwas anstellte, wobei sie oder andere zu Schaden kommen konnten. Sie gewöhnte sich an abzuschließen, damit die Tochter sich nicht in die Stadt aufmachen konnte, um Doubravka oder die kleine Blanka zu suchen, die sie abgöttisch liebte.

Mit ihren fast vierzig Jahren war Hedvika ein kleines Kind, aber ihr Körper verriet sie wie eine alte Frau. Sie atmete schwer und immer häufiger hatte sie Anfälle, bei denen sie in Krämpfen auf die Erde fiel und dann mehrere Tage durchschlief. Die Ärzte meinten, dass das eine Begleiterscheinung ihrer geistigen Behinderung war, und verschrieben ihr Medikamente, die sie noch schläfriger machten. Aber die Mutter behauptete weiter starrsinnig, Hedvika sei nur ein bisschen langsamer und dass an ihrer Ungeschicklichkeit die überflüssigen Kilos schuld waren.

„Da kann man nichts machen. Den Hang zum Dickerwerden haben wir wohl in der Familie", sagte sie, klopfte sich auf ihr imposantes Hinterteil und schaute dabei die immer molliger werdende Doubravka an.

Die lächelte dazu nur gutherzig, aber Eva war überzeugt, dass an den Figuren der Familie Žák mehr als die familiären Einflüsse das Bauchfleisch, die Knödel, die Soßen und Kuchen schuld waren, die sie sich nach den Mangeljahren im Überfluss gönnten. Zum Glück war sie so klug, ihre Meinung nur bei den regelmäßigen Mittwochsbesuchen bei der Familie mit ihrer Mutter zu teilen. Die konnte die Familie Žák noch weniger leiden als Svatopluk selbst und ging ihr aus dem Weg. So drohte keine Gefahr, dass die angespannten Familienbeziehungen noch schlechter wurden. Für Svatopluk war Eva eine Göttin, die der Verehrung wert war, aber in Wahrheit war auch sie mit Schadenfreude und anderen hässlichen Eigenschaften gesegnet, die viele Frauen auszeichneten – und nicht nur Frauen.

Blanka ging schon zur Schule und Eva kam zu dem Schluss, es sei höchste Zeit, sich an die Verwirklichung ihrer eigenen Träume und Pläne zu machen, und begann endlich professionell zu spielen. Sie wusste, dass sie nur schwer die verlorenen Jahre aufholen konnte, in denen sie sich dem Spiel nicht voll widmen konnte, aber sie glaubte daran, dass Talent und Fleiß ihr einen Platz in einem guten Orchester sichern konnten.

„Ich habe schon zu lange gewartet", sagte sie zu Svatopluk, als er sie bat, Geduld zu haben und sich noch eine Weile mit der Arbeit als Musiklehrerin in der zweiten Stufe der Grundschule zu begnügen. Ihm gefiel kein bisschen, dass sie von ihm wollte, dass er seinen Einfluss geltend machte und ihr half, ein Engagement zu finden.

Eva war sicher eine gute Pianistin, daran zweifelte er nicht, schließlich hatte sie ihr Studium am Konservatorium abgeschlossen. Und auch wenn sie in den letzten Jahren nicht so viel gespielt hatte, wie sie es hätte tun sollen, übte sie in den vergangenen Monaten mehrere Stunden täglich. Die Nachbarn fingen schon an, sich zu beschweren – noch schüchtern und höflich – und Svatopluk verstand sie. Obwohl er die Musik und Eva liebte, ging das endlose Spielen auch ihm auf die Nerven. Wenn er noch Blankas Anfängeretüden dazuzählte, kam er zu dem Ergebnis, dass sie irgendwohin in die Einöde ziehen mussten, wenn sich nicht etwas Grundlegendes änderte.

Als hätte er nicht schon genug Sorgen. Seine Worte erfüllten sich – die fragwürdigen Reformbewegungen, die sich in der Ökonomie und der Politik durchsetzen wollten, bekamen ordentlich etwas auf die Mütze. Das würde Svatopluk nicht stören, schließlich hatte er sich nichts anderes gewünscht, aber ihm gefiel nicht, auf welche Weise das passierte, und auch nicht das, was notwendigerweise folgte. Dass die Armeen der befreundeten Staaten in die Tschechoslowakei kommen mussten, fand er erniedrigend, und die Schuld daran gab er den Genossen, die sich von den destruktiven, revisionistischen Ideen anstecken ließen. Das hatten sie jetzt davon. Sie waren keine echten Kommunisten und mussten die Partei verlassen. Und nicht nur die Partei, sondern auch ihre Leitungsfunktionen, was Svatopluk, der nach den Säuberungen auf den Direktorposten gekommen war, die Situation erschwerte. Unter denen, die die Partei und die Betriebsleitung verlassen mussten, waren sehr fähige Leute. Einen Ersatz für sie zu finden, war nicht einfach. Er war nicht in der Stimmung und hatte keine Zeit, sich um häusliche Probleme zu kümmern.

„Eine gute Pianistin wie du sollte es doch schaffen, sich allein eine Stelle zu finden", bemerkte er diplomatisch.

„Wer wünscht sich deiner Meinung nach eine Pianistin, die seit ihrem Studium gerade mal im Schulorchester gespielt hat?"

„Wenn du ihnen vorspielst …?"

„Ohne Fürsprache hört mich nicht einmal jemand an."

„Ich bitte dich. Was kann dir meine Fürsprache nützen? Bin ich etwa ein Spezialist auf dem Gebiet?"

„Hör auf, dich dumm zu stellen. Du weißt genau, dass es reicht, den Telefonhörer abzuheben, und niemand wagt es abzulehnen."

„Auf einmal ist dir die Parteizugehörigkeit deines Mannes recht?"

Eva wurde knallrot, beherrschte sich aber. Am liebsten würde sie ihm entgegenschleudern, dass sie eine Klaviervirtuosin wäre, würden sie in einem freien Land leben. Vielleicht. Aber sie wäre auch nicht seine Frau und sie hätten nicht Blanka. Also sagte sie es nicht.

„Nein, ich bin nicht damit ausgesöhnt, dass du zu ihnen gehörst. Aber wenn du schon dazugehörst, könntest du auch etwas für mich tun."

„Nein, das kann ich nicht."

„Kannst du nicht, oder willst du nicht?"

Er zögerte, aber dann entschloss er sich, ehrlich zu sein.

„Eigentlich beides."

Ja, ein Wort für seine Frau einzulegen, könnte ihm in der gegenwärtigen, unübersichtlichen Zeit Schwierigkeiten einbringen. Er nahm wahr, dass die Leute sich gegenseitig beobachteten und überwachten. Niemand konnte sich seiner Stellung sicher sein. Was, wenn es jemand auf seinen Posten abgesehen hatte und nur wartete, bis er einen Fehler machte?

Außerdem wollte er auch nicht, dass sich in seinem zufrieden eingerichteten Leben etwas änderte. Wenn Eva begänne, professionell zu spielen, bedeutete das Stunden über Stunden Übungen, abendliche Konzerte und Reisen nach außerhalb.

Und er hatte auch Angst um seine Frau. Er zweifelte nicht an Evas Talent, aber in der Zeit, in der sie nicht so oft geübt hatte, wie eine Berufsmusikerin sollte, hatten ihre Altersgenossen einen Vorsprung vor ihr gewonnen, sich Selbstbewusstsein aufgebaut und einen Namen in der Musikwelt gemacht. Svatopluk liebte Eva und wollte ihr die Enttäuschung ersparen.

„Du würdest doch auch nicht wollen, dass die anderen Ensemblemitglieder dich scheel ansehen und darüber reden, dass du nur wegen Protektion dazugekommen bist."

„Das werden sie sowieso sagen", entgegnete sie scharf.

Ein paarmal noch versuchte sie ihn zu überzeugen, erwähnte den Namen einer musikalischen Gruppierung, wo sie eine Chance haben könnte, aber Svatopluk tat, als hörte oder verstünde er nicht, warum sie ihm das eigentlich erzählte. Also wählte sie eine andere Taktik und sorgte dafür, dass man in dem Orchester, in dem sie sich bewarb, erfuhr, mit wem sie verheiratet war. Und eines Tages zahlte sich die gewählte Taktik aus und sie wurde die Pianistin im Kammerorchester Záře, dessen Leiter ähnlich wie Eva dachte.

Es gibt sicher bessere Musikerinnen, sagte er sich, aber was, wenn eines Tages der Moment kommt, in dem ich oder das Orchester ein bisschen Hilfe benötigen? Die Fürsprache eines so einflussreichen Ehemannes eines Ensemblemitglieds kann da zupasskommen.

Svatopluks ruhiges Heim stand auf einmal Kopf. Aus der Ordnung, an die er gewöhnt war, wurde Chaos. Er konnte sich nicht sicher sein, wer und was ihn zu Hause erwartete. Wenn Eva ein Konzert hatte oder mit dem Ensemble auf Tour war, kam Doubravka zu ihnen oder Svatopluks Mutter.

Seine Schwester Doubravka hatte Svatopluk gern. Meistens saß sie, wenn er heimkam, mit Blanka in der Küche und spielte Memory oder Mensch-ärgere-dich-nicht mit ihr. Sie trank gesüßten Milchkaffee aus einem großen Becher und aß dazu Törtchen, die sie auf dem Weg für sich und Blanka gekauft hatte, um der Nichte die Zeit ohne Mama zu versüßen, wie sie sagte. Sie sah ruhig und zufrieden aus und verstand sich hervorragend mit Blanka, sodass sich Svatopluk fragte – seine Schwester zu fragen, traute er sich nicht –, warum sie keine eigenen Kinder und eine Familie hatte. Wahrscheinlich würde sie ihm sowieso nicht die Wahrheit sagen, denn die war sehr bedrückend, und Doubravka sprach nie über traurige Dinge. Sie wollte nicht an die Kriegsjahre in Deutschland denken, die Enttäuschung, die sie erlitt, als ihr Bursche, mit dem sie sich freiwillig zur Arbeit in Deutschland gemeldet hatte, sie schwanger verließ.

Nur die Mutter wusste von der späten Abtreibung, die sie machen ließ, als sie am Kriegsende heimkehrte. Wegen der Größe der Frucht, ihrem schlechten Gesundheitszustand und den nicht besonders guten hygienischen Bedingungen bekam sie hohes Fieber. Und wenn nicht die Mutter eingegriffen und sie ins Krankenhaus hätte bringen lassen, obwohl Doubravka sich wehrte, weil sie Angst hatte, wegen der ungesetzlichen Abtreibung eingesperrt zu werden, wäre sie gestorben. An dem, was ihr passiert war, gab sie sich nur selbst die Schuld und die Kriegsepisode in ihrem Leben hielt sie für ihr eigenes Versagen. Die schweren Jahre zeichneten sie mit tiefen Narben im Gesicht und Unfruchtbarkeit, aber Doubravka wurde der Welt gegenüber nicht bitter. Nur suchte sie Glück und Trost nicht mehr bei Männern, sondern im Essen. Je voller der Teller war und je süßer die Törtchen, umso zufriedener war Doubravka. Sie lebte fürs Essen und war für ihre nahen Menschen da, wenn sie sie brauchten. Das genügte ihr.

Häufiger verbrachte aber Svatopluks Mutter die Nachmittage mit Blanka. Sie füllte so die Zeit aus, von der sie auf einmal so viel hatte, weil es Hedvika nicht mehr gab. Nach einem schweren Anfall legten sie sie ins Bett und Hedvika blieb darin ein paar traurige Monate liegen. Sie aß nicht mehr, nur manchmal gelang es, ihr ein paar Schlucke Wasser einzuflößen, aber Hedvika konnte auch nicht mehr richtig schlucken und das Wasser floss ihr aus den Mundwinkeln. Sie weinte nicht, sie sprach nicht, lag nur benommen von den Medikamenten da und manchmal, aber nur sehr selten, schrie sie laut und unartikuliert auf. Der Mutter schien es, als würde das Bett wachsen, während Hedvika kleiner wurde. Manchmal kam es ihr vor, als sei sie in der Zeit zurückgekehrt und Hedvika würde wieder zu dem Säugling, der vor mehr als vierzig Jahren aus ihrem Schoß gekommen war.

Und als Hedvika einschlief und nicht mehr aufwachte, verspürte sie eine tiefe Trauer. Auf einmal konnte sie sich ohne ihre Tochter, die ihr ganzes Leben lang von ihr abhängig war, nicht mehr vorstellen, wie ihre Tage aussehen sollten. Die Frauen ihrer Generation mussten oft zusehen, wie ihre Kinder starben, und sie waren es nicht gewohnt zu klagen. Das Leben war schwer. Die Mutter wusste das und ihr war auch bewusst, dass sie zu den Glücklicheren gehörte, weil alle ihre vier Kinder das Erwachsenenalter erreichten. Zähne zusammenbeißen und weitermachen. Das war die Regel, an die sie sich ihr Leben lang hielt, und von der wollte sie sich auch weiterhin leiten lassen.

Als die Schwiegertochter mit ihren Herrenmanieren beschloss, ihre Zeit dem Klimpern auf dem Klavier zu widmen, statt sich mit ihrer Familie zu beschäftigen, kam das der Mutter gerade recht. Wann immer sie konnte, eilte sie in die Wohnung des Sohnes, um seinen vernachlässigten Haushalt in Ordnung zu bringen. Und sich an ihrer einzigen Enkelin zu erfreuen.

Die Kindheit ihrer eigenen Sprösslinge bemerkte sie fast nicht, weil sie in der Zeit wichtigere Sorgen belasteten. Die Kinder hielt sie immer für kleine Erwachsene, die man kleiden und mit Essen versorgen musste, ansonsten hatten sie sich selbst um sich zu kümmern. Mit Blanka war das etwas anderes. Sie würde es niemals zugeben, weil sie so eine Zurschaustellung von Gefühlen für ein Zeichen von Verweichlichung halten würde, aber sie vergötterte ihre Enkelin. Sie bewunderte die schönen Haare, die großen schwarzen Augen, die zierlichen Hände, die auch schon Klavier spielen konnten. Sie beobachtete sie, wie sie Schulaufgaben machte, hörte voller Freude zu, wenn sie ihr aus dem Lesebuch vorlas. So wie Svatopluk erst mit Blanka einen Blick in die Welt der Kindheit werfen konnte, so kam seiner Mutter zum ersten Mal die Idee, dass sie ihren Kindern vielleicht keine gute Mama war. Aber weil sie Sentimentalität für eine Schwäche hielt, verschwendete sie keine Zeit an spätes Bedauern und beschäftigte sich nicht weiter mit dem Gedanken.

Es ist gut möglich, dass Blanka gerade von ihr eine gewisse Härte erbte, die man im Leben braucht. Obwohl die Großmutter ihr eine Liebe entgegenbrachte, die sie früher nur für Hedvika empfinden konnte, verwöhnte sie die Enkelin kein bisschen, und sagte ihr auch nicht, wie gern sie sie hatte. Blanka spürte aber ihre Zuneigung und hielt diese genauso für selbstverständlich wie die Tatsache, dass man nicht laut über seine Gefühle sprechen musste.

Nicht nur die Großmutter, sondern jeder der Erwachsenen, mit denen sie Zeit verbrachte, als die Mutter sich bemühte, ihr musikalisches Talent wiederzubeleben, drückte Blanka seinen Stempel auf.

Von Doubravka lernte sie Geduld und Nachsicht mit menschlichen Schwächen und gewann bei ihr den Eindruck, dass sich jeder Kummer mit Essen heilen ließ.

Von Eva erbte sie die Gewissheit, dass zu jedem Ziel ein Weg führte – man musste ihn nur finden. Von ihr lernte sie, die Worte zu sagen, die erwartet wurden, und sich dann aber danach zu richten, was ihr selbst den größten Nutzen brachte. Eva war es, die in ihr die Neigung zur Musik weckte, und auch die Liebe zu Svatopluk hatten sie gemeinsam. Von ihm erbte Blanka die dickköpfige Überzeugung, dass die eigenen Ansichten richtig waren – leider waren es häufiger die gegenteiligen Ansichten als seine, was in Familien nicht ungewöhnlich ist und häufig gerade in der Pubertät zu Schwierigkeiten führt.

Wenn Doubravka auf Blanka aufpasste, wurde Svatopluk schon in der Tür vom Duft nach Kaffee und heißem Gebäck begrüßt. An den Nachmittagen, die die Mutter bei ihnen verbrachte, roch er Poliermittel und hörte die Staubsaugergeräusche. Und an den allerschönsten Abenden, wenn Eva zu Hause war, trat er ein in den Geruch eines warmen Abendessens, mit dem seine Frau der Familie die außerhalb verbrachte Zeit ersetzen wollte. Noch mehr freute sich Svatopluk aber auf den Duft des Parfüms, das er Eva immer zu Weihnachten kaufte. Wenn sie sich liebten, drückte er die Nase an ihren Körper und atmete das Aroma ein, das sich mit dem natürlichen Duft von Evas Haut mischte. Er verstand selbst nicht, warum er so sehr von seiner Frau abhängig war. Woher die Fesseln stammten, die ihn so zu ihr hinzogen – trotz aller Streits und der unterschiedlichen Sicht auf die Welt. Warum war von allen Frauen gerade sie die eine, ohne die alle Farben aus der Welt verschwinden würden?

Mit dem Rücken an den Türrahmen gelehnt genoss Svatopluk den beschaulichen, häuslichen Abend. Blanka klimperte auf dem Klavier herum und Eva saß neben ihr und schwang die Hand im Rhythmus der Melodie durch die Luft.

Noch ein bisschen und sie werden sich gemeinsam das Abendmärchen im Fernseher anschauen, und bevor Blanka sich gewaschen und aufs Schlafengehen vorbereitet hat, schafft Svatopluk noch die Fernsehnachrichten. Dann werden sie gemeinsam „Die Mammutjäger" lesen.

Svatopluk fürchtete sich etwas vor dem Tag, der unwiderruflich kommen musste, dem Tag, an dem Blanka kein Interesse mehr an den gemeinsam mit ihm verbrachten Augenblicken haben würde. Schon jetzt hatte sich das Abendritual verändert. Er las ihr nicht mehr in ihrem Zimmer vor, sondern sie setzten sich im Wohnzimmer auf die Couch und lösten sich kapitelweise beim Lesen ab. Wenn Eva kein Konzert hatte, setzte sie sich zu ihnen und hörte zu.

Zu Svatopluks Freude wurden es immer mehr Abende, an denen Eva zu Hause war. Er erwähnte das mit keiner Silbe und forschte nicht nach den Gründen, weil er wusste, dass Eva es ihm früher oder später selbst erzählen würde. Er nahm an, dass das Spielen im Orchester sie irgendwie enttäuscht haben musste. Die anfängliche Begeisterung war offensichtlich gewichen und Eva hatte begriffen, dass ein Engagement in einem Klangkörper vor allem unablässiges Üben, unbequemes Reisen und keinen besonders hohen Lohn darstellte.

Das war alles richtig, aber der Hauptgrund, warum Eva mehr Zeit zu Hause verbrachte, war, dass sie hinter den anderen zurückblieb. Svatopluk hatte sich nicht getäuscht, als er sie warnte, dass die Jahre, in denen sie nicht so viel gespielt hatte, wie sie sollte, ihr fehlen werden. Der Orchesterleiter bedauerte schon die Entscheidung, Eva ins Orchester aufgenommen zu haben, aber er fürchtete sich, die Ehefrau des Genossen Direktors hinauszuwerfen, um sich nicht ganz oben Unannehmlichkeiten zu bereiten. Er behandelte sie vorsichtig, wählte Kompositionen ohne Klavier fürs Ensemble aus und schickte Eva zu Festveranstaltungen und Jubiläumstreffen, wo sie auf dem Klavier jene unentbehrlichen Konzerteinlagen spielte, nach denen endlich die belegten Brote, Törtchen und immer vorhandenen Alkoholflaschen folgten.

Eva nahm das natürlich wahr. In ihren Träumen war sie ein Star, den alle achteten und dessen Kunst geschätzt wurde. Und jetzt quälten sie die spöttischen und mitleidigen Blicke der Kollegen und sie ahnte, dass sie am Ende würde aufgeben müssen. Aber noch nicht, ich versuche es noch, sagte sie sich wieder und übte, so häufig es ging, auch wenn sie selbst erkannte, dass es nichts brachte. Der Zeitpunkt, an dem sie gehen musste, um sich wenigstens etwas Würde zu bewahren, rückte näher.

Sie begann, ihre Hoffnungen auf Blanka zu legen. Das Mädchen hatte Talent, da war sich Eva sicher, sie spielte gern, und wenn sie üben wird … Wer weiß, vielleicht wird sie es sein, die ausverkaufte Säle erlebt.

Nach drei Jahren im Ensemble und nach vielen durchwachten Nächten und erniedrigenden Enttäuschungen kam Eva zu dem Entschluss, ihre Klavierkarriere zu beenden. Jetzt musste sie nur noch eine annehmbare Ausrede finden. Sie könnte behaupten, sie müsse ihren Ehemann bei gesellschaftlichen Ereignissen begleiten, oder sie würde sich mit einer schweren Krankheit in der Familie herausreden. Diesen Einfall verwarf sie gleich wieder, weil sie abergläubisch war.

Am Ende musste sie nichts erfinden. Bei einem Auftritt zur Feier der Großen Sozialistischen Oktoberrevolution taumelte der betrunkene Chorleiter des Kinderchores, den sie an diesem Abend begleitete, und hielt sich im Bemühen um das verlorene Gleichgewicht mit der Hand am Klavier fest. Der Deckel klappte Eva so unglücklich auf die Hände, dass zwei Finger brachen. So ein Ende ihrer Klavierkarriere hatte sich Eva nicht vorgestellt. Die Verzweiflung musste sie nicht einmal vortäuschen.

Im Rückblick, als der Schmerz verging und die Brüche heilten, dachte sie, dass es das Beste war, was ihr in der Situation passieren konnte. Alle bedauerten sie, sogar im Parteiorgan Rudé právo wurde das unglückliche Ende der talentierten Pianistin erwähnt, und die schöne Legende darüber, wie weit sie es in der Musikwelt hätte bringen können, hätte sie weiterspielen können, war geboren.

Sie begann in der Volksschule für Kunst zu unterrichten, in der die Kollegen, Schüler und Eltern die ehemalige Klaviervirtuosin gebührend achteten.

Svatopluk hoffte, dass das Ende des Konzertierens auch ein Ende der mütterlichen Besuche bedeuten würde, die ihm ziemlich das Leben vermiesten. Aber er täuschte sich. Eva verbrachte die Nachmittage in der Schule, Svatopluk arbeitete bis zum Abend. Viel Zeit nahmen ihm auch die Versammlungen, Schulungen und auswärtigen Tagungen. Und weil Blanka noch immer zur Schule ging, wollte Eva sie nicht allein zu Hause lassen. Evas Eltern waren schon recht betagt. Aus dem fünften Stock des alten Pawlatschenhauses in Žižkov, das abgerissen werden sollte, zogen sie erfreut in eine Zwei-Zimmer-Wohnung im neu entstehenden Stadtviertel Jižní město. Ihre Freude über den Fahrstuhl wurde durch die

Tatsache getrübt, dass er oft nicht funktionierte. Es war auch nicht einfach, aus der im Bau befindlichen Siedlung, wo es keine Geschäfte oder Dienstleistungen gab, mit dem Bus nach Kačerov zu kommen, von wo aus die mit großem Pomp eröffnete erste U-Bahn-Trasse losging. Die Treppen in den vierten Stock, in dem Svatopluks Familie lebte, bereiteten ihnen Schwierigkeiten, und ein Zusammentreffen mit dem Schwiegersohn war eine Hürde, die sie nur ihrer einzigen Enkelin zuliebe überwinden konnten, und das auch nur zweimal im Jahr – im Juni, wenn Blanka Geburtstag hatte, und Anfang Dezember, wenn sie Namenstag feierte.

Auch zwischen Eva und Svatopluks Mutter herrschte keine Freundschaft, aber sie hatten sich eine eigenartige Beziehung erschaffen, die auf gegenseitiger Abhängigkeit beruhte. Eva passte es, dass Svatopluks Mutter ihr mit dem Haushalt half, und tat, als wisse sie nicht, dass die Mutter sie Svatopluk gegenüber eine unfähige Hausfrau und verwöhntes Dämchen nannte, das nichts anderes konnte, als auf dem Klavier zu klimpern. Außer der Zeit, die sie dem Putzen von Evas Haushalt widmete, verbrachte sie den größten Teil des Tages mit Blanka. Sie konnte sich die Sticheleien nicht verkneifen, mit denen sie ihren Sohn überhäufte. Svatopluk ertrug sie meistens bitter, so wie sie früher sein Vater ertragen hatte, aber sie sammelten sich in ihm an und quollen auf wie heiße Lava unter der Erde. Er schwieg, weil er Eva nicht schaden wollte, und weil er wusste, dass es viele Dinge gab, für die er seiner Mutter dankbar sein musste. Mit den säuerlichen Bemerkungen, die schmerzhaft ins Ziel trafen, erstickte die Mutter allmählich auch die letzten Funken an Liebe, die er je für sie fühlte.

Svatopluks Vater war schon Hedvika in die Ewigkeit gefolgt. Obwohl er nie über gesundheitliche Probleme geklagt hatte, was vielleicht daran lag, dass es in der Familie Žák nicht üblich war zu klagen, fand seine Frau ihn eines Morgens tot im Bett. Svatopluk war überzeugt, dass die endlosen Vorwürfe der Mutter ihn bezwungen hatten. Die Mutter behauptete, die Politik habe ihn umgebracht. Und der Arzt stellte einen ausgedehnten Infarkt fest.

Die Trauer der Mutter über den Verlust des langjährigen Gefährten war aufrichtig und tief.

„Ich habe gar nicht richtig was von ihm gehabt", klagte sie. „Er ist doch immerzu nur auf diese Versammlungen gelaufen. Und jetzt bin ich hier ganz allein ...", sie sah die verheulte Doubravka an, „... mit dieser hier."

Gegen jedes ihrer Kinder hatte die Mutter Vorbehalte und sah in ihnen nur das Schlechte. Doubravka nahm sie die unbezwingbare Esslust übel, die sie für Willenlosigkeit hielt, Rostislav enttäuschte sie mit seiner Schwermut, die er mit regelmäßiger Alkoholzufuhr vertrieb, und an Svatopluk störte sie einfach alles. Einzig an Hedvika erinnerte sie sich als das Licht in ihrem Leben.

Als ob Rostislav beweisen wollte, dass sich die Mutter nicht in ihm täuschte, trank er auf der Feier nach der Beerdigung des Vaters mehr als gewöhnlich, sodass er sich wieder bis in den Zustand trank, in dem er nur einen Wunsch hatte – sein Leben zu beenden. Unbemerkt verschwand er von der Totenfeier und machte sich zum nahegelegenen Fluss auf. So wie er war, in Sachen und Schuhen, ging er ins Wasser, stolperte über Wurzeln und Steine und wartete darauf, dass ihm die Strömung die Beine weg- und ihn mit sich fortriss. An der Stelle, die er sich ausgesucht hatte, war die Strömung nur schwach. Also wurde er durch das kalte Wasser, das ihm schon bis zur Brust reichte, wieder so weit nüchtern, dass er nicht mehr sterben wollte, und er drehte sich um, um ans Ufer zurückzukehren. In diesem Moment trat er in eine Mulde, verlor das Gleichgewicht und verschwand unter der Oberfläche. Er zappelte wild herum, versuchte aufzustehen, aber der Alkohol drückte ihn auf den Grund. Er zog ihm die Beine noch stärker als die Strömung weg, die ihn forttrug. Rostislav dachte schon, er würde wirklich ertrinken, als ihn jemandes Arme umfassten und ihn an die Oberfläche zogen. Er ertastete mit den Füßen den Boden und stellte sich hin. Das Wasser reichte ihm an dieser Stelle knapp über die Taille. Die Fischer, die Rostislav herausgezogen hatten, begleiteten ihn zur Sicherheit bis zur Kneipe, wo bislang noch niemand seine Abwesenheit bemerkt hatte. Vielleicht hätte er sich unauffällig entfernen können, wenn seine Partnerin nicht einen Wasserfall lauter Beschimpfungen losgelassen hätte, dem sich auch seine Mutter mit Vorwürfen anschloss. In diesem Augenblick bedauerte Rostislav sicher, dass die Fischer ihn nicht für immer unter der stillen Wasseroberfläche hatten ruhen lassen.

Svatopluk konnte sich nach des Vaters Tod lange nicht fassen. Die Leere, die er hinterlassen hatte, setzte sich in seinem Kopf fest und wurde ein sensibler Ort, in den sich Gedanken an das eigene Ende zu schleichen begannen. Ihm wurde bewusst, dass auch seine Zeit begrenzt war, dass die Welt vor ihm da war und nach ihm sein würde. In solchen Momenten ging er zu Blanka. Es genügte ein kurzes Gespräch oder ein paar ins Klavier gehämmerte Etüden und die Schwere löste sich auf.

Svatopluk hätte alles dafür getan, um Blanka vor den Schwierigkeiten zu beschützen, die das Leben notwendigerweise mit sich brachte. Während er sich bemühte, die Jahre ihrer kindlichen Unschuld zu verlängern, schonte seine Mutter die Enkelin in dieser Hinsicht kein bisschen. Sie erzählte ihr von ihrem schweren Leben, von der Armut und dem Terror in den Kriegsjahren und ihr Lieblingsthema war die Schilderung von Krankheiten, denen die Betreffenden schließlich erlagen. Blanka liebte die Geschichten der Großmutter und sie schadeten ihr nur deshalb nicht, weil sie sie für genauso weit weg und unwirklich hielt wie die Geschichten aus den Märchen.

Svatopluk führte im Grunde genommen ein zufriedenes Leben. Vielleicht wäre er noch glücklicher, wenn er Eva dazu bringen könnte, dass sie sich noch ein Kind anschafften. Das würde bedeuten, dass seine Frau öfter zu Hause wäre, sie wäre abhängiger von ihm und vielleicht wären die unangenehmen Besuche der Mutter nicht mehr so häufig.

Er versuchte Eva zu überzeugen, dass die Zeit für eine Mutterschaft noch nie besser war als in den siebziger Jahren. Noch nie wurden so viele Kinder geboren wie in der Zeit, die offizielle Stellen als „Normalisierung" bezeichneten, obwohl die Atmosphäre in der Gesellschaft alles war, nur nicht normal. Ein weiterer Punkt, in dem Svatopluk nicht mit seiner Frau übereinstimmte. Svatopluk verteidigte die Säuberungen und die Einschränkungen der Freiheit, er wandte ein, dass man manchmal Einzelpersonen zum Wohle des Ganzen opfern musste.

„Wenn es sich um jemanden handeln würde, der dir nahesteht, vielleicht um Blanka, würdest du dann genauso reden?", griff Eva ihn an. Aber darauf antwortete Svatopluk nicht, er winkte über dieses heimtückische Argument nur ab und ging angewidert fort.

Wenn es um ein Kind ging, war Eva unbeugsam. Sie war selbst ein Einzelkind und hatte nie irgendwie darunter gelitten. Als sie Blankas musikalisches Talent erkannte, behauptete sie, dass es jede Aufmerksamkeit und Pflege verdiente. Sie wollte, dass ihre Tochter glücklich war, was in ihrem Verständnis bedeutete, erfolgreich zu sein. So lenkte sie sie zu einem Studium im Konservatorium, was Svatopluk hinsichtlich der nicht gerade glänzenden Karriere seiner Frau recht unpraktisch erschien, womit er auch nicht hinter dem Berg hielt. Sie stritten sich oft deswegen, aber schließlich kamen sie beide überein, dass die endgültige Wahl des Hochschulstudiums Blanka treffen sollte.

Ihre Ehe war die stürmische Verbindung zweier dickköpfiger Menschen, aber die Streits dauerten nie lange und ließen keinen hasserfüllten Beigeschmack zurück. Eva ahnte, dass Svatopluk in ihrer Beziehung derjenige war, der mehr liebte, und ihr kam das entgegen. Auch sie hatte Svatopluk sehr gern und er zog sie an wie kein anderer, aber das Gefühl nahm ihr nicht den gesunden Menschenverstand. Und dafür, sich ein weiteres Kind anzuschaffen, gab es ihrer Meinung nach **keinen Grund**.

7 / TOCHTER

Keinen Grund gab es, sich vor der Welt in der Einsamkeit des eigenen Zimmers zu verstecken, aber trotzdem fühlte ich mich immer und fühle mich bis jetzt dort sicher, wo ich mich auskenne. Mein ganzes Leben verbringe ich in dem stillen Haus am Stadtrand. In einer Zeit, als ich kaum über das Steinmäuerchen, auf dem unser Zaun stand, schauen konnte, in der es leicht war, sich hinter den grünen Büschen zu verstecken, und als ich nicht allein aus unserem Gartentor hinausdurfte, glaubte ich, dass die Dinge um mich herum lebendig waren. Warum sonst sollte die Treppe unter den Schritten stöhnen, wenn sie nicht unsere Last fühlte? Warum sollten Fenster quietschen, wenn ihnen nicht unbehaglich wäre, dass wir sie öffnen und die Eiseskälte hineinlassen, und im Sommer schwüle, heiße Luft und jedes Mal diese aufdringlichen Geräusche von außen hereinkommen? Die Welt um mich herum war endlos und voller Leben. Die Küche umfing mich mit Wärme und den bekannten Gerüchen. Sie verwöhnte mich in ihrer Umarmung genauso wie Běla und versteckte in ihren Schränkchen und Schubladen angenehme Überraschungen, die sie bereit war, mit mir zu teilen.

Das Wohnzimmer verschloss seine Türen, und wann immer ich dort hineingehen wollte, gab es mir kühl zu verstehen, dass ich nicht willkommen war. Aus den verglasten Vitrinen schauten mich finster die Porzellantassen und die Kristallgläser an. Sie hatten wohl Angst, dass ich die Scheibe aufmache, hinter der sie sich sicher fühlten, ein zartes Gefäß in meine Kinderhände nehme und es fallenlasse. Sie ahnten schon, dass ich sie gern in der Hand wiegen und mir ihr gemaltes Muster und den feinen Schliff aus der Nähe anschauen wollte. Ich tat das nur nicht, weil ich vor den hohen braunen Schränken Angst hatte, die aussahen, als seien sie zur Verteidigung ihrer zerbrechlichen Schätze bereit, sich aus der Höhe auf mich zu stürzen. Noch mehr fürchtete ich aber den Vater, der mich mit einem einzigen kalten Blick in den Boden bohren konnte.

Mein oben gelegenes Zimmer benahm sich am Tage freundschaftlich. Die Puppen spielten bereitwillig mit mir und zeigten, wie gern sie mich hatten. Die Plüschtiere streichelten mit ihren weichen Pelzen meine Hände und die Baukästen drängelten sich darum, Zeit mit mir zu verbringen.

Aber abends änderte sich alles. Die bunten Bauklötze legten sich mir mit Absicht in den Weg, die Puppengesichter bekamen einen bösen, finsteren Ausdruck und ihre Augen starrten mich aus der Dunkelheit an. Die Plüschfiguren duckten sich abwartend und mir schien es, dass sie nur darauf warteten, dass ich einschlief, damit sie sich auf mich stürzen konnten.

Ich stopfte sie in den Schrank, schloss hinter ihnen die Tür, drehte den Schlüssel um, und hatte trotzdem das Gefühl, sie bemühten sich herauszukommen, und ich hatte Angst, dass sie es schaffen könnten und ihre Rache fürs Einsperren fürchterlich sein würde.

Běla ließ nach dem abendlichen Vorlesen die kleine Lampe an, aber der Vater meinte, ich sei schon groß und müsse mich daran gewöhnen, im Dunkeln zu schlafen. Also ließ Běla wenigstens die Tür zum Flur etwas offen und sagte, ich könne jederzeit zu ihr ins Schlafzimmer kommen.

Das hätte ich nie gewagt. Den großen, schweigsamen und gleichgültigen Vater fürchtete ich mehr als alles andere, und deshalb setzte ich zu den Zeiten, als er dort mit Běla schlief, keinen Fuß in das Schlafzimmer. Ich traute mich erst dort hinein, als er sich mit seinem lauten Schnarchen auf die Liege im Arbeitszimmer verzogen hatte.

Ich war überrascht, als ich feststellte, dass die Erwachsenen nicht wussten, dass in allen Dingen Leben war. Sie wunderten sich nicht, dass die Uhrzeiger vorwärtsgingen, begriffen nicht, dass ich den Kakao aus meiner Tasse mit dem aufgedruckten Kätzchen trinken wollte, weil es betrübt und allein wäre, wenn ich aus einer anderen trinken würde.

Der einzige Erwachsene, der genauso wie ich sah, dass die Dinge um uns herum eine Seele hatten, war Běla.

Es war traurig, dass gerade sie, die die Welt mit Kinderaugen sehen konnte, sie verstand und liebte, keine eigenen Kinder haben konnte.

Aus Bělas Erzählungen weiß ich, dass sie ihrer Mutter die ganze Kindheit lang übelnahm, dass sie den Vater fortgehen ließ. Im Stillen – aber niemals laut – hielt sie ihr vor, dass sie nicht nett zu ihrem Mann war, sich nicht genug gemüht hatte, dass er glücklich mit ihnen war. Sie stritt wegen Kleinigkeiten mit ihm – späte Heimkehr, herumgeworfene Socken, nichteingehaltene Versprechen und verrauchte Gardinen.

Sollen doch die Gardinen angegraut sein, was liegt schon an ein paar Stunden Verspätung und ein bisschen Unordnung, wichtig ist es, für seine Kinder einen Papa zu haben, eine Familie zu sein, dachte sich Běla. Aber die

Mama war offensichtlich anderer Ansicht, und so kehrte der Papa eines Tages nicht heim. Er kam auch nicht am nächsten Tag und auch nicht eine Woche später, er kam gar nicht mehr zurück.

Běla blieb für immer mit der Mama und der älteren Schwester allein. Erst Jahre später erfuhr Běla, dass ihr Papa zu einer anderen Frau gezogen war, um für ihre beiden Söhne der Papa zu sein, und dass er irgendwo eine Frau und zwei Töchter hatte, vergaß er völlig. Daraus schloss sie, dass seine neue Frau nicht so kleinlich war und verstand, dass man für das Wohl der Familie etwas opfern musste. Zum Beispiel saubere Gardinen und eigene Ansichten.

Sie war entschlossen, aus den Fehlern der Mama zu lernen und alles dafür zu tun, dass ihr Mann zufrieden war, die Ehe angenehm und das Haus voller Kinder. Umso größer war ihre Enttäuschung, als ihre erste Ehe nach sieben Jahren mit einer Scheidung endete. Bělas grenzenlose Bemühungen, die Fehler ihres Mannes zu übersehen und ein glückliches Heim zu erschaffen, waren einfach überflüssig, weil sich bald herausstellte, dass sie keine Kinder bekommen konnte. Ihren Mann störte das erstaunlicherweise gar nicht, ja er schien sogar erfreut, dass er auch weiterhin Bělas ganze Fürsorge und Liebe für sich allein haben würde. Eine Adoption lehnte er kategorisch ab, und in diesem Augenblick beendete Běla mit sofortiger Wirkung die Beziehung, die ihrem Mann alles gab und ihr nichts.

Sie kehrte zur Mutter und zur offensichtlich zufriedenen, unverheirateten älteren Schwester zurück und beschloss, genauso zu leben wie sie – das Leben einer ungebundenen Frau, nur für sich und ihre Interessen.

Was sie in die Tat umsetzte. Das, was sie interessierte und wovon sie träumte, war aber weit weg hinter Grenzen aus Stacheldraht versteckt. Běla liebte Frankreich und alles, was damit zusammenhing. Sie las die französischen Klassiker, schnitt aus Zeitschriften Artikel über Frankreich und französische Rezepte aus, obwohl sie die niemals kochte, weil die richtigen Zutaten fehlten und sie eigentlich auch nicht gern kochte. Auch die Sprache des erträumten Landes erlernte sie nicht. Wo hätte sie das tun sollen und warum, wo doch die Chance, dort einmal hinzukommen, verschwindend gering war.

Und damals fing sie an, Collagen anzufertigen. Ihre Fantasie, die Träume und Wünsche legte sie in kleine Papierstückchen, die sie ausschnitt, um sie dann vorsichtig stundenlang aneinander zu legen und sich daraus ihre Welt zu erschaffen. Eine Welt der Freude und der Farben, eine Welt, in der absolut alles möglich war. Nicht nur über Grenzen zu reisen, sondern auch in der Zeit. Sich mit Menschen zu treffen, die nicht mehr – oder noch nicht – auf der Welt waren, den Sommer mitten im Winter zu erschaffen, Licht im Dunkel.

Manchmal kommt es vor, dass Leute, die keine Kinder haben können, sich selbst einreden, dass sie eigentlich keine wollen. Sie panzern sich, werden hart und sehen in fremden Kindern nur, wie laut und nervig sie sind. Aber das war bei Běla nicht so – zum Glück, denn für eine Kindergärtnerin wäre das eine Katastrophe. Běla mochte Kinder – alle und unter jeden Umständen. Aber manchmal geschah es, dass sie an einem Kind mehr hing als an den anderen. Und das passierte ihr auch mit mir – dem schweigsamen Mädchen namens Bohdana, das von der Großmutter oder einem hochgewachsenen, ernsten

Mann in den Kindergarten gebracht wurde. Und als dieser Mann sie nach einer gewissen Zeit bat, ihn mitsamt der kleinen Tochter zu heiraten, zögerte sie nicht und willigte ein – verzaubert vom Vater und verliebt in das Mädchen.

Als ich in die Mittelschule ging, söhnte sich Běla damit aus, dass ich bin, wie ich bin, und nie anders sein werde. Sie begann zu verstehen, dass ich einfach anders war, nötigte mich nicht mehr, zu Frau Doktor Světáková zu gehen, was nicht nur mich erleichterte, sondern auch die Psychologin, die sich nach dieser langen Zeit ohne jedes Ergebnis sicher unfähig vorkam.

An den Abenden fuhr ich mit dem Tagebuchschreiben fort. Tagebuch war vielleicht eine etwas übertriebene Bezeichnung, weil die mehrseitigen Aufzeichnungen, mit denen ich meine Gedanken und die Leben der anderen in den Zeiten, als ich viel in meinem Zimmer allein war, ausführlich festhielt, schon der Vergangenheit angehörten. Und manche Einträge waren eher einfache Anmerkungen. Aber ich blätterte gern von Zeit zu Zeit ein paar Monate oder auch ein paar Jahre zurück, und dann hatte ich das Gefühl, dass die Ereignisse jener Tage, obwohl unbedeutend, nicht dem Vergessen anheimfielen.

Ursprünglich schrieb ich in das Heft, um darin alles festzuhalten, was ich über die Vergangenheit meiner Familie feststellen konnte. Noch immer konnte ich mich nicht von dem Gedanken befreien, dass mir ein Stück fehlen wird, wenn ich nicht mehr über die Jahre vor meiner Geburt und den Beginn meines Lebens, als Mama noch bei uns war, erfahren kann. Ich werde eine unvollendete Collage sein, von der ein paar Teile abgefallen sind und das daraus resultierende Bild keinen Sinn ergab.

Ich begann schon die Hoffnung aufzugeben, dass ich mehr erfahren könnte, weil ich nicht wusste, wo und wie ich suchen sollte. Dazu noch hatte mein erster Versuch, die Familiengeschichte aufzudecken, ein Gefühl von Bitterkeit in mir hinterlassen und die Angst, etwas zu erfahren, was ich eigentlich nicht wissen wollte.

Als ich im dritten Jahr in der Mittelschule war, starb Tante Doubravka. Ich erinnerte mich nicht, sie je getroffen zu haben, aber durch ihren Tod verlor ich einen weiteren Menschen, der seinen Teil zum Bild der Vergangenheit meiner Familie beitragen konnte.

Dem Vater wurde die Nachricht telefonisch aus dem Pflegeheim mitgeteilt, in dem Tante Doubravka lebte. Er legte den Hörer auf, schwieg ein paar Sekunden und schrie dann los.

„Ich hab's euch gesagt, ich hab's gesagt! Sie ist in ihrem eigenen Fett ertrunken!", brüllte er mich und Běla wütend an und hämmerte mit der Faust auf den Tisch, als könnten wir etwas dafür.

Das erschreckte mich. Ich kannte ihn verärgert, eklig und bissig, manchmal hörte ich, wie er laut mit Běla stritt, aber nie hatte er in meiner Gegenwart und erst recht nicht mich angeschrien. Die lauten Worte dröhnten in meinem Kopf, die Hände zitterten mir und die Welt wurde unscharf. Ich machte zwei vorsichtige Schritte zum Tisch und setzte mich.

Der Vater schaute mich an, wurde auf einmal still und schluckte schwer. Vielleicht wollte er noch etwas sagen, aber sein Hals schnürte sich zu und Tränen schossen ihm aus den Augen. Er drehte sich von uns weg, winkte mit der Hand ab, weil sowieso alles vergebens war, lief nach oben und schlug die Arbeitszimmertür hinter sich zu. Auch zum Abendessen kam er nicht nach unten und hinter der geschlossenen Tür war diesmal keine Musik zu hören.

Ich begriff, dass auch mein Vater fähig war, jemanden gern zu haben.

Erst nach einer Zeit wurde mir bewusst, dass die regelmäßigen Telefonate am Freitag aufhörten. Jeden Freitag hatte er sich im Wohnzimmer eingeschlossen, im einzigen Zimmer, in dem es ein Telefon gab, und dort lange und leise telefoniert. Er sagte uns nie, mit wem er da sprach, und wir fragten auch nicht. Běla tat, als interessierte es sie nicht, und machte absichtlich in der Küche Krach, damit der Vater nicht etwa denken konnte, wir hörten zu.

Erst nach Jahren erkannte ich, dass der Vater die Verbindung zu seiner Familie und seiner Vergangenheit nicht ganz abgebrochen hatte. Die Telefonate hinter der Wohnzimmertür waren nichts Mysteriöses. Der Vater unterhielt sich ganz normal einmal in der Woche mit seiner Schwester.

Meine Tagebuchaufzeichnungen wurden kürzer, weil ich nicht mehr so viel Zeit in der Einsamkeit verbrachte. Ich hatte einen Freund und Běla war darüber offensichtlich erfreut. Sie sah darin ein Zeichen, dass ich fähig war, mich ins Leben einzufügen, und sicher hätte es sie interessiert, wie unsere Beziehung begann, aber ich wusste das eigentlich selbst nicht.

Bei der Vorbereitung eines Wettbewerbsprojektes in der Schule arbeitete ich mit den Studenten der höheren Jahrgänge zusammen und einer von ihnen war Martin

Horák, der Bruder meiner Freundin Zuzana. Ein normaler Junge mit dicken Locken, die zu allen Seiten abstanden, und einer Brille mit silbernem Rahmen, die ihm manchmal von der langen, geraden Nase rutschte, sodass er sie unwillkürlich immerzu nach oben schob. Wenn er nachdachte, biss er sich auf die Unterlippe und knetete sich das Kinn. Und wenn er die Lösung hatte, lächelte er und zeigte dabei seine geraden, weißen Zähne. Es war nur schade, dass er so ernst war und nicht öfter lächelte. Nichts konnte ihn aus der Ruhe bringen. Er fand mit jedem ein gemeinsames Thema und suchte am liebsten Lösungen für Dinge, die die anderen Probleme nannten. Für ihn waren das Aufgaben, Herausforderungen, der Sinn des Lebens. Er besaß eine natürliche Autorität und alle unterwarfen sich bereitwillig seiner Führung. Eigentlich ohne es zu bemerken.

Ich war froh, dass er zu unserer kleinen Gruppe gehörte, weil er nicht zuließ, dass mein Anderssein zu sehr hervorstach. Von Beginn an beschützte er mich und ich dachte, Zuzana hätte ihn gebeten, ein bisschen auf mich aufzupassen.

Das Projekt war erfolgreich, wir belegten sogar im gesamtstaatlichen Wettbewerb einen der vorderen Plätze. Alle sagten, es sei auch das Verdienst meiner geschickten Hände. Wenn ich gelobt wurde, lächelte Martin zufrieden, und ich sah, dass er stolz auf mich war.

Das war ein angenehmes Gefühl. Ein völlig neues. Der Vater schämte sich für mich und Běla bedauerte mich eher, obwohl sie mich lieb hatte.

Martin begleitete mich jedes Mal nach Hause, und auch als unsere gemeinsame Arbeit beendet war, wartete er manchmal vor der Schule auf mich oder kam nachmittags zu uns nach Hause, und ich stellte auf einmal fest, dass es keinen Spaß mehr machte, ellenlange Tagebucheinträge zu schreiben oder auf dem Fensterbrett zu sitzen und nach Lukáš Táfl Ausschau zu halten, weil ein ganz anderer mein Glücksmensch geworden war.

Und das blieb er auch, als er an die Hochschule ging und ich noch in der Gewerbeschule in unserem Städtchen war. Er besuchte mich jede Woche, als seien wir verabredet, und dann verabredeten wir uns tatsächlich, und auf einmal wussten alle, dass wir zusammengehörten.

Einmal blieb er über Nacht, was meinem Hund Zub sehr missfiel. Er musste den Platz auf dem Bett Martin überlassen und sich auf dem Lesesessel zusammenrollen. Mit gespitzten Ohren hörte er den Geräuschen vom Bett zu, und als ihm unsere Seufzer zu unerträglich wurden, sprang er hinunter und versteckte sich hinter dem Sessel. Aber als ich in der Nacht aufwachte, lag er wieder zufrieden zusammengerollt an seinem Platz auf der Decke am Fußende meines Betts.

Martin verbrachte schließlich die meisten Wochenenden bei uns. Běla umsorgte ihn wie ein eigenes Kind, und der Vater tat, als bemerkte er Martins Anwesenheit nicht, oder aber er nahm sie wirklich nicht wahr. Wie die meisten Dinge, die mich betrafen. Es ist gut möglich, dass es ihm gleichgültig war. Wir wussten aber alle, dass Martin mit mir zusammenbleiben würde. Wir hatten viel gemeinsam, wir verstanden und ergänzten einander. Und außerdem hatte ich das Gefühl, dass Martin der einzige Mensch auf der Welt war, der meine Andersartigkeit vielleicht nicht einmal bemerkte.

Als er mit dem Studium fertig war, arbeitete ich schon in einem Projektierungsbüro. Und weil Martin eigentlich bei uns wohnte, beschlossen wir zu heiraten und dass der Beginn des neuen Jahrtausends auch der Beginn unseres gemeinsamen Lebens sein sollte. Bělas Reaktion verwirrte mich etwas. Sie begann zu weinen, dann umarmte sie mich, streichelte mir übers Haar und sagte, sie sei sehr froh, dass am Ende **alles gut ausgegangen war.**

8 / VATER

Alles war gut ausgegangen, Evas Bemühungen und Blankas Gehorsamkeit hatten sich ausgezahlt und Blanka wurde am Konservatorium zum Studium angenommen. Trotzdem hatte Svatopluk das Gefühl, die bekannte Welt würde ihm unter den Händen auseinanderfallen.

Svatopluks Vater war ein echter Kommunist und reichte dem Sohn seine Weltsicht, seine Grundsätze weiter. Jetzt war er nicht mehr und Svatopluk fühlte sich allein. Er fühlte, dass er sich auf seine Genossen nicht verlassen konnte. Statt dass die Situation sich nach dem sowjetischen Eingreifen im Jahr 1968 verbesserte und das Land sich bewusst machte, dass es damals dem Verderben entgegeneilte, wurde es noch schlimmer. Offener Widerstand, gegen den man noch angehen könnte, war selten, die meisten Leute wurden hart, verschlossen sich in ihren Familien wie in einem sicheren Panzer, in dem sie die schweren Zeiten überdauern wollten.

Ans Licht heraus krochen die Karrieristen, die sich schnell orientierten und ausrechneten, was für sie persönlich am vorteilhaftesten war. Sie verseuchten die Partei mit ihrer Heuchelei und ihrem Opportunismus, und Svatopluk konnte nichts dagegen tun. Es gab keine echte Überzeugung mehr, überall nur Lügen und Vortäuschung. Wo sollte das hinführen? Und zu Hause war in der Zwischenzeit aus dem süßen und neugierigen Mädchen Blanka ein ziemlich wildes Fräulein geworden. Die Veränderung kam mit dem Alter, das war Svatopluk klar, aber einen Anteil an ihrer Naseweisheit hatte sicher auch die zu tolerante Erziehung. Sie liebten sie einfach zu sehr, und das war das Resultat.

Musik war Svatopluks Leidenschaft, trotzdem wäre ihm lieber, sie würde sich ein praktischeres Studium aussuchen und nur zur Freude Klavier spielen. Er verurteilte die freie Atmosphäre, die am Konservatorium herrschte, ihm gefiel nicht, dass sich die jungen Leute nach dem Unterricht in Parks trafen, auf Bänken herumsaßen und auf der Gitarre klimperten. Nicht auszudenken, die Schande, wenn die Polizei ihre Ausweise kontrollierte und seine Tochter dabei wäre!

Und diese Mode! Lange offene Haare, die Augen mit Linien umrandet, die Wimpern von dicker schwarzer Farbe verklebt. Lockere Hemden und Blusen, bunte Schlaghosen. Fransen, lange Ohrringe und Perlenketten. Die schauen zum Westen auf, den sie nur aus dem Fernsehen kennen. Ahmen den dortigen Kleidungsstil nach, sehnen sich nach oberflächlichen Dingen und das Wesentliche entgeht ihnen.

„Diese Filme und diese Serien hätte man überhaupt nicht hierherlassen sollen." Svatopluk wusste, dass er sich unnötig aufregte, aber er konnte sich nicht helfen. Gern hätte er einen ruhigen Samstagabend mit seiner Frau und seiner Tochter verbracht, die Gewohnheit wieder aufleben lassen, gemeinsam Zeit mit Büchern oder ganz gewöhnlichem Erzählen zu verbringen. Aber Blanka lag nichts mehr an den Familienabenden. Sie lungerte lieber irgendwo mit den Freunden herum. Sie hatten eine Musikgruppe gegründet und große Pläne.

Eva kommentierte in der letzten Zeit die Bemerkungen ihres Mannes nicht. Es genügte, dass Blanka mit ihm stritt. Eigentlich tat ihr Svatopluk leid. Die Vorstellungen, an die er einst glaubte, erfüllten sich nicht, und die Realität nahm ihm Stück für Stück seine Illusionen. Er erinnerte sie an ein sterbendes Tier, das aus letzter Kraft um sich tritt, als könnte es so dem Unausweichlichen entkommen.

„Wenn es von dir abhängen würde, käme im Fernsehen nichts anderes als Gute-Nacht-Märchen", sagte Blanka. Sie wusste, dass sie ihren Vater damit noch mehr aufregte, konnte aber nicht widerstehen. Sie hatte ihn gern, obwohl er sie mit seiner Verbissenheit furchtbar aufregte. Noch bevor er antworten konnte, bückte sie sich und küsste ihn auf die Stirn. „Hab keine Angst, Papa, heute verdirbt mich das Fernsehen nicht. Ich gehe zur Probe und bin spätestens um zehn zu Hause. Pionierehrenwort." Sie drückte ihm einen weiteren Kuss auf, winkte Eva und war fort.

„Die hat dich um den kleinen Finger gewickelt", sagte Eva lächelnd.

„Ach, ich bitte dich", brummte Svatopluk, aber er wusste, dass das die Wahrheit war.

Blanka machte immer alles so, wie sie wollte. Klavier, schreckliche Kleidung, geschminkte Augen und jetzt noch diese Kapelle. Sie studiert Klavier und spielt abends irgendsoeinen billigen Pop. Und singt. Als wäre sie Helena Vondráčková. Nun ja, ihre Stimme ist recht interessant und sie ist genauso schön wie ihre Mutter. Sie hat ihre dunklen Haare und diesen Blick in den Augen von ihr geerbt. Allwissend, arrogant, nachdenklich … Er lebte schon zwei Jahrzehnte mit Eva zusammen und wusste immer noch nicht, wie er diesen Blick benennen sollte. Ein Blick, dessentwegen er damals zu schüchtern war, sie anzusprechen, ein Blick, dessentwegen er sich in sie verliebt hatte.

Er drehte sich zu seiner Frau um.

„Wie wär's, wenn wir den Fernseher heute ausschalten und uns eine Flasche Rotwein aufmachen?"

Sie lächelte.

„Eine schöne Idee."

Die Gruppe, in der Blanka spielte, traf sich in einem kleinen Haus in einer Gartenkolonie zwischen zwei Stadtvierteln. Der Unterschlupf gehörte den Eltern eines der Bandmitglieder, Josef Prach, genannt José, der sich aufgrund seines Postens als Besitzer des Probenraums Chef der Gruppe nannte. Über den Namen der Gruppe verhandelten sie noch. Ungelöst waren auch eine Menge anderer Sachen, viel wurde über das Repertoire diskutiert, aber eins war klar. Zuerst würden sie Lieder spielen, die gerade der Hit waren, um das Vorspiel zu bestehen und auf Unterhaltungsabenden ein bisschen Geld zu machen. Allmählich würden sie eigene Lieder ins Programm aufnehmen. Sich einen Namen machen, einen eigenen Stil entwickeln und es mit der Zeit ins Radio und dann auch ins Fernsehen schaffen. Und sie werden reich und berühmt. Also im Rahmen der Möglichkeiten.

Blanka schien der Plan gar nicht so unverwirklichbar, denn Elvis' Vater war Kameramann und arbeitete beim Fernsehen. Elvis hieß natürlich in Wahrheit nicht Elvis, sondern Evžen Zajíc, aber er musste sich einfach umbenennen, denn mit dem Namen Evžen kommt man im Showbusiness nicht weit. Auch der Gitarrist Charlie hieß eigentlich Karel, aber aufgrund der Tatsache, dass schon ein Karel – nämlich Karel Gott – im Fernsehen auftrat, musste er sich einen anderen Namen aussuchen, damit die Leute sie nicht verwechselten, weil sie sich außerdem auch ziemlich ähnelten.

Das behauptete Šárka, pardon Sára, die allerdings durch die rosarote Brille schaute, denn sie war in Charlie verliebt. Sie sang aber ausgezeichnet und war zudem blond, was hervorragend passte. Zu dieser Zeit war die schwedische Gruppe ABBA unglaublich populär, und wenn die Leute schon nicht das Original hören konnten, dann wären sie vielleicht froh über eine Gruppe, die wenigstens auf irgendeine Weise an sie erinnerte. Singen müssten sie aber natürlich tschechisch, um der Zulassungskommission entgegenzukommen.

Darin verließen sie sich ziemlich auf Blanka. Nicht nur, dass sie durch ihre dunklen Haare in die Zusammenstellung der Gruppe passte, eine ausgezeichnete Pianistin war – eigentlich außer José der einzige Fastprofi – und toll sang, hatte sie auch noch ein einflussreiches Papachen, was nie schaden konnte. Blanka lehnte es als Einzige ab, ihren Namen in Blanche zu ändern, weil sie ihren Namen mochte und ihr Spitznamen kindisch vorkamen. Und zur Sicherheit vertraute sie ihren Freunden in der Truppe lieber nicht an, dass ihr Papa im Fall des Falles sicher nicht für sie Fürbitte einlegen würde.

Zu Hause mochte Svatopluk seine Ruhe, erst recht, weil er davon in dem Betrieb, den er leitete, immer weniger hatte.

Wenn er seine Untergebenen zu Diskussionen über seine Vorschläge aufforderte, sagte nie jemand etwas Grundlegendes. Alle nickten nur, egal was er sagte, und hinter seinem Rücken zweifelten sie seine Entscheidungen an. Es fanden sich auch ein paar, die heimlich zu ihm kamen und hintenherum meldeten, wer der Auffassung war, die Probleme besser als der Genosse Direktor lösen zu können. Die Raffinierteren verquatschten sich scheinbar beim Mittagessen, bei einem zufälligen Treffen im Flur, im Auto ...

Früher erstickte Svatopluk alle Denunziationen im Keim, ließ den Betreffenden nicht ausreden, oder tat so, als verstünde er nicht das Wesen des Gesagten, aber mit der Zeit wurde ihm bewusst, dass die Genossen nicht nur ihm Dinge zutrugen, sondern auch höheren Stellen über ihn. Vielleicht beschwerten sie sich, dass er nicht eingriff, keine Maßnahmen gegen Leute ergriff, die den guten Namen des Betriebs beschädigten und damit die Grundlagen des sozialistischen Systems untergruben. Angst begann sich in seine Gedanken zu schleichen. Er fürchtete nicht um sich, sondern um die Zukunft seiner Familie. Er wollte keine unnötigen Fehler machen und damit Evas Arbeit oder Blankas Zukunft bedrohen.

Er konnte das Gerede nicht aus dem Kopf bekommen, das in verschiedenen Anzeichen in den letzten Tagen zu ihm drang. Andeutungen darüber, dass der Sohn von Jirka Hedra nicht aus dem Urlaub in Jugoslawien zurückgekommen sei. Er soll mitsamt seiner Frau nach Österreich abgehauen sein. Svatopluk hoffte, es mögen nur Vermutungen sein. Jirka war nicht nur sein ökonomischer Stellvertreter, sondern auch ein Freund. Sie kannten sich schon lange. Jirka war sogar sein Trauzeuge. Jirka gehörte zur alten Garde, er war einer der wenigen Menschen, denen Svatopluk grenzenlos vertraute. Und jetzt das!

Wenn sich herausstellt, dass die Gerüchte stimmen, wird Jirka die Stellvertreterfunktion aufgeben müssen.

So sind die Regeln. Nicht, dass die Partei sich an der Familie des Schuldigen rächen würde, das auf keinen Fall. Wenn aber jemand abhaute, hieß das, dass in der Familie etwas nicht in Ordnung war. Die betreffende Person war ein fauler Apfel, an dem sich immer auch alle anderen Früchte anstecken, die das Pech hatten, in seiner Nähe zu sein.

Aber Svatopluk kannte Jirka Hedra, er wusste, dass das ein zuverlässiger Genosse war. Wie konnte ihm so etwas passieren?

Svatopluk lernte, seine Arbeitssorgen vor dem Betriebstor abzustreifen, sie genauso abzulegen wie die Arbeiter ihre Arbeitskleidung, und ihnen nicht zu gestatten, sein Familienleben zu beeinflussen. Aber das wurde immer schwieriger. Die Befürchtungen setzten sich nicht nur in seinen Kopf, sondern auch auf die Brust, und kamen ihm jedes Mal wieder in den Sinn, wenn sich Stille um ihn herum ausbreitete. In solchen Augenblicken bat er Blanka oder Eva, ihm etwas zu spielen. Und wenn sie keine Lust hatten, wandte er sich seiner tröstlich wachsenden Sammlung klassischer Musik zu. Er erfreute sich an ihr, aber immer, wenn er die mustergültig nach Autor geordneten Aufnahmen anschaute, musste er an die Platten der armen Musiklehrerin Frau Vrabcová denken.

Svatopluk schloss die Wohnungstür auf und hörte schon im Flur die Frauenstimmen. War die Mutter etwa noch nicht gegangen? Sie kam noch immer jeden Nachmittag um zu helfen, und manchmal holte Doubravka sie auf ihrem Weg von der Arbeit ab, sie tranken einen Kaffee, aßen Törtchen dazu und machten sich dann gemeinsam auf den Heimweg.

Mit Doubravka unterhielt sich Svatopluk gern, auch wenn ihn die gierige Esslust der Schwester störte. Manchmal merkte er sogar an, dass sie auf sich aufpassen sollte, aber Doubravka antwortete ihm nur lachend, dass ihr ja dann fast nichts mehr vom Leben bleiben würde. Der Mutter ging Svatopluk möglichst aus dem Weg. Blanka hatte Doubravka gern und die Großmutter erstaunlicherweise wohl noch mehr. Und über ihre kritischen Bemerkungen und mürrischen Reden amüsierte sie sich nur.

Svatopluk blieb stehen und versuchte, etwas zu verstehen. Wenn die Mutter noch hier war, könnte er sich im Schlafzimmer umziehen. Vielleicht verschwand sie in der Zwischenzeit. Aber die Stimmen kamen aus dem Wohnzimmer. Das war seltsam. Die Mutter saß meistens in der Küche. Sie meinte, das Wohnzimmer sei nur für Besucher. Beim Schuheausziehen bemerkte er ein Paar elegante Pumps. Hm, also hatte Eva von einer Freundin oder Kollegin Besuch. Leise ging er in die Küche, aber in dem Moment öffnete sich die Wohnzimmertür.

„Hier bist du! Ich habe Jana gesagt, du müsstest jeden Augenblick kommen."

Jana? Jana! Verflucht, doch nicht Jana Hedrová? Er beugte sich leicht vor und schaute über Evas Schulter ins Zimmer. Also dieser Besuch machte ihm noch weniger Freude als der von der Mutter.

„Jana ist gekommen, um dich um etwas zu bitten", sagte Eva. „Ich bringe dir mal ein Glas Wein. Oder möchtest du Kaffee?"

„Wein", sagte Svatopluk resigniert und ging hinein.

Jana Hedrová saß auf dem Sofa und knetete in den Händen nervös ihr Taschentuch. Auf ihren Wangen brannten rote Flecken und ihre Augen waren gerötet. Offensichtlich hatte sie noch vor kurzem geweint. Also war es die Wahrheit. Der junge Hedra war mit seiner Frau nicht aus dem Ausland zurückgekehrt. Verdammt, das hätte nicht passieren dürfen.

Jana hob den Blick zu ihm.

„Unser Pavlík …", fing sie an zu schluchzen.

„Ich weiß", sagte er und setzte sich ihr gegenüber auf einen Stuhl. Wo blieb denn nur Eva? Warum ließ sie ihn allein mit ihr? Er wusste überhaupt nicht, was er sagen oder tun sollte.

„Ich werde ihn nie wieder sehen. Weder ihn noch die Enkel … Wie konnte er uns das antun?"

Woher soll ich das wissen? Hätte Svatopluk am liebsten geantwortet, aber er schwieg. Was wollte Jana Hedrová von ihm? Sollte er nach Österreich fahren und sie alle zurückholen?

Eva kam zurück und goss ihm Weißwein ein. Er nahm das Glas und trank verlegen.

„Das tut mir leid", sagte er. Und dann fügte er hinzu, was man gewöhnlich hinzufügt: „Wenn wir irgendetwas für euch tun können …" Das war ein Fehler. Er konnte gar nichts für sie tun.

„Deshalb bin ich hier", sagte Jana und Svatopluk erschrak vor der Hoffnung, die er in ihrer Stimme hörte. „Jirka ist ganz fertig davon, er ist nicht einmal zur Arbeit gegangen, hat sich Urlaub genommen." Sie sah ihn unsicher an. „Er meinte, er würde rausgeworfen."

Svatopluk schwieg.

„Das machen sie nicht, oder? Unsere Tanja ist noch im Gymnasium, sie will an die Hochschule … Sváťa, du und Jirka seid doch Freunde."

Endlich sah Svatopluk sie an.

„Ich kann dir nichts versprechen. Das überschreitet meine Kompetenzen."

Jana erstarrte, gab aber nicht auf.

„Aber dein Wort gilt doch etwas."

Svatopluk stellte das Glas ab. Wohl zu heftig, denn der Wein schwappte hoch und ein paar Tropfen landeten auf dem Glastischchen.

„Emigration ist ein schwerwiegender Gesetzesbruch und Pavel hätte sich bewusst machen sollen, was für Folgen das für eure Familie hat. Jirka ist nicht nur mein Freund, sondern vor allem Kommunist. Und Familien von Kommunisten müssen Vorbild sein. Ohne Ausnahme."

Jana wurde knallrot und schluckte ein paarmal trocken. Dann erhob sie sich, sah sich unsicher um, als ob sie auf einmal nicht mehr wüsste, wo die Tür war, und sah Eva bittend an. Die schaute weg und bohrte ihren Blick in den Teppich.

„Entschuldigt die Störung", sagte Jana Hedrová, ging zur Tür, zog sich im Flur schwankend die Pumps an und schloss leise die Tür hinter sich.

Zurück blieben nur ihr unberührtes Glas Wein, ein bitteres Gefühl im Herzen und Stille.

In der sorgfältig gelockerten Erde öffneten frisch gepflanzte Stiefmütterchen ihre Blüten, eingeengt unter welkenden Blumensträußen und Kränzen mit schwarzer Schleife und der Aufschrift „In Erinnerung". Den Kranz, der er in seinem und dem Namen seiner Frau geschickt hatte, sah Svatopluk nicht. Der lag wohl mit den verblühten Sträußen und kahlen Kränzen unweit im Container.

Jiří Hedra war im ersten Versuch das gelungen, was Svatopluks Bruder in der Trunkenheit schon ein paarmal erfolglos versucht hatte. Wahrscheinlich, weil er in dem Augenblick, als er sich die legal gehaltene Waffe in den Mund schob, absolut nüchtern war.

Zur Beerdigung von Jiří Hedra ging Svatopluk nicht. Er wollte gehen, aber Eva redete ihm das so eindringlich aus, dass sie sich sogar verstritten und Eva zu weinen anfing. Die Tränen waren es, die ihn veranlassten, zu Hause zu bleiben. Nicht die Argumente und im Streit ausgesprochenen Worte. Schließlich weinte Eva ansonsten nie.

Auf der Todesanzeige, die sich in einem weißen Umschlag ohne Adresse in ihrem Briefkasten fand, stand, dass die Trauerzeremonie im engsten Kreis der Familie und Freunde stattfinden würde. Und in Janas Handschrift die geschriebene Nachricht, sie danke für die Beileidsbekundung und hoffe, der Wunsch der Familie werde respektiert. Was man unterschiedlich interpretieren konnte.

Svatopluk hielt sich für Hedras Freund und verstand nicht, warum er nicht zu seiner Beerdigung gehen sollte. Jiří war sein langjähriger Kollege und Gefährte und dafür, dass sich Jiří eines Montagmorgens entschied, sich nicht an den Tisch in der Beschaffungsabteilung zu setzen, wohin sie ihn aus dem Büro des Stellvertreters degradiert hatten, sondern sein Leben zu beenden, fühlte sich Svatopluk nicht verantwortlich. Die Versetzung in die Beschaffung war keine so große Strafe, Jiří hätte auch im Kesselraum oder an der Pforte landen können.

Schließlich und endlich hatte sich Jiří Hedra selbst entschieden. Vor der Parteiversammlung, die zusammenkam, um die Schwere von Hedras Versagen zu beurteilen, hatte Svatopluk den Freund zu sich ins Büro gerufen, und obwohl das nicht seine Angewohnheit war, sich beiden einen Cognac eingegossen.

„Du weißt, was du tun musst, Jirka", sagte er ihm.

Jiří Hedra sah ihn an und schüttelte den Kopf.

„Schau mal, Pavel ist weg, das kannst du nicht ändern. Wir wissen alle, dass Jana und du nicht die leiseste Ahnung von seinem Plan hattet. Und deshalb rate ich dir, der ganzen Sache die Stirn zu bieten, Pavels Flucht als Verrat am Sozialismus zu verurteilen und dich öffentlich von ihm loszusagen."

Jiří sah ihn ungläubig an.

„Das kann ich doch nicht machen."

„Du musst. Denk an deine Tochter. Wenn du es nicht machst, machst du ihr Leben kaputt. Jana meinte, Tanja wolle studieren …"

Hedra legte den Kopf in die Handflächen.

„Hör zu", fuhr Svatopluk fort, „Pavel hat einen Fehler gemacht, einen großen Fehler, aber er kann nicht von euch wollen, dass ihr die Folgen tragt. Er hat gewählt, und jetzt musst auch du deine Wahl treffen. Willst du wirklich wegen seines Egoismus die Zukunft deiner Tochter opfern?"

Jiří Hedra schüttelte den Kopf.

„Das sind nur Worte", sagte Svatopluk.

Jiří sah ihn aufmerksam an. Er trank das Cognacglas mit einem Zug leer und streckte die Hand aus, damit Svatopluk wieder eingoss.

Gestärkt vom Alkohol und angeschlagen von Svatopluks Argumenten verurteilte er dann vor den Genossen den Verrat seines Sohnes, sagte sich öffentlich von ihm los und bestätigte alles mit seiner Unterschrift.

Er konnte zwar nicht in der Funktion des Betriebsstellvertreters bleiben, rettete sich aber vor dem Parteiausschluss – der höchsten Strafe, die außerdem seine Familie betreffen würde.

Da ahnte er aber noch nicht, dass er seine Worte auf der Parteiversammlung des ganzen Betriebes würde wiederholen müssen. Und dass er mit Pavel und seiner Familie keinen schriftlichen oder telefonischen Kontakt mehr unterhalten durfte.

„Das ist, als wären sie gestorben", sagte die verweinte Jana Hedrová und Jiří hörte in ihrer Stimme einen Vorwurf.

Und es kam noch schlimmer. Die Kollegen im Büro wichen ihm aus. Vielleicht scheuten sie sich vor dem Menschen, der so lange ihr Vorgesetzter war, oder sie hatten Angst, irgendwie in Verbindung mit ihm gebracht zu werden. Aus den verstohlenen Blicken und dem Geflüster in den Gängen konnte Jiří Hedra aber herauslesen, dass sie sich fragten, was er eigentlich für ein Mensch war, wenn er sich von seinem eigenen Sohn lossagte. Draußen ahnte er die Blicke, die sich in seinen Rücken bohrten, dass die Leute sich nach ihm umdrehten, mit dem Finger auf ihn zeigten und angeekelt ausspuckten. Wenn er nicht musste, ging er nicht aus der Wohnung.

Er war besessen von dem Gedanken, dass die Genossen ihn beobachteten. Wie sonst konnten sie sich sicher sein, dass er sein Versprechen wirklich hielt. Sicher kontrollierten sie seine Post, hörten das Telefon ab, standen auf dem Bürgersteig vor seiner Wohnung herum. Bestimmt verdächtigten sie ihn, dass der Sohn Verbindung aufnimmt und von ihm verlangt, sein Land zu verraten, so wie er es verraten hatte.

Eine Kette ist so stark wie ihr schwächstes Glied, und für die Genossen war er diese Schwachstelle geworden.

Am Ende werden sie irgendetwas gegen ihn ausgraben, ihn aus der Partei werfen und auch aus der Stelle in der Beschaffung. Das ist nur eine Frage der Zeit. Aus Tanja wird die Tochter eines Abtrünnigen und studieren kann sie dann sowieso nicht mehr. Er hat sich von seinem Sohn losgesagt und sich und die Familie beschmutzt. Er hätte sich lieber umbringen sollen. Sie hätten gesagt, dass er als echter Genosse nicht den Verrat des Sohnes ertragen konnte.

Aber vielleicht ist es nicht zu spät. Wenn er jetzt von der Erde verschwindet, können sie ihn nicht ausschließen und seine Familie wird nicht von diesem belastenden Vorfall gezeichnet sein. Was erwartet ihn in der Zukunft? Ihn selbst nichts Gutes, aber Tanja könnte noch die Chance auf ein gutes Leben haben. Dieser Gedanke setzte sich in seinem Kopf fest und nahm in schlaflosen Nächten immer deutlichere Konturen an. Aus einem flüchtigen Einfall entstand ein Plan und es blieb nur noch, auf den passenden Augenblick zu warten. Der richtige Moment kam am Montagmorgen. Der Sommer ging langsam zur Neige und Jiří entschloss sich, mit ihm zu sterben.

Als Jana Hedrová von der Arbeit heimkam, legte sie die Einkaufstaschen auf den Boden und schloss auf. Sie hatte wunderschöne Paprika und Tomaten ergattert und würde zum Abendessen Letscho machen. Pavel konnte Letscho nicht leiden, aber Tanja mochte das. Bei der Erinnerung an den Sohn seufzte sie, zog die Schuhe aus und hängte ihren Mantel an die Garderobe neben Jirkas Mantel. Darunter standen die Schuhe und die Lederaktentasche. Wieso war er schon zu Hause?

In dem Moment fiel ihr auf, dass etwas nicht stimmte.

„Jirka?", rief sie und ging durch die offene Wohnzimmertür. Aber schon als sie sich dorthin umdrehte, hatte sie das unklare Gefühl, dass sie heute Abend kein Letscho kochen würde.

Im Brief, den Jiří Hedra seiner Frau geschrieben hatte, stand, dass er sie alle liebte und sie möge Pavel ausrichten, er würde für immer sein Sohn bleiben. Und kein Genosse konnte daran etwas ändern.

Im Gegensatz zu Jiří, der nur sich selbst die Schuld gab, existierte für Jana nur ein einziger Mensch, der für den Tod des Ehemannes etwas konnte. Svatopluk Žák. Nicht nur, dass er Jiří nicht geholfen hatte, nein, er hatte auch noch die Freundschaft missbraucht, die sie verband, und ihm eingeflüstert, er solle sich von seinem Sohn lossagen. Das waren nur Worte, aber diese Worte hatten Jiří Hedra getötet.

Svatopluk war vom Tod seines Freundes erschüttert, aber er war überzeugt, dass die Hedras irgendwo in der Erziehung ihres Sohnes wirklich einen Fehler gemacht hatten. In dem Augenblick, als sich Pavel Hedra entschied, die Tschechoslowakei zu verlassen, musste er gewusst haben, dass er seine Familie nicht wiedersehen würde. In dieser Hinsicht waren die Gesetze und die Regeln eindeutig. Und trotzdem ging er und das war für Svatopluk ein Zeichen, dass die Hedras bei der Erziehung ihres Sohnes versagt hatten.

Obwohl er Friedhöfe nicht mochte, weil sie ihn an die eigene Vergänglichkeit erinnerten, machte er sich am Tag nach der Beerdigung zum Grab des Freundes auf, um sich zu verabschieden. Er blieb nicht lange. Jiřís Name stand noch nicht auf dem Grabstein und die Blicke, die

Jiřís Vorfahren von den Fotografien in ihn bohrten, beunruhigten Svatopluk seltsam. Wieder zu Hause setzte er sich in den Sessel und machte sich Schumann an.

Nach Jirka Hedras Tod setzten Svatopluk Müdigkeit und ein Gefühl von Sinnlosigkeit zu. Zum ersten Mal im Leben rechnete er aus, wie viele Jahre noch blieben, bevor er in Rente gehen konnte. Die Funktion des Direktors eines volkseigenen Betriebs belastete ihn durch ihre Ausweglosigkeit. Er sah keine konkreten Ergebnisse, sondern nur Tabellen und Diagramme zur Planerfüllung. Die Arbeit, die für ihn immer wichtig war und bedeutete, dass er nützlich war, verlor jeglichen Reiz.

Noch mehr als zehn Jahre. Würde er so lange durchhalten? Abends vor dem Schlafen begann er davon zu träumen, zu kündigen und sich eine weniger verantwortungsvolle und belastende Stelle zu suchen und irgendwohin aufs Land zu ziehen. Wenn sie die Wohnung in Prag verkaufen, könnten sie sich auf dem Land, irgendwo am Wald, ein Haus anschaffen ...

Ihm war völlig klar, dass das nur Träume waren. Eva hielt zwar nichts in Prag, weil ihre Eltern vor kurzem in gesegnetem Alter und immer noch nicht mit der Ehe der Tochter versöhnt gestorben waren, aber Blanka studierte noch. Wenn sie mit dem Studium fertig war, würde es für sie als Pianistin viel leichter sein, in der großen Stadt etwas zu finden als irgendwo in der Provinz.

Svatopluk konnte sich nicht vorstellen, aus Prag wegzugehen und Blanka dazulassen. Auch so war es schon schwer genug für ihn zuzuschauen, wie seine Tochter selbständiger wurde, sich aus der elterlichen Fürsorge befreite und sich vorbereitete, das Familiennest zu verlassen. Am liebsten hätte er sie zu Hause eingesperrt und sie nirgendwohin gelassen, weil er sie nur so vor den Gefahren beschützen konnte, die vor der Wohnungstür auf sie lauerten, vor den Männern, die sicher bemerkten, was für eine schöne Frau sie geworden war.

Eva lachte ihn dafür aus, er würde sich unnütz Sorgen machen. Aber Svatopluk konnte nicht umhin, seine Jugendjahre mit der wilden Zeit zu vergleichen, in der Blanka erwachsen wurde. Während Svatopluk im Alter seiner Tochter an die Zukunft dachte und sich bemühte, die Welt für alle besser zu machen, hatte Blanka nur das Vergnügen im Kopf. Und wenn sie nach etwas strebte, dann war es nur der eigene Erfolg.

„Solche Überlegungen sind ein erstes Anzeichen fürs Alter", sagte Eva, die das Benehmen der Tochter überhaupt nicht aus dem Gleichgewicht brachte. Während Blanka heranwuchs, veränderte sich nach ein paar rebellischeren Jahren ihr Zusammenleben von einem Mutter-Tochter-Verhältnis zu Freundschaft.

Svatopluk war von Evas Worten beleidigt, aber er musste dann doch einsehen, dass Eva nicht so weit von der Wahrheit entfernt war. Die Welt hatte sich verändert und er verstand sie nicht mehr.

Blanka bestand ihr Abitur am Konservatorium und ging schon aufs Absolutorium zu. Eva war stolz auf sie und warf langsam unter ihren Bekannten die Netze aus, um festzustellen, wo die beste Stelle für ihre Tochter zu finden war. Während Eva wieder von Konzerten in großen Sälen und im Ausland träumte, hatte Blanka ihre eigenen Pläne. Sie war aber so klug, die Eltern damit nicht zu reizen. Sie schloss nicht aus, dass sie sich dem klassischen Klavier widmen könnte, sah aber ihre Zukunft vor allem in der Populärmusik. Ihre Musikkapelle hatte endlich auch einen Namen und ein Repertoire. Die *Zugvögel* durchliefen mit melodischen Kompositionen und unverfänglichen Texten erfolgreich das Vorspiel vor den Zulassungskommissionen und waren jetzt entschlossen, ihre Musik etwas härter zu gestalten.

Das erwähnte Blanka zu Hause natürlich nicht. Sie hatte schon gelernt, dass sie mit einem Lächeln und Zustimmung viel mehr erreichte als mit wilder Streiterei. Und wenn es besonders schlimm war, nutzte sie Papas Liebe zur Musik und die Bewunderung für ihre Klavierkunst aus und spielte ihm eine seiner Lieblingskompositionen vor. Sie hatte das Gefühl, ihre Pläne nähmen langsam Gestalt an, und **war glücklich**.

9 / TOCHTER

Ich war glücklich – fast glücklich. Ich hatte das Gefühl, dass alle Zahnräder in der Lebensmaschinerie ineinandergriffen und mich in regelmäßiger Bewegung voranschoben. Und gerade wegen dieser Bewegung war mein Glück nicht grenzenlos. Viel zu bewusst war mir, dass die Zeit verging, und ich trübte mir die Gegenwart mit Befürchtungen, was kommen würde. Irgendwo aus den Tiefen des Gedächtnisses – ich konnte nicht erkennen, ob meines eigenen oder dem meiner Vorfahren – tauchte eine Warnung auf, ich solle mich nicht der Sorglosigkeit hingeben und mich an sie gewöhnen. So schön wie jetzt war das Leben noch nie und bestimmt wird bald etwas passieren, das mich auf die Erde zurückholt.

Es war Vater, der vorschlug, dass Martin und ich in der kleinen Villa wohnen bleiben könnten. Ich war nicht so eingebildet, mir einzureden, er wolle mich in der Nähe haben. Wenn er nicht musste, sprach er mich nicht einmal an, und wenn es zufällig passierte, dass wir allein in der Küche oder dem Wohnzimmer zurückblieben, wurde er sichtlich nervös, steckte die Nase tief in die Zeitung oder ging einfach fort. Mein kalter Vater fand erstaunlicherweise Gefallen an Martin. Vielleicht wollte er einen Sohn haben, und deswegen war ich so eine Enttäuschung für ihn, überlegte ich. In Martin hatte er ihn gefunden.

Am Anfang übersah er ihn zwar, so wie er alles übersah, was mich betraf, aber Martin bemerkte Vaters Distanziertheit entweder gar nicht, oder aber sagte wenigstens nie etwas darüber. Während er mit Běla ewig lange über alles Mögliche sprechen konnte – sogar über die Pflege von Lavendel und die Herstellung von Collagen, womit er sie vollends für sich einnahm –, grüßten sich er und der Vater nur höflich.

Und so war es bis zu dem Tag, als ich auf dem Fensterbrett in meinem Zimmer sitzend die Schönheit des Frühlings genoss und in einem Buch blätterte, das ich keine Lust hatte zu lesen. Die Sonne wärmte angenehm, belastete nicht so wie die knallige Sommersonne, und das Grün der Bäume und des Grases in den Gärten sah noch frisch und nicht traurig aus. Nur die Wärme, die vom gepflasterten Weg aufstieg, erinnerte daran, dass die angenehmen Monate bald vom glühendheißen Sommer abgelöst werden würden.

Zub, der mit den Jahren ruhiger geworden war, lag auf dem Fußboden vor dem Fenster, döste ein bisschen und genoss die ersten warmen Sonnenstrahlen. Außer dem Vater, der am Zaun Ziegel aufschichtete, war niemand auf der Straße, und so hatte ich eine ungestörte Aussicht bis zur Kreuzung, wo Martin auftauchen sollte. Zu der Zeit kam er an jedem Samstag zu uns. Er studierte an der Hochschule, also musste er die ganze Woche im Wohnheim außerhalb wohnen und den Freitagnachmittag verbrachte er als gehorsamer Sohn mit seiner Familie. Das restliche Wochenende gehörte dann aber uns beiden. Wir schufen uns einen regelmäßigen Rhythmus, der uns gut passte.

Martin tauchte hinter der Ecke auf, und als er mich sah, winkte er, kam mit langen Schritten bis zum Tor und blieb dort stehen. Überrascht beugte ich mich vor, um eine bessere Aussicht zu haben. Er sagte ein paar Worte zum Vater, der antwortete – was sie sagten, konnte ich nicht verstehen, aber der Tonfall war ruhig, als würden sich alte Freunde unterhalten. Martin ging um den Ziegelhaufen herum, zeigte etwas, dann stemmte er die Hände in die Seiten, hörte dem Vater zu – der antwortete erstaunlich lange – sagte wieder etwas, nahm den kleinen Rucksack ab, warf ihn ins Gras und zog sich den Pullover über den Kopf.

„Ich komme bald", rief er zu mir nach oben ins Fenster und schnappte sich so, wie er war, eine Schaufel und begann Sand in den Eimer zu füllen. Zub sah mich an, als wollte er mir mit seinem Blick bedeuten, wer nun treuer zu mir hielt, und rutschte näher an mich heran. Und während ich beobachtete, wie der Vater Sand siebte und Martin Mörtel anmischte, schlief er ruhig ein.

An dem Tag, als sie gemeinsam einen Pfosten für den Gaszähler mauerten, nahm Vater Martin nicht nur zur Kenntnis, sondern nahm ihn in die Familie auf. Als hätte er schon immer zu uns gehört. Er unterhielt sich mit ihm beim Abendessen, beriet sich mit ihm über die Anfertigung von Regalen für den Keller, die Reparatur des Gewächshauses und das Pflastern, und Běla und ich erkannten ihn in diesen Augenblicken nicht wieder.

„Gönn ihm das", sagte Běla. „Wahrscheinlich fühlte er sich unter uns Frauensleuten zurückgesetzt."

Sicher, ich war froh, dass der Vater sich mit Martin verstand, ich war froh, dass er den Menschen angenommen hatte, mit dem ich mein Leben teilen wollte. Aber gleichzeitig wünschte ich mir sehr, er möge eines Tages auch mit mir einmal so reden.

In den Monaten vor der Hochzeit, als Martin schon bei uns wohnte und gemeinsam mit dem Vater das Obergeschoss als eigenständige Wohnung umbaute, bemerkte ich trotz meiner ganzen Verliebtheit, dass Běla sich verändert hatte. Sie war immer noch schlank und ihre Haare waren schwarz, auch wenn sie den rabenschwarzen Glanz mit Farbe nachbesserte. Sie umgab sich weiter mit Lavendel und klebte leidenschaftlich ihre Collagen. Aber sie war viel schweigsamer und ihr gelegentliches Lächeln war kein echtes Lächeln, sondern eine bedrückende Maske.

Wenn es nur ein bisschen möglich war, ging sie den Auseinandersetzungen mit ihrem Mann aus dem Wege. Die giftigen Bemerkungen nahm sie nicht mehr als Scherz und versuchte sie nicht mehr zu entschuldigen. Sie sah ihn nur müde an und ging aus dem Zimmer. Der Vater begleitete sie mit säuerlichem Lächeln und nicht nur sein Gesichtsausdruck, sondern alle seine Gesten und die Körperhaltung drückten Verachtung aus, weil Běla nicht gewillt war, sich zu widersetzen, und ihr nicht ein winziges bisschen Stolz verblieben war, um sich gegen ihn aufzulehnen.

Die obere Etage unseres Hauses verwandelte sich in eine Baustelle. Es wurde eine neue Küche gebaut, das heruntergekommene Bad renoviert und die Zwischenwände versetzt. Das riesige Ehebett und die soliden Holzschränke aus dem Schlafzimmer, das jahrelang Běla allein bewohnt hatte, landeten auf der Deponie. Genauso erging es dem wunderschönen Frisiertischchen mit dem dreiteiligen Spiegel.

„Möchtest du den behalten?", fragte der Vater Běla, und als sie mit den Schultern zuckte, bellte er los. „Hast du das von Bohdana gelernt?" Dann schlug er so heftig gegen einen der leicht offenstehenden Flügel, dass der gegen die Wand krachte und der Spiegel zersplitterte. Damit war das Schicksal des Tischchens besiegelt.

Der Vater trug alle seine Sachen aus dem Arbeitszimmer nach unten ins Erdgeschosszimmer neben dem Wohnzimmer. Die Bücher stellte er zu eleganten Reihen auf und die alten Platten und CDs ordnete er nach Künstlern. Er lehnte es ab, den alten Plattenspieler herzugeben und stellte ihn auf ein Schränkchen neben den CD-Player. Der einzige neue Gegenstand, den er sich anschaffte, war ein bequemes Bett.

Běla zog mit dem Inhalt ihres Kleiderschrankes und dem Federbett in das Zimmerchen neben der Küche. Sie hatte es jahrelang als Ablage für ihre Erzeugnisse, ihre Hilfsmittel und Krimskrams benutzt, den sie zu schade zum Wegwerfen fand. Die meisten ihrer Collagen verschenkte sie, und diejenigen, die übriggeblieben waren oder von denen sie sich nicht trennen wollte, hingen in dem Zimmer im Erdgeschoss wie in einer kleinen Kunstgalerie an den Wänden und stapelten sich in einer Mappe, die auf dem Schrank lag. Die gesammelten Kisten voller Ausschnitte, Collagen und verschiedenem Kram stellte sie in die Ecke und legte ihr Bettzeug auf die Liege.

„Nicht nötig", sagte sie zu Martin, als er ihr anbot, auch ihr anstelle der einfachen Liege ein neues Bett zu bestellen. „Das reicht mir so."

Martin hob nur leicht die Augenbrauen, aber weil es nicht seine Art war, anderen seine Meinung aufzudrängen, versuchte er nicht, sie zu überreden.

Mir gefiel kein bisschen, dass Běla in dem winzigen, vollgestopften Raum zwischen abgelegtem Kram endete, als gehörte sie auch dazu. Mich störte, dass sie sich freiwillig von uns zurückzog, in den Schatten trat und sich in sich verschloss. Sie verbrachte weniger Zeit mit mir, sodass es mir sogar schien, sie ginge mir aus dem Weg. Aber dann erklärte ich mir ihr Ausweichen damit, dass sie Martin und mir mehr Privatsphäre ermöglichen wollte. Manchmal ertappte ich sie, wie sie mich beobachtete, und ich hatte das Gefühl, dass sie sich mit diesem Blick von mir verabschiedete. Aber ich hatte keine Zeit, darüber nachzudenken, denn das Datum unserer Hochzeit rückte näher und **die Tage verschwanden in der Vergangenheit wie die Bilder vor dem Fenster eines anfahrenden Zuges.**

10 / VATER

Die Tage verschwanden in der Vergangenheit wie die Bilder vor dem Fenster eines anfahrenden Zuges, das Datum von Blankas Abschlussprüfungen im Konservatorium rückte näher und Svatopluk war überzeugt, dass seine Tochter der Vorbereitung so viel Zeit widmete, wie sie sollte. Manchmal schaute er in den Kalender und zählte, wie viele Tage noch blieben, abends schaute er nach, ob sie lernte, fragte Eva aus, ob und wie lange Blanka gespielt hatte, aber vor der Tochter wollte er seine Unsicherheit nicht zeigen, um sie nicht unnötig nervös zu machen.

Ganz sicher beschäftigte er sich in Gedanken mehr mit dem Absolutorium als Blanka. Die war beruhigt, weil sie das Abitur schon hatte, und hielt die zwei weiteren Studienjahre für überflüssig. Sie hatte nur zugestimmt, weil ihre Mama das wünschte und weil sie damit Zeit gewann, in der sie sich ihrem Karrierestart als Sängerin widmen konnte. Sie hoffte, dass sich ihre Band in den nächsten Monaten so hocharbeiten würde, dass sie sie ernähren konnte.

Soweit schien alles auf einem guten Weg zu sein. Sie probten nicht mehr in dem Hüttchen in der Gartenkolonie, wo im Winter die Finger froren und in den Sommermonaten die Gärtner sich ganz zurecht über den Lärm beschwerten, sondern in einem echten Probenraum. Sie zahlten zwar Miete, aber nicht viel, und außerdem konnten sie sich die paar Kronen leisten, weil José sich als guter Manager erwiesen und der Truppe ein regelmäßiges Freitagsgeschäft im Nachtklub *Erika* besorgt hatte.

Auch wenn sie ausschließlich übernommene Kompositionen mit tschechischen Texten spielen mussten, war das ein regelmäßiges Einkommen. Und an den Samstagen fuhren sie zu Unterhaltungsabenden. Das war zeitlich anspruchsvoller, aber sie konnten auch ihre eigenen Sachen spielen und sogar ein paar Lieder englisch singen.

Sie hatten schon einige Demobänder aufgenommen und suchten jetzt die richtigen Leute, die sie weiter voranbringen könnten.

Schwierig war es nur mit dem Transport. Für die Instrumente und die Technik brauchten sie ein großes Auto. Bislang liehen sie sich das alte Lieferauto von Igor, der gleichzeitig den Tonmeister für sie machte. Er kam ihnen auch wegen der ungeheuren Kräfte zupass, über die der nicht sehr große, aber sehnige Kerl verfügte. Obwohl sie ihm außer Benzingeld nur ein paar Kronen drauflegen konnten, fuhr er gern mit ihnen, weil ihm die Aufmerksamkeit gefiel, die er dank der Zugehörigkeit zur Band bekam. Junge Damen verstrickten ihn in Gespräche und häufig bekam er von ihnen auch mehr als ein Lächeln. Für das Schleppen von schweren Instrumenten und Kisten war Igor hervorragend geeignet, nur mit der Tontechnik klappte es nicht so. Auch wenn sie in seiner Gegenwart nicht darüber sprachen, waren sich alle einig, dass sie Igor gegen jemand Fähigeren eintauschen würden, sobald sie das Geld für ein passendes gebrauchtes Auto zusammenhätten.

In den Lieferwagen passten aber nicht alle hinein, und so improvisierten sie, so gut es ging. Am häufigsten lieh Blanka den Familien-Škoda für die Band aus. Die Žáks brauchten das Auto nicht so sehr, weil sie am Wochenende nicht aus Prag herausfuhren. Svatopluk hatte keine Zeit, ein Wochenendhaus zu unterhalten, und Eva gab gepflasterten Bürgersteigen den Vorzug vor Wäldern und Wiesen.

Blanka war eine gute Autofahrerin, den Prager Verkehr bewältigte sie spielend, und so hatte Svatopluk keinen Grund, ihr in dieser Hinsicht nicht zu trauen. Und wenn sie am Steuer saß, konnte er sich wenigstens sicher sein, dass sie nicht trinken und damit wohl auch keine Dummheiten machen würde.

Auch wenn er Angst um sie hatte, wollte er die lockere Atmosphäre, die zwischen ihnen herrschte, nicht mit väterlichen Ratschlägen und aufdringlichen Fragen verderben, und hoffte still, dass Blankas Vernarrtheit in die Kapelle nur eine vorübergehende Extravaganz war und sie sich bald wieder dem Klavier zuwenden würde.

Heute war Blanka mit ihrem Auftritt zufrieden. In den zwei Jahren des Bestehens ihrer Band hatten sie sich ganz gut zusammen eingespielt, im Saal der Kneipe war die Akustik erträglich, und nicht einmal Igor hatte bis jetzt etwas verdorben. Wenn es drinnen nur nicht so verqualmt wäre. Sie konnte kaum erwarten, dass die Abende wärmer würden und man draußen spielen konnte, unter freiem Himmel. Nicht nur, dass der Zigarettenrauch in die Haare, die Kleider, die Haut einzog, sodass er noch am nächsten Tag zu riechen war, er war auch noch schädlich für die Stimmbänder. Sie ging hinaus und atmete tief die kalte Nachtluft ein. Noch zwei Sets, dann vielleicht eine kurze Zugabe, die Sachen in den Lieferwagen und ab nach Hause.

Aus der Tür trat José mit einem Typen im Sakko und mit breitem, offenem Hemdkragen darüber.

„Blanka, hier will dich jemand sprechen."

Sie sah den Mann im dunklen Sakko an. Er gehörte ganz sicher nicht zu den üblichen Besuchern von Tanzabenden, auf denen ihre Gruppe spielte. Vom Alter her war er Vaters Generation näher als ihrer und er trug Markenjeans, was davon zeugte, dass er ins Ausland reiste oder Zugang zu Boni für Westwaren hatte.

„Worum geht's?", fragte sie etwas misstrauisch.

„Um die Zukunft", antwortete anstelle Josés der Typ.

„Gestatten Sie, dass ich mich vorstelle. Jan Robák."

„Žáková." Blanka schüttelte ihm die Hand.

„Kann ich Sie zu einem Gläschen an die Bar einladen?"

Robák? Robák? Blanka überlegte, wo sie diesen Namen gehört hatte. Sie konnte sich nicht erinnern, aber nach Josés überfreundlichem Gesichtsausdruck zu urteilen, war er jemand, der für die Zukunft ihrer Gruppe wichtig war.

„Ich müsste schon singen gehen", unsicher sah sie José an. „Und ich kann nichts trinken, ich fahre."

„Geh nur", mischte sich José ins Gespräch. „Wir spielen ein paar Lieder ohne dich. Und trink ruhig ein Gläschen. Ich übernehme das Fahren heute für dich."

Er sah sie so an, dass sie begriff, dass sie keine Einwände erheben und einfach gehen sollte. In Gedanken bereitete sie sich darauf vor, ihm das heimzuzahlen, falls Robák aufdringlich würde, aber sie lächelte und sagte: „Schön, dann nehme ich einen Saft mit Wodka."

José ging zufrieden zurück aufs Podium und Blanka setzte sich mit Robák an die Bar. Er bestellte für sie einen Wodka und Saft, aber er selbst nahm nur Limonade.

„Für mich übernimmt niemand das Fahren", sagte er und deutete mit dem Glas einen Toast an. Blanka lächelte, sie hoffte, verständnisvoll, und trank vorsichtig.

„Ich beobachte Ihre Gruppe schon einige Zeit", begann Jan Robák. „Ich habe mir die Demobänder angehört und muss sagen, dass die gar nicht schlecht sind."

Was will der, horchte Blanka auf.

Robák schaute ins Leere und fügte hinzu: „Die andere Sängerin ist nicht so besonders, aber Sie sind ausgezeichnet. Soweit ich weiß, haben Sie eine musikalische Ausbildung, ja?"

Blanka begann es ein bisschen unangenehm zu werden.

„Ja, ich beende bald das Konservatorium."

„Die meisten Ihrer Sachen schreibt José, oder?"

Blankas Blick flog zur improvisierten Bühne. Über die Köpfe der Tänzer hinweg sah sie, dass José zu ihnen herschaute.

„Im Grunde geht es mir darum", sagte Robák, bevor sie antworten konnte. „Sie und José sind um eine Klasse besser als der Rest der Truppe. Ich suche im Moment neue Leute für meine Band und würde Sie zwei nehmen. Nur Sie zwei."

Sie schaute ihn an. Sie erinnerte sich jetzt, woher sie ihn kannte. Jan Robák war Chef der Musikgruppe, die in der letzten Zeit ziemlich viel im Radio gespielt wurde und sogar ein paar Mal in Unterhaltungssendungen im Fernsehen auftauchte. Sie spielten beliebte Popmusik, und es schien, dass das Interesse an ihnen stieg und sie auf einem guten Weg waren.

Robák hielt ihr Schweigen offensichtlich für Interesse.

„Ich verlange von meinen Musikern vollen Einsatz, wofür ich anständig zahle." Er schwieg eine Weile. „Das hieße natürlich, dass Sie hier aufhören müssten."

Blanka schaute wieder zum Podium.

„Was sagt José dazu?"

„Er ist einverstanden. Er wäre dumm, wenn er eine solche Chance ausschlagen würde."

Blanka hatte Lust ihn anzuschreien, er möge zum Teufel gehen, aber ihr wurde klar, dass das Einzige, was sie jetzt tun konnte, war, Zeit zu gewinnen. Sie würde mit José reden und bestimmt würden sie eine vernünftige Lösung finden.

„Ich werde darüber nachdenken", sagte sie.

„Denken Sie schnell nach. Ich hätte Sie zwar gern in meiner Gruppe, aber Sie sind nicht die einzige gute Sängerin." Jan Robák schob ihr eine Karte mit einer Telefonnummer zu, erhob sich und ging.

Eingebildeter Idiot, dachte Blanka. Sie blieb an der Bar sitzen, bestellte sich noch einen Saft mit Wodka und trank langsam davon. Die Gruppe spielte zwei weitere Titel und José schob sich auf den Stuhl neben ihr.

„Und?"

„Was und? Das kannst du doch nicht ernst meinen. Wir proben jetzt mehr als zwei Jahre, stellen unser eigenes Repertoire zusammen, suchen Kontakte, und wenn es endlich anfängt zu laufen, schmeißen wir alles hin, um für so einen Knallkopf den Hampelmann zu machen?"

„Du willst doch vom Gesang leben, oder?"

„Aber wir wollen doch unsere Sachen spielen und keine gereimten Gassenhauer."

„Diese Gassenhauer singt das ganze Volk."

„Das heißt noch nicht, dass sie gut sind."

„Schau mal, wir müssen ja nicht für immer bei ihm bleiben. Wir machen uns einen Namen, und dann können wir weiterziehen."

„Und dann kommen wir zu Sára und Charlie und Elvis und sagen: Hi, da sind wir wieder. Wir haben zwar auf euch gepfiffen, aber nur zu eurem Besten. Vergesst alles, wir spielen wieder zusammen, also mindestens bis uns wieder etwas Besseres winkt."

„Was schreist du hier herum?", ließ sich Charlie hinter ihnen hören.

„Frag José", sagte Blanka scharf, rutschte vom Barhocker und ging nach draußen, um sich etwas zu beruhigen. Aber sie war noch nicht einmal bei der Tür, als an der Bar ein wilder Streit ausbrach. Als sie sich umschaute, sah sie, wie Charlie José am Kragen hielt, und von der anderen Saalseite kam der überraschte Elvis in ihre Richtung gelaufen und ihm auf den Fersen folgte Igor. Sollen die Herren das unter sich ausmachen, dachte sie, und lehnte sich draußen an die Motorhaube von Vaters Auto.

An diesem Abend spielten sie keine Zugabe. Charlie übermannte gerechter Zorn, er streckte José mit einem rechten Haken nieder, der fiel vom Barhocker, weil er den Angriff nicht erwartet hatte, und schlug sich am harten Fußboden den Kopf auf. Igor brachte ihn zum Lieferwagen, legte ihn auf eine alte Decke, damit er nichts vollblutete. Der Rest der Truppe spielte die letzten Stücke ohne José. Qualität wurde durch Lautstärke ersetzt, und weil die meisten Besucher der Tanzveranstaltung sowieso schon ziemlich angeheitert waren, bemerkte niemand, dass etwas nicht stimmte.

Während der zornige Charlie zu den Veranstaltern ging, um das versprochene Honorar zu holen, trugen die anderen schweigend die Apparatur in das Lieferauto. José setzte sich vorsichtig in Svatopluks Wagen. Müde lehnte er sich in den Rücksitz und schloss die Augen. Den blutenden Kopf hatte ihm Igor mit einem sauberen Taschentuch abgedeckt und mit einem Lappen verbunden, der ihm sonst zum Säubern der Frontscheibe diente.

„Wir müssen ins Krankenhaus mit ihm", sagte Sára. „Was, wenn er eine Gehirnerschütterung hat, oder innere Blutungen?"

„Übertreib nicht", schrie Charlie sie an.

„Das ist doch kein Spaß, daran kann er sterben."

„Er kann ja sagen, dass er hingefallen ist", schlug sich Igor auf Sáras Seite. „Stimmt ja auch. Niemand muss wissen, dass du ihn ein bisschen geschubst hast." Igor öffnete die Tür des Lieferwagens. „Elvis, fahr du mit mir. Ich brauche jemanden, der mir beim Ausladen hilft. Und ihr fahrt mit ihm in die Notaufnahme."

Charlie nickte unwillig und gab Elvis seinen Anteil vom Geld, das sie an diesem Abend verdient hatten. Der steckte es in die Tasche und stieg erleichtert, weil er sich nicht mehr mit den anderen auseinandersetzen musste, zu Igor ein. Der Lieferwagen startete und bald waren nur noch die Rücklichter zu sehen.

„Fahren wir los", sagte Charlie und zwängte sich auf den Beifahrersitz.

„Ich kann nicht fahren, ich habe getrunken", sagte Blanka.

„Was soll der Scheiß", schrie Charlie. „Wir haben alle getrunken. Wie du siehst, kann José nicht fahren. Also setz dich freundlicherweise ans Steuer, damit wir endlich in dieses blöde Krankenhaus kommen. Sollte uns die Polizei anhalten, sagen wir, dass wir José in die Notaufnahme bringen."

Blanka stieg ins Auto, schlug erbost die Tür zu und drehte den Schlüssel im Zündschloss um. Eine Weile fuhren sie schweigend, nur José stöhnte manchmal, wenn sie über einen Stein fuhren oder in ein Schlagloch, von denen es auf der Kreisstraße genug gab.

Die Frontscheinwerfer beleuchteten die Fahrbahn, die zwischen Feldern und Wiesen entlangführte. Dahinter konnte man in der Ferne die Dörfer nur erahnen, Dörfer, die dem ähnelten, aus dem sie gerade losgefahren waren. Nach zwei Kilometern begann die Straße anzusteigen und sie waren jetzt zu beiden Seiten von Mischwald umgeben, der von der Straße durch einen flachen, mit Gebüsch bewachsenen Graben getrennt war. Die Baumstämme traten aus der Dunkelheit heraus und verloren sich wieder in ihr. Alles lag regungslos und seltsam erstarrt da, abwartend.

Blanka hatte das Bedürfnis, die lastende Stille, die aus dem Wald ins Auto drang, zu unterbrechen.

„Wenn du ein bisschen nachgedacht und nicht gleich zugeschlagen hättest, hätte das überhaupt nicht passieren müssen", schickte sie verdrossen in Charlies Richtung.

Gereizt drehte er sich ihr zu.

„Wie bitte? Also bin ich auch noch schuld. Und du hast zufällig nicht vergessen, dass uns unser Freund José gerade heute verraten hat, und zwar in großem Stile. Einfach auf uns geschissen."

„Vor allem hat er uns so weit gebracht. Wo wären wir ohne ihn?" Blanka wusste selbst nicht, warum sie sich für José einsetzte. „Er hat den Probenraum aufgetrieben, eine Menge Auftritte klargemacht, schreibt die Lieder ..."

„Und beklaut uns." Charlie griff in die Tasche, zog Geldscheine aus dem Umschlag, den er von den Veranstaltern bekommen hatte, und hielt sie Blanka vor die Augen. „Zähl das mal. Er selbst hat jedes Mal die Hälfte eingesteckt und den Rest unter uns aufgeteilt. Und der arme Igor ist fast für umsonst mit uns gefahren."

„Mach keinen Quatsch, ich muss fahren", stieß Blanka die Hand weg, aber Charlie war in Rage.

„Los zähl schon, zähl schon, wenn du so für ihn ein..."

Auf der rechten Seite der unbeleuchteten Kreisstraße tauchte eine Gestalt auf einem Fahrrad auf.

„Pass auf!", schrie Charlie. Er stemmte sich mit den Händen gegen das Armaturenbrett und Sára kreischte auf. Blanka trat auf die Bremse, aber das Auto schoss weiter vorwärts. Ein Aufprall war zu hören, eine Figur flog in die Luft, fiel auf die Motorhaube und rutschte nach einer Weile nach unten. Ein Fahrrad sauste durch die Luft und fiel auf die Straße.

José und Sára wurden durch das scharfe Bremsen nach vorn geschleudert und gegen die Vordersitze gepresst. José stöhnte schmerzerfüllt auf und Sára kreischte: „Was war das? Was zum Teufel war das?!"

Das Auto stand schon, aber Blanka war nicht in der Lage, die Tür zu öffnen und nachzuschauen. Mein Gott, betete sie im Stillen, der Kerl soll aufstehen, das Fahrrad aufheben und weiterfahren. Bitte, er soll sich nichts getan haben, bitte lass ihn fortfahren. Aber auf der Straße bewegte sich nichts.

Charlie öffnete die Tür und stieg aus. Blanka schaute zu, wie er um das Auto herumlief und sich bückte. Dann richtete er sich auf und winkte ihnen zu, dass sie auch kommen sollten. José hielt sich nur den Kopf und jammerte, aber Sára stieg aus. Blanka beobachtete, wie sich Sára vorsichtig Charlie näherte und ganz offensichtlich vor dem Angst hatte, was sie zu sehen bekommen würde. Dann drehte sie sich mit dem Rücken zum Auto und versteckte sich in Charlies Armen. In diesem Moment begriff Blanka, dass alles ganz schlimm war. Eigentlich so furchtbar schlimm, wie es nur sein konnte. Sie saß betrunken am Steuer und hatte einen Menschen umgefahren.

Sie kroch aus dem Auto. Das Blut klopfte ihr wild in den Adern und in ihrem Kopf war es absolut leer. Sie machte ein paar Schritte und blieb an der Gestalt stehen, die auf der Erde lag.

Der Mann hatte einen grünen, gefütterten Mantel an, so wie ihn Bauarbeiter an kalten Tagen trugen, und Monteurshosen, die in schwarzen Gummistiefeln steckten. Er lag zusammengekrümmt auf der Seite, der linke Arm war nach hinten verdreht und die Handfläche zeigte nach oben. Der Kopf war in einem unnatürlichen Winkel verdreht und aus der Nase floss ein dünnes dunkles Rinnsal.

„Ist er tot?", fragte sie.

Charlie stieß ungeduldig die schluchzende Sára von sich weg, kniete sich neben den Mann und drehte ihn auf den Rücken.

„Sieht so aus."

„Wir müssen den Krankenwagen rufen."

Charlie sah sie an.

„Blanka, der ist tot", sagte er mit Nachdruck, als hätte sie ihn vorher nicht verstanden.

„Krankenwagen und Polizei", wiederholte Blanka.

„Er ist tot", wiederholte Charlie. „Begreifst du das nicht? Dem kann keiner mehr helfen und wir bekommen furchtbaren Ärger."

„Wir können ihn doch nicht hier mitten auf der Straße liegenlassen."

Blanka stockte, aber das, was Charlie sagte, ergab auf einmal einen Sinn für sie. Vielleicht gab es noch eine Möglichkeit, wie man aus diesem schrecklichen Albtraum aufwachen, wie man ihn ausradieren und vor ihm weglaufen konnte.

„Wir ziehen ihn in den Wald. Je später sie ihn finden, desto besser für uns." Charlie beugte sich hinunter und packte den Mann unter den Armen. „Nun helft mir doch. Nehmt seine Beine."

Blanka packte ein Bein, aber Sára bewegte sich nicht.

„Mach schon", forderte Blanka sie auf. „Bevor jemand hier langfährt."

„Das können wir doch nicht machen", wandte Sára ein.

„Wieso können wir nicht?", wies Charlie sie zurecht. „Oder möchtest du mit ihm hierbleiben?"

Sára schluchzte auf und nahm den Mann zögernd am Knöchel.

„Ich kann nicht", sagte sie und ließ das Bein los. „Ich kann einfach nicht."

„Dann nimm wenigstens das Fahrrad", schrie Charlie sie an, aber dann war er selbst erschrocken, wie weit seine Stimme auf der Straße zwischen den starrenden Bäumen reichte, und fügte leise hinzu: „Bring es in den Wald."

Der Körper war schwer, schwerer als Blanka erwartet hatte. Ihn über den flachen Graben zu bringen, war überhaupt nicht einfach. Ihre Füße rutschten auf dem Gras weg, die Büsche waren dichter und undurchdringlicher, als es von der Straße aussah, und der Hang steiler als gedacht. Charlie war aber stark und Blanka wurde von ihrer Angst getrieben.

Etwa zwanzig Meter von der Straße stießen sie auf dichtes Gestrüpp.

„Da legen wir ihn hin", sagte Charlie und Blanka spannte die letzten Kräfte an. In dem Moment seufzte der Mann vor Schmerz.

„Oh Gott, der lebt", sagte Blanka. Charlie zog den Körper weiter. „Hörst du?", wiederholte Blanka. „Der lebt noch."

„Erzähl keinen Unsinn, das kommt dir nur so vor", entgegnete Charlie barsch.

Sie legten den Mann auf die Erde und beugten sich über ihn. Er lag völlig regungslos.

„Der ist tot", sagte Charlie, tastete nach einem abgebrochenen Tannenzweig und begann den Körper mit Reisig zu bedecken. Dann kehrten sie um und gingen so schnell es ging zum Auto zurück.

Nach ein paar Metern hörten beide deutlich ein Stöhnen. Sie sahen sich weder an, noch wurden sie langsamer, im Gegenteil, sie wurden schneller, rutschten in den heruntergefallenen Tannennadeln nach unten und liefen zum Auto. Sára saß schon drin und schluchzte leise. José lag zusammengerollt neben ihr und hielt sich den Magen. Blanka setzte sich wieder ans Steuer, drehte mit überraschend fester Hand den Schlüssel im Zündschloss und fuhr los.

Um zwei Uhr morgens hörte Svatopluk die Tür klappen und drehte sich zufrieden, dass die Tochter sicher zu Hause war, auf die Seite und schlief endlich ein.

Den Sonntagmorgen liebte Svatopluk. Eva schlief an freien Tagen gern etwas länger und spottete über ihren Mann, das frühe Aufstehen sei ein Zeichen für echte Arbeiterherkunft.

„Bürgerliche Dämchen sind es gewohnt, am Sonntag etwas liegen zu bleiben", lachte sie und Svatopluk ahnte ganz richtig, dass sie nur seine Mutter zitierte, die mit ihren Vorbehalten gegen die Schwiegertochter nicht sehr hinter dem Berg hielt. Normalerweise verschwand er schon vor sieben aus dem Schlafzimmer, um Eva nicht zu wecken, bereitete sich ein Frühstück und setzte sich dann mit einer Tasse Kaffee an den Küchentisch, um die Zeitungen zu lesen, für die er in der betriebsamen Arbeitswoche keine Zeit fand.

Der sonntägliche 20. April folgte auf einen Arbeitssamstag, weswegen er sich auf den morgendlichen, ruhigen Moment doppelt freute. Aber als er leise die Küchentür öffnete, stellte er verstimmt fest, dass Blanka am Tisch saß. Weil sie am Sonntag immer erst zum Mittagessen aufstand, dachte er zuerst, sie sei nur aufgestanden, um etwas zu trinken und würde sich wieder hinlegen gehen, aber als sie sich ihm zudrehte, begriff er, dass etwas passiert war.

Blanka konnte die ganze Nacht lang nicht einschlafen. Sowie sie die Augen schloss, war der Moment wieder da, diese Sekunde, dieser Augenblick. Wenn sie ihn doch zurückdrehen könnte! Sie sah den durch die Luft fliegenden Körper, zog wieder mit Charlie den Körper durch den Wald und hörte den schmerzerfüllten Seufzer. Sie versuchte sich selbst zu überzeugen, dass ihr das nur so vorkam, aber sie wusste, sie wusste absolut sicher, dass der Mann lebte. Sie hörte die ganze Nacht, wie er atmete, schmerzlich stöhnte und um Hilfe rief. Hilfe, die er von ihnen nicht bekommen hatte. Immer schrecklicher wurde ihr bewusst, dass das, was sie getan hatten, Mord war. Und sie wusste, dass sie das niemandem sagen durfte, auch nicht ihrem geliebten Papa.

Den Weg nach Prag könnte sie sekundengenau beschreiben. Jeder Baum hatte sich in ihr Gedächtnis gegraben, jede Straßenlaterne, der nächtliche Fußgänger, vorüberfahrende Autos und erleuchtete Fenster. Hinter jeder Ecke erwartete sie eine Streife. Die lauerten oft betrunkenen Autofahrern auf, die von samstäglichen Vergnügungen zurückkehren. Auf solche wie sie.

Nach einer halben Stunde Fahrt hielt sie auf der Straße am Krankenhaus an. Weiter, gar bis zur erleuchteten Pforte, traute sie sich nicht. Sára half José auszusteigen und brachte den nach Blut und Erbrochenem Stinkenden bis zur Tür des Notdienstes. Sie klingelte und verschwand in der Dunkelheit. Das wartende Auto würdigte sie keines Blickes.

Blanka setzte Charlie an der nächsten Straßenbahnhaltestelle ab, und obwohl sie sonst immer vor dem Haus parkte, weil die Garage gut zwanzig Minuten Fußweg vom Haus entfernt war, fuhr sie diesmal in die Garage. Sie schloss die Blechtür hinter sich, machte erst dann Licht und schaute sich das Auto sorgfältig an. Der Fußboden hinten im Auto war vollgespuckt, aber das war nichts, was man nicht aufräumen und erklären könnte. Schlimmer war, dass der vordere Kotflügel an der Stelle, wo er auf das Fahrrad traf, eingedellt und abgeschürft war und dass die Motorhaube von dem heftigen Aufprall des Körpers eingedrückt war.

Auf den ersten Blick war klar, dass der gelbe 105er Škoda mit irgendetwas oder irgendjemandem zusammengestoßen war. Blanka nahm sich einen Eimer und einen Lappen aus der Ecke der Garage, löschte das Licht, glitt vorsichtig aus dem Tor in die Dunkelheit und ließ am Rande der Reihe grauer Betongaragen Wasser aus dem Außenhahn, der für alle Mieter da war, in den Eimer. Das fließende Wasser war in der Stille weithin zu hören und übertönte die vereinzelten Geräusche der nächtlichen Stadt. Blanka kehrte in die Garage zurück und machte wieder Licht. Ihr schien die Vertiefung in der Motorhaube größer als noch vor einer Weile zu sein. Sie öffnete die hintere Autotür. Ein saurer Geruch stieg ihr in die Nase. Sie hielt die Luft an und versuchte wenigstens die Spuren von Josés Übelkeit zu beseitigen. Mehr konnte sie nicht tun. Sie wusste, dass sie dem Papa das beschädigte Auto irgendwie erklären musste.

Die ganze Nacht wälzte sie sich im Bett herum, kämpfte mit dem Bedürfnis, Papa zu wecken, alles zu gestehen und ihn zu bitten, er möge das irgendwie bereinigen, sich darum bemühen, dass die fürchterliche Last von ihr abfiel und alles wie früher war. Dann machte sie sich bewusst, dass nichts wie früher werden konnte und kein Geständnis etwas daran änderte. Vielleicht gab es noch Hoffnung, vielleicht war der Mann einfach aufgewacht, aufgestanden und unbeschadet nach Hause gefahren. Und in der Kneipe erzählt er dann am Abend eine witzige Geschichte darüber, wie er auf einmal im Wald aufgewacht war und überhaupt keine Ahnung hatte, wie er dahingekommen war. Ja, so wird es bestimmt sein. Bestimmt geht alles gut aus. Dann erinnerte sie sich an die dünne Blutspur und das schmerzerfüllte Stöhnen.

Gegen Morgen fiel sie für eine Weile in unruhigen Schlaf, aber als es hell zu werden begann, war sie wach. Sie zog sich den Morgenmantel an und ging in die Küche, um zu warten, bis Papa aufstand. Und alles wieder in Ordnung brachte.

„Papa?", sagte sie, als er in der Tür auftauchte, kam aber nicht weiter und fing an zu weinen.

In diesem Augenblick fühlte Svatopluk ein unangenehmes Frösteln.

„Was ist passiert?" Im ersten Augenblick dachte er, jemand hätte Blanka etwas angetan. Er hatte ihr das doch gesagt, immer wieder, dass es gefährlich war, nachts zu Konzerten zu fahren. Er wusste, dass etwas passieren würde.

Er setzte sich ihr gegenüber hin.

„Ich ..., weißt du, ich hab das Auto kaputt gemacht." Sie schluchzte los.

„Ist jemandem etwas passiert?"

Sie schüttelte den Kopf.

„Ich habe ein Reh umgefahren. Ich hab das wirklich nicht gesehen. Auf einmal war es da ..." Sie schluckte die Tränen hinunter. „Das war ein furchtbarer Aufprall, es ist in die Luft geflogen und dann auf die Motorhaube und ..." Sie bedeckte ihr Gesicht mit den Händen.

Svatopluk nahm wahr, wie der eiskalte Griff um sein Inneres nachließ.

„Blanička, wein doch nicht. Hauptsache, es ist niemandem etwas passiert. Das Auto kann man reparieren ..."

„Ich habe wirklich aufgepasst ... Mir tut das furchtbar leid, es tut mir so leid, Papa ..."

„Na gut, wir frühstücken und fahren hin und schauen einmal, was man damit machen kann. Wein doch nicht, es ist ja nichts so Schlimmes passiert. Was habt ihr mit dem Reh gemacht? Habt ihr das irgendwo gemeldet?"

„Muss man das?" Blanka hatte das Gefühl, als hätte sie jemand um den Hals gepackt und zugedrückt.

„Ja, wenn es tot ist, räumen es die Jäger weg. Vielleicht ist es aber nur verletzt, dann finden sie es und erschießen es, damit es sich nicht quält."

„Das wusste ich nicht. Wir haben es in den Wald gezogen und mit Reisig bedeckt, damit es niemand findet. Ruf doch niemanden an, sonst wird der Schlamassel noch größer."

„Aber in der Werkstatt muss ich irgendetwas sagen."

„Papi ..."

„Nun gut. Wir essen und fahren uns das Auto anschauen. Dann werden wir weitersehen."

Blanka nickte, ging sich umziehen und kam dann wieder in die Küche. Svatopluk schaute zu, wie sie sich mit zitternden Händen Tee eingoss. Ihre Augen waren vom Weinen geschwollen, die Schultern hingen herunter und ihre Bewegungen waren unsicher. Manchmal schluchzte sie gedämpft auf. Das muss ein Schock für sie gewesen sein, dachte er. Hoffentlich hat sie jetzt keine Angst zu fahren.

„Weißt du was? Geh dich hinlegen. Ich fahre allein hin und schau es mir an. Am Sonntag können wir ja sowieso nicht so viel machen."

Blanka stellte wortlos die Tasse mit dem nicht getrunkenen Tee auf den Tisch und ging. Als Svatopluk an ihrem Zimmer vorbeikam, öffnete er leise ein bisschen die Tür und schaute hinein. Sie lag zusammengerollt auf dem Bett und weinte.

Svatopluk öffnete die Garagentür. Er roch sofort die säuerlichen Magensäfte. Blanka hatte ihm offensichtlich nicht alles gesagt. Die Autotüren waren offen und so schaute er vorsichtig hinein. Außer dem nassen Fleck auf dem Boden vor dem Hintersitz schien alles in Ordnung zu sein. Er ging ein Stück zur Vorderseite des Autos. Die Stoßstange und die Motorhaube waren eingedellt. Das war nicht so schlimm, wie er sich das vorgestellt hatte. Nichts, was man nicht reparieren könnte. Danach zu urteilen, wie fertig Blanka war, hatte er sich den Schaden größer vorgestellt.
Er fuhr mit der Hand über die eingedrückte Motorhaube und schaute auf die gelben Stückchen, die ihm in der Hand hängenblieben. Das muss man ausdellen, das wird wohl gehen. Und neu spritzen. Er wird wohl das ganze Auto spritzen lassen. Diese gelbe Farbe war schrecklich. Aber eine andere gab es damals nicht, auch so hatten sie zwei Jahre auf das Auto gewartet.
Am nächsten Tag rief er Rostislav an und vereinbarte mit ihm die Reparatur. Rostislav arbeitete offiziell im Autoservice, aber auf dem Hof des Familienhauses, in dem er mit seiner Partnerin lebte, reparierte er schwarz Autos und verdiente damit ordentlich dazu. Das Haus verfiel langsam immer weiter und auch Rostislav verfiel, weil er das erarbeitete Geld anstelle in die Reparatur der Fassade oder neue Fenster in Rum, Wacholderschnaps und Pfeffi steckte.
Am Montag nach der Arbeit brachte Svatopluk das Auto zu Rostislav und parkte es im Hof. Der Bruder

kam aus der Garagentür und Svatopluk war verblüfft, wie dünn er in den paar Wochen, die sie sich nicht gesehen hatten, geworden war. Sein Gesicht war gelblich und unter den Augen hatte er dunkle Ringe. Da hat er wohl gestern Abend wieder zu viel getankt, dachte er.

Rostislav ging um den gelben Škoda herum und schätzte mit einem Blick den Schaden ab.

„Also hat deine Kleine ein Reh umgefahren", sagte er heiser. Er klopfte auf die Motorhaube. „Bis Freitag mache ich das fertig und verabrede das Umspritzen. Dann melde ich mich."

Er rief aber schon am Mittwoch an.

„Ich rufe an", sagte er, „weil die Polizei im Autoservice war und gefragt hat, ob ein gelbes Auto zur Reparatur gebracht wurde. Am Samstag soll es in der Nacht einen Fahrradfahrer überfahren haben und weggefahren sein. Zur Sicherheit habe ich euer Auto vom Hof in die Garage gebracht, aber du solltest herkommen, damit wir besprechen können, wie weiter."

Schon in dem Moment, als er den Hörer auf die Gabel zurücklegte, wusste Svatopluk, dass das Auto, das die Verkehrspolizei suchte, gerade eben in Rostislavs Garage stand. Er begriff, warum Blanka kaum noch aus ihrem Zimmer kam, warum ihre Hände so zitterten, dass sie nicht Klavier spielen konnte, und warum er sie in der Nacht in der Wohnung herumwandern hörte. Er begriff, warum sie seit dieser Nacht kaum noch aß, wie ein Gespenst herumlief und jedes Mal zusammenzuckte, wenn jemand sie ansprach.

Eine Weile starrte er schweigend auf das Telefon, dann schob er alle Papiere zur Seite, stand auf, sagte der

Sekretärin, sie solle sein Nachmittagsprogramm absagen, und lief durch den langen Gang zur Pforte. Lass es bitte nicht wahr sein, wünschte er sich in Gedanken den ganzen Heimweg lang, aber er wusste sehr gut, dass so eine Übereinstimmung der Umstände ein zu großer Zufall wäre.

Blanka fand er in ihrem Zimmer. Sie saß auf der Couch und hielt ein geöffnetes Lehrbuch auf dem Schoß. Ihre Augen waren geschwollen, aber trocken. Überrascht sah sie ihn an und versuchte zu lächeln.

Er schloss die Tür hinter sich, damit die Mutter, die gerade die Küche wischte, sie nicht hörte. Er verstand nicht, warum sie jeden Tag putzen und ihm mit ihrer Anwesenheit das Leben vermiesen musste, aber das war jetzt nicht wichtig. Er zog sich einen Stuhl heran und setzte sich der Tochter gegenüber.

„Die Verkehrspolizei sucht ein gelbes Auto. Das hat einen Fahrradfahrer überfahren."

Blanka bedeckte das Gesicht mit den Händen und heulte los.

Die letzte Hoffnung hatte sich verflüchtigt. Svatopluks und ihre.

Svatopluk hatte das Gefühl, als hätte ihm jemand unerwartet den Teppich unter den Füßen weggerissen und er würde unkontrolliert zu Boden stürzen.

„Sag mir die Wahrheit", sagte er. „Sag mir jetzt endlich die Wahrheit."

Svatopluk wusste selbst nicht, wie lange er im Wohnzimmer auf der Couch saß, die Arme hatte er auf die Knie gestützt und er starrte auf das Teppichmuster. Blanka schlief.

„Hilf mir bitte, Papa, bitte hilf mir, ich habe schreckliche Angst, ich halte das nicht mehr aus", bat sie ihn, als sie ihm die Wahrheit darüber, was am Samstag alles passiert war, gesagt hatte. Also fast die ganze Wahrheit. Dass der Mann gestöhnt hatte, und ihr das noch immer in den Ohren klang, erzählte sie nicht. Sie hielt die Hände eng am Körper, als würde sie sich umarmen, wiegte sich vor und zurück und heulte laut und hysterisch. So laut, dass die Mutter ins Zimmer schaute. Er schob sie aus der Tür. In dem Moment war ihm völlig egal, dass sie beleidigt war und rief, er sei undankbar und dass sie nie wiederkommen würde.

Dann gab er Blanka zwei Schlaftabletten, versprach, alles in Ordnung zu bringen, und hielt ihre Hand, bis sie eingeschlafen war.

Jetzt saß er da und überlegte. Es gab zwei Lösungen. Er konnte entweder schweigen und hoffen, dass das Blanka durchging, oder aber den Unfall anzeigen. Je früher, desto besser.

Er wusste, was er tun sollte, aber er wusste auch, was für Folgen das hätte. Und in einer Sache hatte Blanka recht. Der Mann war tot, dem war nicht mehr zu helfen. Aber Blanka lebte und ein Eingeständnis würde ihr ganzes Leben zerstören. Sie käme ins Gefängnis, das war klar. Aber wie lange? Ein Jahr? Zwei? Er musste sich mit jemandem beraten.

Er erhob sich schwer, ging über den weichen Teppich zum Telefon, wählte eine Nummer und stellte sich vor.

„Mirek", sagte er, „kann ich jetzt gleich zu dir kommen? Ich brauche deinen Rat."

Mirek Zevada war Jurist und Svatopluk kannte ihn schon sehr lange. Auch Zevadas Tochter hatte Jura studiert und Svatopluk hatte sie in seiner Rechtsabteilung angestellt. Einen geschickten Juristen konnte er damals gebrauchen und Monika Zevadová war unglaublich scharfsinnig, sodass sie die Stelle zu Recht verdiente. Aber Zevada fühlte sich seinem Freund verpflichtet, weil er sich freute, dass seine Tochter eine Arbeit in Prag gefunden hatte. „Jeder stellt lieber einen Mann ein, du weißt ja, wie das ist. Ein Mädchen heiratet, geht in den Mutterurlaub, dann sind die Kinder immerzu krank, glaub bloß nicht, ich kenn' mich da nicht aus", das wiederholte er jedes Mal, wenn sie sich trafen. „Wenn du mal etwas brauchst ..."

Und jetzt brauchte Svatopluk wirklich etwas.

Mirek Zevada goss Cognac in bauchige Gläser und forderte ihn auf zu erzählen. Aber schon an Svatopluks Gesicht erkannte er, dass es sich nicht um eine gewöhnliche Angelegenheit handeln würde.

Svatopluk holte tief Luft.

„Ich weiß nicht, wie das bei euch Juristen mit der Verschwiegenheit ist ..."

Kaum hatte er angefangen, stoppte ihn Zevada.

„Vielleicht ist es besser, wenn wir auf einer theoretischen Ebene sprechen. Was wäre, wenn. Wenn ich etwas wissen muss, frage ich."

Svatopluk sah ihn eine Weile schweigend an.

„Gut. Mich interessiert, was für eine Strafe eine Person zu erwarten hätte, wenn sie einen Radfahrer umgefahren hätte und weggefahren wäre."

„Also unterlassene Hilfeleistung?" Zevada dachte nach. „Nun ..."

„Und versuchte, die Unfallspuren zu verwischen", fügte Svatopluk unwillig hinzu.

„Also im Sinne von Körper beseitigen?", fragte Zevada.

Svatopluk nickte.

„Bis zu fünfzehn Jahre", sagte Zevada nach einer Weile.

„Für nicht-vorsätzliche Tötung?" Svatopluk bekam keine Luft.

„Für Mord."

Svatopluk konnte das nicht glauben. Blanka war doch noch nicht einmal zwanzig Jahre alt. Sie sollte jetzt Konzerte geben, die Liebe erleben, heiraten, Kinder haben. Sich am Leben erfreuen. Aber das Recht auf ein ruhiges Leben hatte sie in dem Moment verwirkt, als sie beschlossen hatte, keine Hilfe zu rufen, und weggefahren war. Svatopluk spürte tief in seiner Seele, dass so eine Tat eine Strafe verdiente. Aber es war Blanka …

„Kann man das irgendwie umgehen? Was … was würdest du tun, wenn es um deine Tochter ginge?"

Zevada dachte nach, dann beugte er sich vor und sagte leise, als könnte sie jemand hören: „Es gibt nur eine Lösung. Du musst Blanka hier herausbekommen."

„Wie herausbekommen?", fragte Svatopluk, aber er ahnte die Antwort.

„In den Westen. Und das **so schnell wie möglich.**"

11 / TOCHTER

So schnell wie möglich stieg ich aus dem Auto und lief hinüber in das Gebäude der Stadtverwaltung. Es waren viele Menschen auf dem Platz und alle sahen sich neugierig um, weil sie das Kleid der Braut sehen wollten und aus welchen Blumen der Strauß gebunden war. Das machte mich verlegen. Auch wenn ich nicht mehr so viel Angst vor Menschen habe, stehe ich immer noch ungern im Mittelpunkt der Aufmerksamkeit.

Viele Frauen träumen von einer großartigen Hochzeit. Martin und ich hatten uns für eine einfache Zeremonie entschlossen, weil Martin große Feiern nicht so mochte und ich sowieso nicht gewusst hätte, wen ich einladen sollte. Von meiner Seite waren nur Běla und der Vater gekommen, und Vater benahm sich so, dass ein Uneingeweihter denken könnte, er gehörte zur Familie des Bräutigams. Meine Trauzeugin war Martins Schwester Zuzana. Martins Trauzeuge war ihr Verlobter Jakub, sodass wir auch mit Martins Eltern zusammen insgesamt nur acht waren.

Auch mit dem Hochzeitskleid würde ich es wohl nicht auf die Titelseiten eines Modejournals schaffen. Ich heiratete in einem von der Stange gekauften Sommerkleid. Es war weiß, auf den Säumen mit bunten Rosenblüten bestickt, und Běla und Martin versicherten, es stünde mir ausgezeichnet. Das Kleid war außerdem leicht und praktisch, was ich vor allem im gemieteten Salon des örtlichen Restaurants schätzte, denn darin war es so heiß, dass die Gesichter der Herren vom Schweiß glänzten, obwohl sie sich gleich nach der Ankunft gegen den guten Ton entschieden und die Sakkos ablegten. Und die Damen verschwanden eine nach der anderen, um auf der Toilette die Strumpfhosen auszuziehen.

Die Creme auf den Törtchen floss auf die Teller herunter und der Wein war schneller warm, als die Trauzeugen ihre obligatorischen Trinksprüche ausbringen konnten. Zuzana merkte mit dem ihr eigenen Humor an, ich solle mir das eine Lehre sein lassen und das nächste Mal im Winter heiraten. Dafür erntete sie vom Bräutigam ein Lachen und von den anwesenden Eltern eine verzweifelte Ermahnung.

Mehr als auf die Hochzeit freuten wir uns auf die Hochzeitsreise. Wir fuhren in Bělas Traumstadt, nach Paris, und nahmen dort in einem kleinen Hotel auf der Rue St. Martin Quartier. Unser Zimmer war im dritten Stock, wohin man über eine unbequeme, enge Treppe mit einem durchgetretenen Teppich kam. Eingerichtet war es nur mit einem weißen Kleiderschrank und einem Ehebett, das bei jeder Bewegung so laut knarrte, dass es auch den Lärm der vorüberfahrenden Autos und das Geschrei der Leute von der Straße übertönte. Der Durchgang an der Wand war so eng, dass sich einer von uns aufs Bett setzen musste, damit der andere in das Miniaturbadezimmer gehen konnte, dessen Fenster in einen Lichtschacht führte. Die Bilder mit den Stadtszenen, die an den Wänden und auf dem Fensterbrett angeordnet waren, sollten das Zimmer offensichtlich gemütlicher machen und die übertriebene Anzahl von Sternen rechtfertigen, mit denen sich das Hotel rühmte. Oder aber einfach Löcher und Risse in den Wänden verstecken.

Der beengte Raum störte uns nicht – wir verbrachten die Tage sowieso draußen. Martin fotografierte lange die

Details des unweit gelegenen Centre Pompidou, erfreute sich an der Glaspyramide des Louvre. Ganze drei Tage verbrachten wir im Stadtviertel La Défense und schöpften Inspirationen, wie Martin sagte. Damals bedauerte ich zum ersten Mal, dass ich mich nicht von ihm hatte überzeugen lassen, Architektur zu studieren und mich mit dem Abitur zufriedengab. Aber in der Zeit, in der ich mich hätte entscheiden müssen, ob ich die Heimatstadt verlassen und an die Hochschule gehen, oder in der heimischen Sicherheit bleiben sollte, war meine Angst vor dem Unbekannten größer als meine Studierlust. In Paris begriff ich, dass ich einen Fehler gemacht hatte, und ich versprach mir selbst, dass ich mich nie wieder von meinen Ängsten an der Verwirklichung meiner Wünsche hindern lassen würde.

In Paris erlebte ich, wie es war, nicht fürchten zu müssen, dass jemand mein Anderssein bemerkt. Ich war eine Ausländerin unter Ausländern, eine von vielen. Ich ging mit Martin durch Straßen und Boulevards, hielt ihn an der Hand, lächelte und verschmolz zufrieden mit der Menge.

Im Antiquariat schafften wir uns ein paar Publikationen über Architektur an und für Běla kaufte ich einen Sammelband mit Collagen französischer Surrealisten. Ich freute mich darauf, dass wir uns nach unserer Heimkehr nach dem Abendessen französischen Wein eingießen, uns an den großen Küchentisch setzen und den Band gemeinsam anschauen würden. Aber als wir in das efeubewachsene Haus zurückkamen, war der Lavendel im Gärtchen, in den Fensterkästen und auf der Treppe welk.

Zub wartete am Tor, als wüsste er, dass wir heute zu ihm zurückkommen, sprang begeistert um mich herum und fegte mit seinem langen zottigen Schwanz die Erde. Zwischendurch lief er aber verzweifelt zwischen Tor und Haustür hin und her. Als wir aufgeschlossen, das Gepäck im Flur unter der Treppe abgestellt hatten und in die Küche gingen, setzte er sich mir zu Füßen und sah mich traurig an. Ich schaute mich in der seltsam leeren Küche um und mir wurde eng ums Herz. Der Küchentisch war aufgeräumt, die zerschnittenen Zeitschriften und Zeitungen waren verschwunden, der Geruch des Leims war verflogen, die bunten Papierschnipsel waren fort und mit ihnen auch Běla.

Ich klopfte an die Tür ihres kleinen Zimmers und ging dann hinein. Die Wände waren leer und auf der Liege, die unter einer alten gelben Decke versteckt war, standen Pappschachteln mit aussortierten Sachen, die darauf warteten, entsorgt zu werden. Es war nichts von Běla geblieben, als hätte ich sie nur geträumt und sie hätte nie existiert.

Aus der Küche in meinem Rücken hörte ich schwere Schritte. Ich hörte, wie der Vater erfreut meinen Mann begrüßte, ihn ausfragte, wie der Flug war, das Hotel, die Stadt. Ihm kam gar nicht in den Sinn zu fragen, wo ich war. Vielleicht wäre er noch mehr froh, wenn ich nicht nach Hause zurückgekommen und ganz aus seinem Leben verschwunden wäre … so wie Běla.

Ich setzte mich auf die Liege und heulte los. Martin schaute herein, setzte sich neben mich, legte mir eine Hand um die Schulter und zog mich nah an sich heran. Ich schniefte, um ihm nicht das Hemd nass zu machen, und in diesem Augenblick erschien der Vater in der Tür. Ich wollte nicht, dass er sah, dass ich heulte. Martin griff in die Tasche und reichte mir ein Taschentuch. Ich schnaubte, wischte mir die Augen und wagte einen Blick auf den Vater. Er stand da, immer noch hochgewachsen, obwohl sich mit dem Alter seine Schultern ein bisschen gekrümmt hatten, die dünner werdenden Haare waren so zurückgekämmt, wie er sie das ganze Leben lang trug, und er sah mich an, als würde es ihn ärgern, dass ich weinte.

„Sie war sowieso zu nichts nütze." Er drehte sich um und ging wieder in sein Zimmer. Zub leckte mir die Hand, klemmte den Schwanz zwischen die Beine und schlich ihm hinterher.

Das waren die einzigen Worte, die der Vater über Bělas Weggang verlor.

Ich musste feststellen, was los war, ich musste Běla so bald wie möglich treffen. Wir trugen die Taschen nach oben in unsere Wohnung und da sah ich auf dem Küchentisch einen offenen Umschlag mit meinem Namen drauf. Ich stellte das Gepäck auf die Erde und nahm den zusammengefalteten, eng beschriebenen Bogen heraus.

Meine liebe Bohdanka,

vielleicht hätte ich dir früher von meinem Plan erzählen sollen, aber ich wollte dir nicht den schönen Urlaub verderben. Ich wollte auch nicht, dass du mir ausredest fortzugehen, das wäre sinnlos gewesen. Es ist für mich einfacher, meine Gründe in einem Brief zu erklären, viel einfacher, als darüber zu reden, obwohl niemand geduldiger als du zuhört.

Ich war mit deinem Papa nicht glücklich, und du weißt das. Wir waren nicht füreinander geschaffen und haben das gleich in den ersten Monaten unseres Zusammenlebens festgestellt. Es gibt vieles, was ich an deinem Papa bewundere und weswegen ich ihn achte, aber es gibt mehr Dinge, derentwegen ich gehen muss.

Der einzige Grund, warum ich so lange geblieben bin, warst du. Du hast mich genauso gebraucht wie ich dich, und deshalb halte ich die Zeit, die ich mit euch verbrachte, auch nicht für verlorene Jahre. Jetzt bist du nicht mehr allein. Du hast Martin und ich kann – wenn auch schweren Herzens – gehen und versuchen, mein eigenes Leben zu leben. Ich verlasse deinen Papa, weil es für uns beide das Beste ist, aber das heißt überhaupt nicht, dass ich dich verlassen hätte. Ich werde immer deine Běla bleiben, deine Mama, zu der du kommen kannst, wann immer du möchtest. Ich werde immer für dich da sein und du bist immer bei mir willkommen.

Du bist das Wertvollste, was ich auf der Welt habe.

Deine Běla

Ich fasste in die Tasche, zog das Handy heraus und tippte ein paar Worte. *Wo bist du? Kann ich zu dir kommen?* Die Antwort kam sofort, als hätte sie auf meine Nachricht gewartet. Und ich begriff, dass von diesem Augenblick an **nichts mehr wie früher sein würde.**

12 / VATER

Nichts würde mehr wie früher sein. Das wurde Svatopluk bewusst, als er durch die dunkel gewordenen Straßen nach Hause zurückkehrte und über die beste Lösung nachdachte. Aber so eine gab es nicht. Er hatte die Wahl zwischen einer schlechten und einer noch schlechteren Möglichkeit. Egal welche er wählte, es bedeutete das Ende des Lebens, wie er es bis jetzt kannte. Je näher er an sein Zuhause kam, desto stärker wurde seine Überzeugung, dass er Blanka die Entscheidung überlassen musste.

Er schloss auf, ging durch den Flur und blieb in der Tür des Wohnzimmers stehen. Blanka und Eva sahen ihn erwartungsvoll an. Sie glaubten wohl ernstlich, er hätte die Macht, die Welt wieder ins richtige Gleis zurückzuversetzen.

„Es gibt eine einzige Möglichkeit, das Gefängnis zu umgehen. Aber du musst selbst entscheiden", sagte er und setzte sich in den Sessel ihnen gegenüber.

Blanka lag zusammengerollt und in eine Decke gewickelt auf der Couch, als sei sie krank. Eva saß neben ihr und hielt ihre Hand. Auch sie war im Schock und würde am Abend sicher weinen, aber jetzt bemühte sie sich, vor der Tochter Ruhe zu bewahren. Für Tränen blieb ihr noch viel Zeit.

„Welche?", fragten beide fast gleichzeitig.

Svatopluk hatte das unangenehme Gefühl, dass er viel zu große Hoffnung in ihnen weckte.

„Du müsstest in den Westen verschwinden."

„Ja", antwortete Blanka schnell. So schnell, dass es Svatopluk weh tat.

„Es ist deine Entscheidung", fügte er hinzu. „Überleg es dir gut. Verstehst du, was das bedeutet?"

„Ja", sagte Blanka wieder. Der Ausdruck eines in die Ecke gedrängten Tieres verschwand auf einmal und Erleichterung löste ihn ab.

Svatopluk war bewusst, dass sie nicht einmal fragte, ob sie mit ihr gehen würden. In diesem Augenblick dachte er, warum er ihr das überhaupt sagte, warum er ihr vorschlug, sich irgendwo in der Welt zu verlieren. Im Gefängnis könnte er sie sehen, und in ein paar Jahren käme sie raus. Bestimmt, nach zwei Dritteln der Strafe kommt sie nach Hause und alles wird wie früher. Oder fast wie früher. Und die Leute vergessen mit der Zeit, was sie getan hat.

„Höchstwahrscheinlich würden wir uns ein paar Jahre nicht sehen", sagte er, „vielleicht nie wieder." Bei diesem Gedanken wurde ihm der Hals eng und Tränen drängten in seine Augen.

„Ich habe mich schon entschieden", wiederholte Blanka fast freudig. Svatopluks Blick glitt zu Eva. Sie schaute Blanka an, die Lippen fest zusammengepresst, und schwieg.

„Gut", sagte er. „Gut."

„Aber wie komme ich dahin?"

„Einen Pass hast du, wir müssen eine Ausreisegenehmigung und eine Devisenzusage beschaffen."

Und zwar so schnell wie möglich.

An diesem Abend erdachten sie den verzweifelten Plan, wie sie mit Hilfe von Bestechung, Bekanntschaften und Svatopluks Einfluss einrichten könnten, dass Blanka ins kapitalistische Ausland reisen konnte.

Eva wusste von ihrer Freundin Eliška Sýkorová, die im Theaterorchester spielte, dass das Ensemble die Reiseerlaubnis zu einem internationalen Festival in Stockholm erhalten hatte. Eva traf sich mit ihr, entlockte ihr die Einzelheiten und bot ihr dann 30 000 Kronen an, wenn sie eine Krankheit vortäuschte, die ihr im letzten Moment die Reise mit dem Ensemble unmöglich machte.

„Das ist keine große Sache", sagte Eva zu Eliška, die nicht nur eine ausgezeichnete Pianistin und seit der Schulzeit Evas Freundin war, sondern auch die geschiedene Mutter zweier heranwachsender Sprösslinge.

30 000 sind eine Menge Geld, schoss es Eliška Sýkorová durch den Kopf. Wenn sie die paar Tausend dazutat, die sie zusammengespart hatte, könnte sie sich ein Auto anschaffen. Für 70 000 könnte sie einen neuen Škoda 120 kaufen. Sie dachte auch gleich, dass Blanka wohl nicht die Absicht hatte, in die Tschechoslowakei zurückzukehren, und das sah nach ordentlichem Schlamassel aus. Aber das Geld …

„Du weißt schon, Papas Töchterchen", fuhr Eva in scheinbar herablassendem Tonfall fort, aber Eliška kannte Eva lange genug, um zu sehen, wie angegriffen sie aussah und wie sehr ihr daran lag, dass sie ausreisen konnte. Letzten Endes konnte sie doch wirklich krank werden. Jeder wird einmal krank. Wenn Evas Tochter draußen bleibt, ist das nicht mein Problem.

„Nun ja", sagte sie, „in der letzten Zeit habe ich Rückenprobleme. Ich bräuchte ein bisschen Erholung. Wenn Blanička so viel daran liegt …" Und dann, damit die Freundin nicht dachte, sie würde die Reise einfach so aufgeben, sagte sie noch ehrlich: „Ich will dich nicht anlügen, das Geld kommt mir wirklich recht."

Jetzt war die Reihe an Svatopluk, mit dem Titel seiner Parteifunktion einfach den Theaterdirektor anzurufen und ihn um einen Freundschaftsdienst zu bitten.

„Ich habe gehört, eure Pianistin sei erkrankt, Genosse Direktor. Meine Tochter würde gern einmal Schweden sehen", sagte er und fügte hinzu, dass sie das Klavierstudium abgeschlossen hatte und vielleicht nach dem Absolutorium bei ihnen spielen könnte ... also wenn der Theaterdirektor immer noch Theaterdirektor wäre, seine Amtszeit ging dem Ende zu, aber Svatopluk könnte ihn in seiner Position unterstützen ... Der Direktor fühlte die Gefahr in seinen Worten. Wenn er ihm nicht entgegenkam ...

„Hat sie die nötigen Dokumente?", fragte er.

„Die Dokumente sind natürlich kein Problem", sagte Svatopluk und der Direktor erklärte sich mit vorgetäuschter Bereitwilligkeit einverstanden.

„Ausgezeichnet, Genosse Direktor, dann haben wir eine Verabredung, ich danke für das Entgegenkommen und Sie können sich immer an mich wenden ..."

Der Direktor befand sich in einer unangenehmen Situation. Es war gefährlich, die Forderung eines so hochgestellten Genossen abzulehnen, der auf keinem der bisherigen gesamtstaatlichen Parteitage gefehlt hatte und der den Andeutungen zufolge Kontakte in die allerhöchsten Parteispitzen hatte. Aber konnte er denn die Sýkorová auf einmal so einfach zu Hause lassen? Er würde wohl müssen. Wie konnte es überhaupt sein, dass jemand im Orchester gesundheitliche Probleme hatte, die die ganze Auslandsreise in Frage stellten?

Entschlossen, aber mit einem unangenehmen Gefühl im Magen, machte er sich zur Orchesterprobe auf. Und gleich in der Tür warf sich ihm Eliška Sýkorová entgegen.

„Ich will Sie nicht enttäuschen, Genosse Direktor. Aber ginge es nicht, dass mich auf der Reise jemand vertritt? Ich habe furchtbare Rückenprobleme, so eine lange Busreise halte ich nicht durch."

Obwohl der Direktor nicht gläubig war, dankte er dem Himmel und täuschte vor, ernsthaft nachzudenken.

„Das ist unangenehm, Genossin Sýkorová, unangenehm, aber die Gesundheit ist sicher das Wichtigste, nicht wahr, Genosse Dirigent. Vielleicht können wir jemanden finden, der an Ihrer Stelle fährt."

„Auf keinen Fall", schrie der Dirigent entrüstet. „Sýkorová, machen Sie mir hier keinen Zirkus." Er wandte sich an den Direktor: „Glauben Sie wirklich, dass es so einfach ist, sich mit dem Orchester einzuspielen?"

„Für einen erfahrenen Orchesterleiter wird das kein Problem sein", sagte der Direktor. „Und Sie sind doch erfahren, sonst würde ich Sie ja hier nicht beschäftigen."

Der Dirigent verstand die versteckte Drohung.

„Wen soll ich denn jetzt ... im letzten Moment ..."

„Da machen Sie sich mal keine Sorgen und kommen mit mir", lächelte der Direktor nachsichtig. „Wir denken uns sicher etwas aus."

In seinem Büro erläuterte er dem Dirigenten die Situation, erklärte ihm, dass das mit der Sýkorová ein ordentliches Glück war und dass sie das eigentlich fürs Theater taten. Und auch im Interesse der eigenen Karriere.

Und so verbrachte eine blasse Blanka in der letzten Woche vor der Abreise die Nachmittage im Theaterorchester, versuchte sich mit dem Orchester einzuspielen und wartete, dass jeden Moment jemand hereinkäme, mit dem Finger auf sie zeigte und sie anstelle von Schweden ins Gefängnis wanderte.

Obwohl Svatopluk behauptet hatte, es sei kein Problem, die Dokumente zu beschaffen, stimmte das nicht. Die Ausgabe einer Ausreisegenehmigung dauerte gewöhnlich ein paar Wochen, und so viel Zeit hatte Blanka nicht. Und so hob Svatopluk noch am selben Tag den Telefonhörer ab und bat wiederum von der Höhe seines Postens herab und mit vorgetäuschter Selbstsicherheit den Genossen, unter den die Passabteilung fiel, um einen Freundschaftsdienst. Er kannte ihn zwar nur von Parteiversammlungen, hoffte aber, er würde ihm entgegenkommen.

„Die Tochter hat die Gelegenheit, mit dem Orchester nach Schweden zu reisen. Aber das ist schon in ein paar Tagen und ihr fehlt diese verfluchte Genehmigung. Genosse, was tut einer nicht alles für seine Tochter, warum soll man ihretwegen nicht um die Hilfe eines Genossen bitten, nicht wahr?"

„Schick sie her, Genosse, das kriegen wir hin", antwortete der Kommandant der Abteilung ohne Zögern und Svatopluk trieb Würste, eine Flasche teuren Cognac und einen Reisegutschein für zwei für eine Woche in der betriebseigenen Ferienhütte auf. Die Aufmerksamkeiten für den Kommandanten stopfte er in eine Lederaktentasche, setzte sich mit Blanka in den schwarzen 613er Tatra-Dienstwagen und fuhr in großem Stile bei der Pass- und Visaabteilung beim Korps für Nationale Sicherheit vor.

Nach Hause kamen sie mit einer gültigen Ausreisegenehmigung, einer deutlich platteren Aktentasche und mit der Hoffnung, Blanka sei einem Leben ohne Gitter einen Schritt näher.

Die Devisenzusage kostete ihn einen französischen Cognac, eine echte ungarische Salami und Karten für das Nationaltheater.

Während der hastigen Vorbereitungen waren sie ständig angespannt, wann die Männer in Grün bei ihnen klingeln und Svatopluk bitten würden, ihnen den gelben 105er Škoda zu zeigen, der auf seinen Namen zugelassen war. Sie hörten auf jedes Geräusch aus dem Treppenhaus, und wenn es an der Haustür klingelte, fing Blanka an zu zittern.

Die letzten Tage vor der Abreise half Eva Blanka, das Gepäck so vorzubereiten, dass es alles Nötige enthielt, aber nicht den Verdacht aufkommen ließ, die Besitzerin wolle ihre sozialistische Heimat für immer verlassen. Die Kleidung musste den Frühlingsmonaten entsprechen, aber gleichzeitig so praktisch wie möglich sein. Das Abiturzeugnis, Schmuck oder zusätzliches Geld packten sie nicht ein.

„Du kannst nicht riskieren, dass sie etwas bei dir finden", sagte Svatopluk. „Du hast die Genehmigung in der letzten Sekunde bekommen, es ist sehr wahrscheinlich, dass sie gerade dich zur Kontrolle auswählen." Und es konnte auch passieren, dass einer der Genossen, die ihnen bisher zum Schein entgegengekommen waren, sich damit decken würde, dass er die Staatssicherheit auf Blankas seltsame Abreise aufmerksam macht. Laut sagte er das aber nicht, um Blanka nicht noch mehr zu beunruhigen.

Die Nacht vor der Abreise versaßen sie im Wohnzimmer, aber sie sprachen nicht viel. Zum letzten Mal schärften sie Blanka ein, was sie machen sollte, sobald sie ankam, wo sie sich melden und was sie sagen sollte.

„Du flüchtest aus politischen Gründen. Versuch so weit wie möglich fortzukommen und nimm das erste Land an, dass sie dir anbieten. Am besten Südafrika oder Australien."

Blanka nickte dazu und es war zu sehen, dass sie es nicht erwarten konnte, hinter der Grenze zu sein. Aber es war nicht nur Angst, was sie antrieb, es war zu erkennen, dass sie sich auf das Neue freute, das das Leben ihr bringen würde.

Sie hatte den ersten Schock darüber, dass sie einen fremden Tod verursacht hatte, überwunden, hatte sich gefasst und jetzt eröffneten sich ihr neue Horizonte. Freie Horizonte, neue Möglichkeiten und vielleicht auch die ersehnte Karriere. In den Nächten, in denen Svatopluk und Eva vor Angst nicht schlafen konnten, plante Blanka. Sie würde die Sprache erlernen, eine Arbeit finden und nach Möglichkeiten suchen, ihr Talent zur Geltung zu bringen. Hier, in der sozialistischen Tschechoslowakei boten sich ihr nicht viele Chancen, aber dort draußen, hinter der Grenze, war das wahre Leben und sicher auch Erfolg und Ruhm für die, die Talent und einen festen Willen hatten.

Svatopluk schaute sie an und sagte sich, dass das ungerecht war. Wie konnte es sein, dass sie sich zwanzig Jahre um sie gekümmert, sie geliebt, ihr alles gegeben hatten, was sie brauchte, und sie sie jetzt so einfach verließ. Während er und Eva fast umkamen vor Wehmut und Ängsten, brannten Blankas Augen in Vorfreude, als erwartete sie ein großes Abenteuer. Es sollte ihn wohl trösten, dass sie nicht in Verzweiflung ertrank, aber Blankas Haltung erschien ihm egoistisch. Egoistisch gegenüber dem toten Fahrradfahrer, gegenüber den Eltern und allen Menschen, die sie liebten, und die sie einfach verließ. Höchstwahrscheinlich für immer.

Nach drei Uhr am Morgen umarmte Blanka die Mutter zum letzten Mal und ging in Begleitung des Vaters die Treppe hinunter zum wartenden Taxi. Der Bus, der das Theaterensemble und das Orchester nach Schweden brachte, fuhr um vier Uhr in der Früh. Svatopluk half Blanka, den Koffer in den Kofferraum zu legen und stand dann da und sah dem Auto hinterher, bis die Rücklichter hinter der Ecke verschwunden waren.

Als er nach oben kam, lag Eva schon auf ihrer Seite im Ehebett, den Kopf ins Kissen gebohrt, und weinte. Er setzte sich neben sie und streichelte über ihren Rücken.

„Noch haben wir nicht gewonnen."

„Ich weiß", sagte Eva, und als er sich hinlegte, rollte sie sich auf die Seite und nahm seine Hand. „Vielleicht kommt sie bis dahin und wird dort glücklich. Mehr wünsche ich mir nicht."

„Ganz bestimmt", sagte Svatopluk, streichelte ihre tränennassen Wangen und dann lagen sie schweigend nebeneinander, bis am Morgen der Wecker klingelte, damit sie wie ordentliche Bürger aufstanden und sich zu ihren Arbeitspflichten aufmachten.

Nach einer Woche, als klar war, dass Blanka in Sicherheit war, holte Svatopluk den gelben Škoda ab, der so lange in der Garage bei Rostislav stand, und fuhr damit bei Dunkelheit in den Hof. Am anderen Tag ging er am Nachmittag in die Polizeiwache und meldete, dass er das Auto auf dem Hinterhof geparkt und jetzt nach ein paar

Tagen festgestellt hatte, dass ihm offensichtlich jemand hineingefahren war.

„Könnten Sie sich das bitte anschauen, bevor ich es zur Reparatur bringe?", bat er, aber er sah schon, wie sie fieberhaft in ihren Papieren blätterten.

„Ein gelber Škoda, sagen Sie?", versicherte sich der Verkehrspolizist. „Wir fahren sofort und schauen uns das an."

Angesichts seiner hohen Stellung, die Svatopluk bei der Vorstellung nicht vergaß zu erwähnen, verhielten sie sich höflich zu ihm. Aber Svatopluk war klar, dass trotz aller spöttischen Witze über Polizisten diese nicht dumm waren und zwei und zwei zusammenzählen konnten.

„Also, Sie wissen nicht, was passiert ist, Genosse Direktor?", fragte der Verkehrspolizist, als er um das Auto herumging, und Svatopluk schüttelte den Kopf.

„Ich habe das Auto schon zwei Wochen nicht mehr gebraucht, ich fahre meistens mit dem Dienstwagen."

„Und jemand aus der Familie?"

„Meine Frau hat keinen Führerschein. Vielleicht meine Tochter."

„Und können wir mit ihr sprechen?"

„Die ist auf einer Orchesterreise. Sie kommt in der nächsten Woche wieder."

„Wo ist das Orchester?"

„In Schweden."

„Aha." Der Polizist schrieb sich etwas in sein Notizbuch. „Könnten Sie bitte morgen zu uns auf die Wache kommen und das Protokoll unterschreiben? Und das Auto bitte nicht bewegen. Das holen wir ab."

Jetzt war die Reihe an Svatopluk, Erstaunen vorzutäuschen.

„Warum das denn?"

Der Verkehrspolizist fuhr mit der Hand über die gelbe Motorhaube.

„Kommen Sie morgen in die Dienststelle, Genosse Direktor."

Am nächsten Tag war den Mitarbeitern schon fast klar, dass es der gelbe Škoda 105 war, der von Blanka Žáková bei der Rückkehr von einer Tanzveranstaltung gefahren wurde und den Fahrradfahrer Ludvík Písař verletzte, der an den Unfallfolgen verstarb. Und sie holten sich die anderen Mitglieder der Gruppe *Zugvögel*, deren Namen Blanka durch ihre Flucht über die Grenze so wörtlich erfüllt hatte.

Eva wollte nicht mit Svatopluk zum Gerichtsprozess gehen, und so saß er auf den Plätzen, die der Öffentlichkeit vorbehalten waren, ganz allein unter fremden Menschen. Er ballte die Fäuste, um die Gefühle zu unterdrücken, die in ihm tobten. Der Wunsch wegzulaufen wechselte sich mit dem dringenden Bedürfnis ab, sitzenzubleiben und bis zum Ende anzuhören, was sich an diesem Abend wirklich abgespielt hatte.

Verhandelt wurde gegen Josef Proch, Karel Věch, Šárka Dubová und Blanka Žáková. Vor allem gegen Blanka Žáková als Hauptangeklagte. Es sagten der Gastwirt aus, die Familie des toten Unfallopfers und Gerichtssachverständige zu Medizin und Verkehrsunfällen.

Der Fahrradfahrer hieß Ludvík Písař, war verheiratet, hatte zwei erwachsene Söhne und arbeitete in der Landwirtschaftlichen Genossenschaft. Der 19. April war ein Samstag, aber um Feld und Vieh muss man sich im Alltag wie am Feiertag kümmern, auf irgendwelche freien Tage kann man in der Landwirtschaft nicht achten, also fiel ihm eine 12-Stunden-Schicht zu. Den Tag verbrachte er mit der Maisaussaat.

Jeden Samstag ging er in die Gastwirtschaft und an diesem Abend ging er dort direkt von der Arbeit hin, damit die Kumpels, mit denen er Karten spielte, nicht auf ihn warten mussten. Er gewann ein paar Partien, rauchte ein halbes Päckchen Zigaretten und trank vier Bier – wie sonst auch. Gegen Mitternacht setzte er sich aufs Fahrrad und trat in die Pedale. Zu Hause kam er aber nicht an.

Svatopluk brauchte nicht viel Fantasie, um den nächtlichen Vorfall vor seinen Augen ablaufen zu sehen. Er konnte sich lebhaft vorstellen, wie der Fahrradfahrer die Autogeräusche hörte, wie von hinten das Licht näherkam und vielleicht fiel ihm in dem Augenblick ein, dass er die schmutzigen Rückspiegel hätte abwischen sollen. Er fuhr ein bisschen mehr an die Seite, aber da spürte er schon den Schlag und ein scharfer Schmerz verschlug ihm den Atem und vernebelte die Sinne.

Als er wieder die Augen öffnete, schmerzte ihn sicher der ganze Körper, aber er war froh, noch zu leben. Das hätte viel schlimmer ausgehen können. Er versuchte, das Gesträuch abzuwerfen, aber das ging nicht. Macht nichts, ich bin nicht allein hier. Die suchen mich schon. Er hörte Schritte und das Knacken trockener Zweige im Wald. Die Geräusche entfernten sich. Hier bin ich, wollte er rufen, aber es kam nur ein Stöhnen aus seinem Mund. Dann hörte er Türenklappen, einen angelassenen Motor und das Auto war fort. Nein, bitte nicht, ihr könnt mich nicht hier liegenlassen. Ich sterbe doch nicht hier, ich will nicht sterben, er bekam Angst. Schluckte Blut, das irgendwo aus seinem Inneren in den Mund stieg, und fing vor Kälte an zu zittern. Er versuchte, sich auf den Bauch zu drehen, um näher an die Straße kriechen zu können, aber etwas lastete schwer auf ihm, ein scharfer Schmerz fuhr durch seinen Körper und er fiel wieder in die Dunkelheit zurück.

Svatopluk kniff fest die Augen zusammen, um diese Vorstellung zu vertreiben.

Frau Písařová begann erst am nächsten Morgen, nach ihrem Mann zu suchen. Ernsthaftere Sorgen machte sie sich erst gegen Mittag, als er auch nicht zum Essen kam. Sie hatte seine geliebten Rinderrouladen gemacht, mit ordentlich Speck, so wie es ihr Ludvík gern mochte. Bis zu diesem Zeitpunkt dachte sie, er hätte etwas zu viel getrunken und schliefe jetzt bei einem Freund. Ja, ein paarmal kam das vor, aber nicht so oft. Um zwei Uhr nachmittags scheuchte sie die Söhne auf und schickte sie, den Vater zu suchen.

Folgerichtig machten sie sich in Vaters Stammkneipe auf. Der Wirt erinnerte sich, dass Ludvík am vergangenen Abend Glück mit den Karten hatte und dass er etwas nach Mitternacht gefahren war. Mehr wusste er nicht und er war auch nicht sehr mitteilsam, weil er wegen der ausdauernden Kundschaft die Sperrstunde überzogen hatte und keine Unannehmlichkeiten wollte. Aber im Dorf nimmt man das nicht so genau, besonders am Samstag.

Auf dem Rückweg fuhren die Söhne langsam und suchten die Gräben ab. Auf der Straße zwischen den Wäldern bemerkten sie Bremsspuren und unweit davon niedergetrampeltes Gebüsch. Hinter dem Dickicht fanden sie Vaters Fahrrad und den Spuren folgend, die offensichtlich davon stammten, dass etwas Schweres geschleift wurde, kamen sie bis zum Körper des Vaters, der halb mit Ästen bedeckt war.

Die Verletzungen, die Ludvík Písař der ärztlichen Einschätzung zufolge erlitten hatte, waren mittelschwer, und wenn er ins Krankenhaus gebracht worden wäre, hätte er eine große Chance gehabt, gesund zu werden. Ohne die nötige Hilfe allerdings verstarb er an den Folgen innerer Blutungen am 20. April um acht Uhr morgens, also sieben Stunden nach dem Unfall.

Am dritten Verhandlungstag verlas die Richterin das Urteil. Die Angeklagte Blanka Žáková führte das Auto unter Alkoholeinfluss, erfasste den Fahrradfahrer, und leistete nicht nur keine erste Hilfe oder rief einen Krankenwagen, sondern überzeugte auch noch ihre Mitfahrer, ihr zu helfen, den schwerverletzten Mann in den Wald zu schleppen, ihn mit Reisig zu bedecken und ihn unter Schmerzen sterben zu lassen. Das Fahrrad versteckte sie dann im Gebüsch.

So sagte Charlie aus und Sára bestätigte seine Worte und erklärte, sie habe selbst die ganze Zeit auf dem Rücksitz gesessen und sich um José gekümmert, der sich an nichts erinnerte, weil er nach einem vorher erfolgten, von niemand verschuldetem Sturz eine Gehirnerschütterung erlitten hatte, und also über die Ereignisse jener Schicksalsnacht keine Informationen beitragen konnte.

Blanka wurde in Abwesenheit zu zwölf Jahren Gefängnis verurteilt, Charlie bekam zwei Jahre ohne Bewährung, Sára zwei Jahre auf Bewährung und José wurde von der Anklage freigesprochen.

Den gesamten Ablauf jenes Abends erfuhr Svatopluk erst bei den Gerichtsverhandlungen, die ein dreiviertel Jahr nach Blankas gelungener Flucht ins Ausland stattfanden.

Zu jener Zeit war von seinem alten Leben nur sehr wenig übrig. Er war kein Direktor eines großen Betriebes und kein bedeutender Parteifunktionär mehr.

Er kündigte sofort, als die Untersuchung von Blankas Unfall und ihrer nachfolgenden Flucht ins Ausland begann. Der Verdacht der Beihilfe zum illegalen Verlassen der Republik konnte ihm zwar nicht nachgewiesen werden, aber das, was passiert war, reichte, dass er als langjähriger Funktionär und treues Parteimitglied aller Funktionen enthoben und sogar auf Bewährung ausgeschlossen wurde.

Disziplinar- und Karrieresanktionen trafen auch die Genossen, die Svatopluks Bitten um Hilfe bei der beschleunigten Ausgabe der Dokumente erhört hatten, und damit machte sich Svatopluk einige sehr einflussreiche Feinde. Sein Absturz war eine große Freude für Leute, die sich vor seiner bisherigen Unbescholtenheit gefürchtet hatten. Es war schließlich nicht angenehm, unter dem Falkenauge des ehrlichen, der Sache ergebenen und völlig überzeugten Genossen zu arbeiten.

Eva und er zogen aus Prag nach Meziříčí, wo Svatopluk in einer mittelgroßen Maschinenbaufabrik, die Medizintechnik herstellte, die Stelle eines Instandhaltungsmeisters bekam. Zuerst dachte er, Eva würde nicht mit dem Weggang aus Prag einverstanden sein, aber sie nahm seinen Vorschlag fast begeistert auf.

Nur so konnte sie die Blicke der Nachbarn, der Kollegen und der Menschen aus der Straße loswerden. Es war nicht schwer, die zu entziffern, und die mitleidigen störten sie genauso wie die, aus denen sie Freude und Genugtuung las. Also ist das Töchterchen vom Genossen Direktor und seiner aufgeblasenen Pianistin in den Westen abgehauen. Die soll jemanden umgebracht haben. Schöne Erziehung. Nun ja, ein verwöhntes Einzelkind.

Auf Meziříčí fiel die Wahl mehr oder weniger zufällig. In der Zeit, als Svatopluk noch bequem auf seinem Posten saß und mit dem Gedanken spielte, seine Direktorenfunktion aufzugeben, erfuhr er von einer kleinen Villa, deren Besitzer emigriert waren. Das Haus fiel an den Staat und der bot es zum Verkauf an. Zuerst den bedeutenden Genossen und für einen günstigen Preis natürlich.

Als Blanka nicht aus Schweden zurückkehrte und die Untersuchung des von ihr verursachten Unfalls in Gang kam, war Svatopluk klar, dass die Frage nicht lautete, ob er zurücktreten musste, sondern wann. Und deshalb entschloss er sich, selbst zu gehen. Noch vor der Kündigung erklärte er schnellstens sein Interesse an der angebotenen Immobilie und kaufte sie mit Zevadas Hilfe. Und es war wiederum der Jurist Mirek Zevada, der Svatopluk half, in Meziříčí eine Arbeit zu finden.

Die Stadt am Ufer des Flusses Bečva war von allen Seiten von Wald umgeben und atmete die Ruhe, nach der Svatopluk sich sehnte. Aber gleichzeitig war sie groß genug, dass ein Mensch, der etwas zu verbergen hatte, sein Geheimnis hüten konnte. Sie lag an der Haupteisenbahnstrecke, und das gab Svatopluk vielleicht das Gefühl, dass er immer, wenn er Sehnsucht nach Prag bekam, in den nächstbesten Zug steigen könnte und nach ein paar Stunden in die Kuppelhalle des Hauptbahnhofs treten würde, von wo aus es nur ein paar Schritte bis ins heimatliche Žižkov waren. Obwohl Svatopluk das nicht ein einziges Mal tat, fühlte er sich mit diesem Gedanken in Meziříčí freier.

Der Umzug ging schnell vonstatten. Die Vorbesitzer hatten das Haus komplett eingerichtet hinterlassen, und so zogen Eva und Svatopluk nur mit ein paar Möbelstücken um, an denen Erinnerungen hingen. Dazu die persönlichen Dinge und das Klavier. In dem Moment, als die Möbelpacker das große Instrument mitten ins Wohnzimmer stellten und dann gingen, überfiel Svatopluk Trauer.

Bis jetzt hatte er sich mit dem Umziehen, Einrichten und Besorgen beschäftigt, aber nun war alles fertig. Er wollte mit dem Weggang aus Prag einen dicken Strich unter sein altes Leben ziehen, dort neu anfangen, wo ihn niemand kannte und niemand wusste, wer er war, was seine Tochter angerichtet hatte und wie schwach er war, als er ihr half, der Strafe zu entgehen. Wie gerecht die Strafe war, erfasste er vollständig erst bei Gericht.

Blanka hatte ihn angelogen. Es ging nicht um einen unglücklichen Zufall. Sie war betrunken gefahren und hatte nicht nur dem verletzten Mann keine Hilfe geleistet, sondern ihn in den Wald gezogen, damit er starb und nicht gegen sie aussagen konnte.

Svatopluk war Blankas Tränen erlegen und hatte den Lügen geglaubt, die sie ihm auftischte. Dann verschwand Blanka aus seinem Leben und Trauer und Hoffnungslosigkeit füllten die Leere, die sie hinterließ. In der Nacht wälzte er sich im Bett herum, und wenn es ihm gelang einzuschlafen, träumte er schreckliche Sachen. Die einzige Abwehr gegen die zehrenden Schmerzen war das Tätigsein, er musste ständig in Bewegung bleiben und seinen Körper und die Gedanken beschäftigen.

Aber nach den Zeugenaussagen, die er bei Gericht hörte, wurden aus der Traurigkeit langsam Wut und Bitterkeit. Er fühlte sich von Blanka und dem Schicksal betrogen. Ihretwegen hatte er alles weggeworfen, wonach er das ganze Leben gestrebt hatte, er hatte die Partei und seine Ideale verraten und vor ihm lagen nur Dunkelheit und Leere.

Was sein Vater dazu sagen würde, konnte er nicht mehr in Erfahrung bringen, dafür musste er sich häufiger anhören, was seine Mutter über all das dachte. Und weil er der Mutter auch aus rein praktischen Gründen, damit sie nicht irgendwelche für ihn wenig schmeichelhaften Einzelheiten weitertragen konnte, nur die allernötigsten Informationen gegeben hatte, stand ihr Urteil sofort fest, wer an allem schuld war. Nach der ersten Woche, die sie in Tränen und ehrlicher, tiefer Trauer verbrachte, ging sie zu Vorwürfen über und dem Aufzählen aller tatsächlichen und eingebildeten Fehler, die sie in Blankas Erziehung gemacht hatten. Die ganze Tirade endete immer damit, dass sie behauptete, es sei einzig und allein seine und Evas Schuld und die arme Blanička musste das ausbaden.

Die wiederholten Litaneien trugen kein bisschen zur Verbesserung von Svatopluks mentalem Zustand bei und seine Wut steigerte sich noch, wenn er seine Frau ansah. Eva war früher schlank, aber jetzt abgemagert, ihr charakteristisches Lächeln war verschwunden und unter den dunklen Augen hatte sie müde Ringe. Und in der ganzen Zeit bekamen sie eine einzige Nachricht von Blanka. Eine Ansichtskarte mit dem sonnigen Stockholm.

Mir geht es gut, alles ist in Ordnung, er grüßt herzlich
B.

B. Eine Ansichtskarte mit einem einzigen Buchstaben unterschrieben, nichts weiter war ihnen von ihrer Tochter geblieben. Sie hatte ein neues Leben begonnen und ihre Eltern vergessen. Vergessen die gemeinsamen Abende mit einem Buch, die Stunden am Klavier, die Familienabende. Sie war vor Schwierigkeiten davongelaufen und hatte den Eltern überlassen, die Folgen ihres Versagens an ihrer Stelle zu tragen. Svatopluk schloss sich in seiner Welt ein. Während Eva sich langsam an die Veränderung gewöhnte, die das Leben ihnen gebracht hatte, und sich nach dem Umzug ans Auspacken und Erforschen der zugewucherten Beete machte, was für sie als Stadtmenschen ein großes, aber erstaunlicherweise interessantes Abenteuer war, setzte sich Svatopluk nach der Arbeit in einen Sessel und hörte Musik. Alles, wozu sie ihn zu bewegen versuchte, erfüllte er mit deutlicher Unlust. Eva schrieb das zuerst der Erschöpfung, wegen ihrer Erlebnisse und der Ermüdung auf der neuen Arbeit, zu. Auch wenn die Arbeit physisch nicht anstrengend war, sich an eine unbekannte Umgebung und neue Menschen zu gewöhnen, war ermüdend.

Dann wurde ihr bewusst, dass Svatopluk einfach die Lust am Leben verloren hatte. Er hatte nichts, wofür er leben könnte.

Auch sie ertrug nur schwer die Leere, die Blanka hinterlassen hatte, aber sie sah den Weggang der Tochter nicht so tragisch wie Svatopluk. Einerseits ersparte ihr der Ehemann die Details, die er bei Gericht erfuhr, und andererseits sah sie Blankas Weggang in den Westen nicht als Vaterlandsverrat, sondern als Schritt in die Freiheit. Sie dachte nach, wie sie Svatopluk ins Leben zurückführen könnte, und fand nur eine Lösung.

„Was, wenn wir noch ein Kind bekommen?", fragte sie einmal beim Abendessen.

Svatopluk sah sie an. Er war nicht überrascht, eher mürrisch.

„Warum?", fragte er. „Wir schaffen uns ein Kind an, füttern es raus, und das verlässt uns dann wieder?"

„Kinder verlassen ihre Eltern. Blanka hätte sowieso eines Tages geheiratet und wäre ausgezogen."

„Das ist doch etwas anderes."

„Sie ist nicht tot. Sie lebt irgendwo und bestimmt sehen wir uns wieder. Du weißt doch gut, dass das, was Blanka passiert ist, ein schreckliches Zusammentreffen von Umständen war."

Svatopluk hatte kein bisschen Lust, sich mit Eva auseinanderzusetzen oder ihr irgendetwas zu erklären. Blankas Weggang war eine abgeschlossene Angelegenheit. Er lehnte es ab, über die Tochter zu sprechen, er wollte nicht an sie denken. Er wollte sein bisheriges Leben vergessen, aber er wusste nicht, wie er weiterleben sollte.

Eva streckte sich zu ihm hin und legte ihm die Hand auf seinen Handrücken.

„Du wolltest doch immer noch ein Kind."

„Wollte ich, aber jetzt nicht mehr."

„Denk darüber nach", sagte Eva, zog die Hand zurück und begann, das Geschirr zusammenzuräumen. „Das ist vielleicht unsere letzte Chance, wir sind nicht die Allerjüngsten."

Svatopluk antwortete nicht, aber der Gedanke an ein weiteres Kind setzte sich in seinem Kopf fest. Eva hatte recht. Sie waren nicht mehr die jüngsten. Die Chance, in ihrem Alter ein Kind zu zeugen, war nicht groß. Aber versuchen konnten sie es, das schadete nicht.

Und als Eva nach ein paar Monaten feststellte, dass sie schwanger war, dankte er im Stillen dem Schicksal, das ihm wieder sein freundliches Gesicht zeigte. Es war das Ende der 70er Jahre und die Welt bekam langsam wieder buntere **Farben.**

13 / TOCHTER

Die Farben verschwanden langsam aus unserem Vorgarten, so als zögen sie heimlich und immer in der Nacht unter dem Deckmantel der Dunkelheit der Frau hinterher, die sich jahrelang um sie gekümmert hatte.

Běla hatte mir genaue Anweisungen gegeben, wie der Lavendel auf den Beeten, in Kästen und Töpfen zu versorgen und zu gießen war. Sie riet mir, die Blüten kurz vor dem Aufblühen zu schneiden, aber die lila Schattierungen wurden blasser und die silbrigen Büsche trockener.

Nach jedem Schneiden packte ich die Blüten in Papier und trug sie zu Běla, damit sie daraus Duftkissen zur Freude für die Sinne und Salben und Öle für die Heilung des Körpers machen konnte. Sie breitete sie auf dem Tisch in der Küche ihrer Mutter aus, band die Stiele zu Sträußen zusammen, und hängte sie dann zum Trocknen an einer Schnur auf, die quer durch das Zimmer gespannt war, in dem sie ihre Kindheit verbracht hatte.

Nach fast zwanzig Jahren nahm sie das Zusammenleben mit der alternden Mutter und der Schwester wieder auf, die – wie sie nicht vergaß, Běla manchmal in Erinnerung zu bringen – im Unterschied zum Großteil der Frauen so viel Verstand hatte, ihre Freiheit nie aufzugeben.

Der Lavendel im Vorgarten vertrocknete zwar, aber Běla blühte zusehends auf. Eine nach der anderen fielen die Schichten aus Trauer von ihr ab, die Vaters Gleichgültigkeit und die bissigen Bemerkungen verursacht hatten. Darunter erschien eine Frau voller Lebenslust und mit vielen Plänen im Kopf. Die Freude strahlte nicht nur aus ihren Collagen, auch Bělas Kleidung wurde heiterer und bekam wieder diesen französischen Charme.

Seit sie von uns fortgezogen war, ging ich kaum noch in die Erdgeschosswohnung. Ich fühlte mich dort nicht willkommen, so, wie sich damals auch Běla dort nicht gut fühlte. Ohne ihre Gegenwart waren die Räumlichkeiten leer und kalt, weil der Vater kühlere Temperaturen bevorzugte, die Heizungsventile zudrehte, und sie nur aufdrehte, wenn es wirklich sehr kalt war, und auch dann nur für eine Weile. Er sagte immer, dass es Verschwendung sei, alle Räume aufzuheizen, aber ich denke, dass die Kühle seinem kalten Herzen besser entsprach.

Martin versuchte mich zu überzeugen, ich solle manchmal zum Vater gehen, aber ich verstand nicht, dass er selbst nach der langen Zeit, die er bei uns verbracht hatte, nicht bemerkte, dass der Vater sich nichts aus meiner Gesellschaft machte. Martin behauptete, ich würde mir das einreden, und brachte mich dazu, dass ich jeden Mittwoch mit ihm die Treppe hinunterstieg, in Vaters Tür eintrat und mich gemeinsam mit den beiden Männern zum Abendessen setzte, das ich in meiner Küche vorbereitet hatte.

Martin wurde meine zweite Hälfte, er verstand mich und konnte meine Gedanken besser als jeder andere begreifen, meinen Abstand zum eigenen Vater konnte er aber nicht verstehen. Vielleicht lag es daran, dass in seiner Familie die Beziehungen zwischen Eltern und Kindern herzlich und freundlich waren.

Er ist sicher einsam, sagte er zu mir. Versuch dich in ihn hineinzuversetzen. Kannst du dir vorstellen, wie ihm zumute ist, wenn er allein im dunklen Zimmer sitzt und Musik hört?

Ich musste mir das nicht vorstellen, weil der Vater seine Abende so verbrachte, seit ich mich erinnern kann. Wahrscheinlich waren wir damals alle einsam. Der Vater am Player in seinem Arbeitszimmer sitzend, ich über meinen Tagebuchseiten und Běla mit ihren Collagen.

Mittwochs bei den Abendessen bedrückte mich die Gleichgültigkeit des Vaters noch mehr als zu den Zeiten, als Běla zwischen uns stand. Ihr gelang es damals, den Anschein zu erschaffen, alles sei eigentlich recht in Ordnung. Wir saßen an einem Tisch, beide nahmen wir Martins Bemühen um ein normales Gespräch wahr, und nicht einer von uns konnte erwarten, dass der unangenehme Abend endlich beendet werden und sich jeder auf sein Territorium zurückziehen konnte.

Martin kam mit meinem Vater gut aus, es war nicht schwer für ihn, gemeinsame Themen zu finden, also floss ihr Gespräch glatt dahin und stockte nur, wenn Martin sich an mich wandte, um mir wenigstens ein zustimmendes Nicken oder ein verkrampftes Lächeln zu entlocken. Der Vater sah mich meistens nicht einmal an. Manchmal war ich von solch einem gemeinsamen Abend so erschöpft, dass ich mich nach der Rückkehr in unsere Wohnung ins Bad zurückzog und dort losheulte. Vor Martin versteckte ich die Tränen, weil ich mich dafür schämte und nicht wollte, dass er den Eindruck bekam, dass er sich an ein hysterisches Weibsbild gebunden hatte.

Im Unterschied zu mir verbrachte Martin viel Zeit mit meinem Vater. Als der Vater in dem Alter war, dass er zu Hause bleiben und schon die Rente genießen konnte, behauptete er, er sei ans Nichtstun nicht gewöhnt und würde zur Arbeit gehen, so lange es die Gesundheit erlaubte. Ich verdächtigte ihn, dass er aus dem Haus entkommen wollte, in dem ihm Bělas und meine Anwesenheit auf die Nerven ging. Bestimmt war das nicht weit von der Wahrheit entfernt, denn er ging nicht lange, nachdem uns Běla verlassen hatte, in Rente.

Der angeborene Fleiß erlaubte ihm aber nicht stillzusitzen. Er begann sich auszudenken, was im Haus und im Garten verbessert werden könnte, und mein Mann schloss sich ihm begeistert an. Gemeinsam richteten sie die Kellerräume her und verwandelten sie in eine gut ausgestattete Werkstatt. Dort stellten sie alles her, was sie für ihre Heimwerkerexperimente brauchten. Sie bauten eine Sauna, die aber nur Martin gelegentlich nutzte, weil der Vater keine Hitze vertrug und ich keine beengten Räume mochte. Im Garten entstand eine Pergola, danach eine Laube, zwei Gewächshäuser und ein Geräteschuppen.

Der Vater entdeckte das Gärtnern. Im Gegensatz zu Běla und mir interessierten ihn Blumen aber überhaupt nicht. Er widmete sich ausschließlich der Anzucht von nutzbarem Gemüse, und weil er es gewohnt war, alles ordentlich zu machen, ging er sehr überlegt an sein neues Hobby heran. Er kaufte die Literatur, die es dazu gab, die passendsten Geräte, den besten Dünger und die hochwertigsten Setzlinge. Er meldete sich im Klub der Kleingärtner an, und weil er meinte, sie nähmen ihre Tätigkeit nicht ernst genug, ergriff er die Initiative und wurde bald ihr Vorsitzender. Viele Mitglieder verließen den Verein, aber die, die blieben, wurden mit ihren Züchtungen zur Zierde und dem Stolz aller Kleingartenausstellungen.

So war mein Vater eben. Sein Motto war es, immer alles hundertprozentig zu machen und nichts zu vernachlässigen. Gut war nur das, was perfekt war. Kein Wunder, dass er die Tochter nicht annehmen konnte, die seine strengen Maßstäbe nicht erfüllte.

Der Vater kümmerte sich um den Gemüsegarten und ich übernahm den Vorgarten mit den Blumen. Den Lavendel, den der Frost vernichtet hatte, oder vielleicht auch die Sehnsucht nach Běla, ersetzte ich mit bunten Sommerblumen und in die Fensterkästen pflanzte ich Geranien, die vom Frühjahr bis zum Herbst blühten.

Eigenartig war, dass Zub, der mir früher überall hinterherlief und jahrelang am Fußende meines Bettes schlief, nach Bělas Weggang zu Vater umzog. Sowie ich in Sichtweite kam, ließ er mich nicht aus den Augen, kam manchmal zu mir gelaufen, rieb sich an mir, legte sich dann aber wieder Vater zu Füßen. Wenn wir im Garten arbeiteten, fand Zub einen Platz, von dem aus er mich und Vater sehen konnte, streckte sich aus und wärmte sich in der Sonne. Manchmal lief er von einem zum anderen, leckte uns die Hand, als wolle er so um Aufmerksamkeit bitten, und lief wieder fort und setzte sich auf seinen Beobachtungsposten.

Seit Bělas Weggang war Zub zu Vaters Schatten geworden. So wie er früher mir folgte, wohin ich auch ging, lief er jetzt Vater hinterher. Am Anfang ärgerte mich das und ich verstand es nicht, weil Zub fröhlich um mich herumsprang, wann immer er mich sah, aber dann wieder zum Vater zurückging. Martin meinte, daran sei Zubs Alter schuld. Er sei alt, käme schlecht die Treppe hoch, und bliebe deshalb lieber unten, sagte er.

Vielleicht war das zum Teil die Wahrheit, aber ich kam mit der Zeit zu einem anderen Schluss. Zub wusste, was Einsamkeit war, er konnte einen Menschen erkennen, der sich allein fühlte und Gesellschaft brauchte. Vor Jahren war ich diese Person. Und als Běla aus Vaters Leben verschwand und ich heiratete, wurde er dieser Mensch.

Martin sagte, ich solle entgegenkommender zum Vater sein. Nur kann man etwa entgegenkommender zu einem Menschen sein, der einem ständig den Rücken zudreht? **Es war zum Verzweifeln.**

14 / VATER

Es war zum Verzweifeln. Evas Schwangerschaft war nicht einfach und er konnte ihr überhaupt nicht helfen. Morgens war es schwer für sie aufzustehen, tagsüber schlich sie durchs Haus und in der Nacht wälzte sie sich unruhig auf dem breiten Ehebett herum. Svatopluks lautes Schnarchen, das sie bis zu diesem Zeitpunkt wohl nicht einmal bemerkt hatte, erlaubte ihr auf einmal nicht mehr einzuschlafen. Und wenn sie endlich eingeschlafen war, weckte es sie aus unruhigem Schlaf. Ihre Müdigkeit schrieb sie ihrem Alter zu, und deshalb klagte sie bei der Ärztin nicht und hielt ihre Schwierigkeiten vor Svatopluk geheim. Endlich war er aus seiner Lethargie erwacht und sie wollte nicht, dass er sich jetzt ihretwegen Sorgen machte. Das blasse Gesicht, die hervortretenden Wangenknochen und die Erschöpfung waren aber nicht zu übersehen.

Obwohl sie nie darüber sprachen, hofften beide, einen Sohn zu bekommen. Ein Mädchen würde sie an Blanka erinnern. Sie würden die Fortschritte vergleichen, die die Mädchen in einem bestimmten Alter machten, und auch, was sie sagten, schon konnten und erlebten. Ganz bestimmt würden sie auch die Namen verwechseln. Ein kleiner Junge würde etwas anderes in ihr Leben bringen, den Neuanfang weihen.

Mitte September, ganze drei Wochen vor dem errechneten Termin, brachte Eva ein Mädchen auf die Welt. Es war klein und dünn, mit einem roten, runzligen Gesicht, hatte überhaupt keine Haare und weinte ununterbrochen. Trotzdem vergaßen sie augenblicklich ihren

Wunsch nach einem Jungen und meinten, ihr kleines Mädchen sei das schönste Kind auf der ganzen weiten Welt.

Nach fünf Tagen kamen sie aus der Geburtsklinik nach Hause und legten es in der warmen Küche ins Holzbettchen. Sie konnten die Augen nicht von ihr lassen. Bohdana, von Gott gegeben, dacht Eva. Bohdana, Bohdanka, unser Kind, wiederholten sie beide und dachten dabei an Blanka.

Sie wussten gar nichts von ihr. Außer der Ansichtskarte aus Stockholm, die bald nach ihrer Abreise noch im Postkasten ihrer alten Prager Wohnung lag, bekamen sie keine Nachricht. Sie sollten sich damit abfinden, weil sie vor Blankas Weggang beschlossen hatten, dass sie ihnen nicht schreiben würde, solange sie nicht in einem Land war, in dem sie sicher vor einer Rückführung sein konnte. Politischen Emigranten drohte keine Auslieferung, aber Blanka wurde ein Totschlag vorgeworfen. Ihre Flucht hatte nichts mit Politik zu tun. Es konnte passieren, dass es im Rahmen internationaler Abkommen und gegenseitiger Zugeständnisse für ein Land vorteilhafter wäre, ein Mädchen, das einer schwerwiegenden Straftat überführt war, auszuliefern und auf diese Weise guten Willen zu zeigen. Das Beste, was Blanka für ihre Zukunft tun konnte, war, in der Welt zu verschwinden und keine Spur zu hinterlassen.

Auch die beiden Žáks hinterließen in ihrer alten Wohnung keine Adresse. Sie wollten alle Erinnerungen verwischen, die Vergangenheit und die Menschen hinter sich lassen, die sie kannten, und neu anfangen. Trotzdem schmerzte sie Blankas Schweigen. Und jetzt beugten sie sich über das Bettchen, schauten auf das Drei-Kilo-Bündelchen in Stoffwindeln und dachten an die Vergangenheit statt an die Zukunft.

Eva war froh, dass sie die anstrengende Schwangerschaft endlich hinter sich hatte, aber die Erschöpfung und die Probleme ließen auch nach der Geburt nicht nach. Im Gegenteil. Es kamen Schmerzen im Unterleib und den Lenden dazu. Sie hoffte, die unangenehmen Gefühle würden nach dem Wochenbett abklingen, aber sie wurden eher noch stärker. Auch die Ärztin schrieb die Schmerzen zunächst dem Alter der Mutter zu, nahm Eva aber trotzdem Blut ab und schickte sie zu verschiedenen Untersuchungen.

Und da zeigte es sich, dass es schlecht stand. In Evas Blut wuchs der Feind und ihr Körper, geschwächt von der Schwangerschaft, kam nicht dagegen an.

Es folgte ein ganzer Reigen von Prozeduren und Behandlungen, nach denen Eva immer müder und erschöpfter wurde. Sie verbrachte lange Tage und Wochen im Krankenhaus, und an den Tagen, wenn sie nach Hause entlassen war, saß sie nur im Sessel am Bettchen und hielt die Kleine im Arm. Svatopluk tat, was er konnte, musste aber wohl oder übel seine Mutter um Hilfe bitten.

Sie kam mit einem siegreichen Ausdruck im Gesicht, der in dem Augenblick verschwand, als sie ihre Schwiegertochter erblickte. Ein solcher Sieg konnte ihr keine Freude machen. Obwohl sie schon einiges über siebzig war, hatte sie viel mehr Kraft und Energie als die abgemagerte Frau ihres Sohnes.

Eva verlor das Interesse an allem außer Bohdana. Sie hielt sie ganze Tage auf dem Schoß, erzählte ihr etwas, sang, spielte mit ihr. Während das Mädchen wuchs, ging

Eva langsam aus dem Leben. Sie beobachtete die ersten Schritte ihrer Tochter, hörte die ersten Worte, dann Sätze. Sie sah Svatopluk an, nahm ihn aber nicht wahr. Alle ihre Gedanken waren auf die Tochter gerichtet.

Svatopluk war verzweifelt. Er hätte seiner Frau so gern geholfen, aber er wusste nicht wie. So gern hätte er ihr das Leben erleichtert, das aus ihr wich, aber ihr lag nichts an ihm. Sie gab all ihre Liebe dem Kind, das das Leben aus ihr aussaugte. Das Kind, das sie sich angeschafft hatten, damit es ihnen Blanka ersetzte, damit es ihre Leere ausfüllte. Und das ihm Eva stahl.

Ihm war bewusst, wie unsinnig seine Gedanken waren, aber es gab Augenblicke, in denen er Bohdana nicht ansehen konnte. Wenn sie nicht wäre, wäre Eva gesund. Er war überzeugt, dass es die Trauer über Blankas Weggang und Evas Schwangerschaft waren, die die Krankheit ausgelöst hatten.

Bisweilen hatte er das Gefühl, Bohdana sei ein Kuckuckskind, das nicht in die Familie gehörte. Ihm schien, dass sie niemandem ähnlich sah. Während Blanka Evas schwarze Augen geerbt hatte, die dunklen Haare und das selbstbewusste Lächeln, war Bohdanka eine unauffällige Brünette. Ein blasser Piepmatz mit dünnen braunen Haaren, verwöhnt durch die übertriebene mütterliche Liebe und Fürsorge. Immer, wenn Eva ins Krankenhaus musste, weinte Bohdana ganze Tage lang, und weder er noch seine Mutter waren in der Lage, sie zu trösten.

Als Bohdana zwei Jahre alt war, konnte Eva schon nicht mehr ohne Hilfe aus dem Sessel aufstehen. Die Behandlungsmöglichkeiten waren ausgeschöpft und das Ende unabwendbar. Alle wussten es, und es wusste auch Eva. Sie lehnte es ab, ihre letzten Tage im Krankenhaus zu verbringen. Unter starken Medikamenten döste sie auf der Couch im Wohnzimmer und in wachen Momenten folgte sie mit dem Blick ihrer Tochter. Dann steigerten sich die Schmerzen aber so sehr, dass sie nicht genug Kraft hatte zu protestieren, selbst wenn sie gewusst hätte, was mit ihr passierte. Und der verstörte Svatopluk ließ sie ins Krankenhaus bringen. Er wusste, dass man sie dort zum Sterben hinbrachte, hoffte aber, dass ihre letzten Tage auf diese Weise weniger schmerzhaft sein würden.

Eva starb am nächsten Tag um neun Uhr morgens. Svatopluk war nicht bei ihr, die Besuchszeiten waren nur nachmittags und außerhalb dieser war der Zutritt zum Krankenhaus verboten. Dass er Witwer war, erfuhr Svatopluk aus einem Telegramm, dass ihm die blasse Mutter bei seiner Rückkehr von der Arbeit gleich in der Tür überreichte. Er blieb in dem Haus, an das er sich noch nicht gewöhnte hatte, allein mit seiner Mutter zurück, deren giftige Anwesenheit ihm zuwider war, und einem Kind, dessentwegen er seine Frau verloren hatte. Gelähmt blieb er im Gang stehen, knüllte das Papier in der Hand und aus der Küche drang Bohdanas Weinen und die vergeblichen Besänftigungen der Mutter.

„Mami, Mami", schluchzte Bohdana.

„Wein doch nicht, Bohdanka, Mama kommt ja, wein doch nicht", wiederholte die Stimme der Mutter endlos.

Svatopluk ging an der Küchentür vorbei, stieg die Treppe hoch und schloss die Schlafzimmertür hinter sich. Er setzte sich aufs Bett, stützte die Ellbogen auf die Knie und legte den Kopf in die Hände. Er fand keine Ruhe. Leere und Verzweiflung umklammerten ihn. Und von unten hörte er das Kinderweinen und das hartnäckige Rufen.

„Mami, Mami ..."

„Wein doch nicht, Mama kommt ..."

Immer und immer wieder. Der Krampf, der ihm die Brust abschnürte und sich nicht in Tränen auflösen wollte, die den fürchterlichen Schmerz wenigstens etwas wegschwemmen würden, verwandelte sich in Wut. „Mami, Mami", dröhnte es in seinem Kopf. „Sie kommt ja ..."

Er schoss vom Bett hoch, lief die Treppe hinunter, stieß die Küchentür auf, packte Bohdana an den Schultern, schüttelte sie und schrie: „Mama kommt nicht, also hör auf, sie zu rufen, sie kommt nie wieder, verstehst du?" Er schüttelte sie wieder und stieß sie dann so heftig weg, dass sie zwei Meter weiterflog und gegen den Küchenschrank stieß.

„Oh Gott", schrie seine Mutter auf und stürzte zur Kleinen.

„Sie ist tot, hörst du, sie ist tot. Tot", schrie Svatopluk immer wieder und Bohdana schaute ihn an und zitterte. „Ruf nicht mehr nach ihr, verstehst du, ruf sie nicht. Sie ist tot!"

Die Mutter kniete neben Bohdana und drückte sie an sich.

„Wein doch nicht, meine Kleine, nicht weinen."

Aber Bohdana weinte gar nicht. Mit weit aufgerissenen Augen starrte sie auf den brüllenden Vater und bebte dabei am ganzen Körper. Sie zitterte, ihr Mündchen stand offen und in den Augen lag ein Ausdruck verständnislosen Schreckens.

„Sie ist tot", wiederholte Svatopluk leise, als würde ihm erst jetzt bewusst, dass sein Schreien Eva nicht zurückbrachte. „Also sei still." Er fing an zu weinen. Dann drehte er sich um und ging langsam zurück ins Schlafzimmer. Dort fiel er angezogen aufs Bett.

Obwohl alle schon ein paar Monate lang wussten, dass Evas Leben sich dem Ende zuneigte, lähmte die Trauer Svatopluk jetzt so sehr, dass er es nicht schaffte aufzustehen. Selbst auf das verzweifelte Drängen seiner Mutter hin kam er nicht aus dem Bett, und so musste sie sich bei den Nachbarn Hilfe suchen. Während Frau Bémová auf Bohdana aufpasste, lief Herr Bém mit der Mutter durch die Stadt und veranlasste alles, was für ein würdiges Begräbnis nötig war. Dann kam Doubravka aus Prag, um der Mutter, die von all diesen Gängen erschöpft war, wenigstens ein bisschen mit dem Haushalt und der kleinen Enkelin zu helfen.

Erst auf ihr Drängen erhob sich Svatopluk am Tag der Beerdigung aus dem Bett und kam unrasiert und abgemagert hinunter in die Küche, wo ihm Doubravka und die Mutter den schwarzen Anzug bereitgelegt hatten. Er zog sich an und ließ sich wie ein kleines Kind zum Auto führen, das sie an den Ort des letzten Abschieds bringen sollte. Seine Augen waren trocken, aber völlig leer, und er sprach auf dem Weg, während der Zeremonie und auch danach, als ihm die paar Bekannten und Nachbarn, die Eva kannten, ihr Beileid ausdrückten, kein einziges Wort. Und als sie nach Hause kamen, ging er wieder die Treppe hoch, legte sich im Anzug aufs Bett, rollte sich zusammen und starrte mit leerem Blick vor sich hin.

Doubravka holte Bohdana von den Nachbarn ab, und als sie sie am Abend zum Schlafen gelegt hatte, setzte sie sich zur Mutter an den Tisch.

„Du musst mit ihm reden", sagte die Mutter. „Auf dich hat er immer gehört. Er sollte zum Arzt gehen, damit der ihm irgendwelche Tabletten verschreibt. Das ist doch nicht mehr normal."

„Er hat sie sehr geliebt", sagte Doubravka. „Und in der letzten Zeit war es etwas viel für ihn."

„Sich ins Bett legen und die Sorgen der alten Mutter überlassen ist das Einfachste. Ich habe euren Vater auch begraben und zweien meiner Kinder ins Grab hinterhergeschaut. Aber mich so aufzuführen – das konnte ich mir nicht erlauben." Die Mutter seufzte. „Er muss sich zusammenreißen und sich um die Kleine kümmern. Schließlich ist er der Papa."

Und so ging Doubravka zu Svatopluk, um ihm ins Gewissen zu reden. Svatopluk blieb regungslos. Er starrte weiter irgendwohin in die Ferne, als wollte er in die Welt der Toten schauen. Doubravka platzierte ihren breiten Hintern auf dem Fußende, streichelte seine Hand und wusste nicht, wie sie anfangen sollte.

„Ich muss morgen Nachmittag zurück", sagte sie nach einer Weile. „Mama bleibt hier, aber sie ist nicht mehr die Jüngste." Sie schwieg einige Zeit. „Sie kann sich nicht auch noch um dich kümmern."

Aber Svatopluk antwortete nicht und gab auch nicht zu erkennen, ob Doubravkas Worte ihn erreicht hatten. Und so saß sie weiter schweigend da, drückte die unbewegliche Hand des Bruders und tauchte in ihre eigenen Gedanken ein.

Am nächsten Morgen kam Svatopluk zum Frühstück herunter. Obwohl er noch immer so aussah, als hätte er eine schwere Krankheit hinter sich und seine Hände zitterten, war er rasiert und aus seinen Augen war dieser seltsame, apathische Ausdruck verschwunden. Er setzte sich an den Tisch, trank schwarzen Tee und aß ein paar Bissen. Und dann, als die Mutter irgendwohin gegangen war, drehte er sich Doubravka zu: „Danke, dass du gekommen bist. Ich schaffe das jetzt schon."

Doubravka nickte und beschmierte sich zufrieden das nächste Brot mit Marmelade. Die Zeit heilt alles, dachte sie und es kam ihr kein bisschen komisch vor, dass in dem Moment, als sich die Tür öffnete und Svatopluk hereinkam, Bohdana von ihrem Schoß herunterrutschte und unter den Tisch kroch. Und dass Svatopluk überhaupt nicht nach der Kleinen fragte.

Zuerst bemerkte niemand, dass Bohdana nicht sprach. Die Erwachsenen hatten genug andere Sorgen. Svatopluks Mutter war schon von der Haushaltsführung ausgelaugt und sie hatte weder Zeit noch Kraft, sich mit etwas anderem als der Küche, dem Staubtuch und dem Staubsauger zu beschäftigen. Und Svatopluk selbst war noch immer nicht aus der Lethargie erwacht, in der er nach Evas Tod dahinvegetierte.

Undeutlich war ihm bewusst, dass er der Mutter dankbar sein sollte, dass sie den Haushalt in ihre Hände genommen hatte, aber deswegen mochte er sie um nichts lieber und versuchte, so wenig Zeit wie möglich in ihrer Gegenwart zu verbringen.

Die Beete im Garten des grünen Hauses wucherten mit Unkraut zu, weil sich niemand um sie kümmerte, und das Gras, in dem Disteln und Brombeeren wuchsen, reichte stellenweise bis zu den Knien. Falls Svatopluk es bemerkte, war es ihm egal, genauso wie ihm nichts daran lag, was mit Bohdana wurde. Er wollte seine Ruhe haben, sich in den Sessel setzen, und so laut eine seiner Platten hören, dass die Musik den Kopf ausfüllte und die Erinnerungen darin übertönte, und an nichts denken.

Als die Mutter mit dem Vorschlag kam, Bohdana sollte in die Krippe kommen, wandte er nichts ein. Es war ihm völlig egal.

Und so weckte Svatopluks Mutter Bohdana an jedem Wochentag um sechs Uhr morgens und brachte sie in die Krippe. Dann kam sie nach Hause zurück und saugte, wischte Staub und die Fußböden und machte einfach das, was sie konnte und im Leben für das Wichtigste hielt. Weder sie noch Svatopluk beschäftigten sich mit der Frage, ob es Bohdana in der Krippe gefiel. Schließlich hatte sie es warm, war satt und kam einmal am Tag an die frische Luft.

Die Betreuerinnen waren mit ihrem kleinen Schützling zufrieden. Was machte es schon, dass die anderen Kinder sie nicht interessierten und sie sich abseits hielt? Was machte es schon, dass sie nicht sprach? Wenn alle Kinder so wären, hätten sie weniger Sorgen.

Ein artiges Kind, sagten sie jedes Mal, wenn sie Bohdana am Nachmittag in die großmütterliche Fürsorge übergaben. Und Svatopluks Mutter dachte dasselbe. Ein seltsames, aber artiges Kind, sagte sie sich, wenn sie sich am Nachmittag müde mit einer Tasse Milchkaffee und einem Kreuzworträtsel an den Küchentisch setzte und zuschaute, wie Bohdana in ihrer Ecke aus Bauklötzen einen Turm baute und ihn wieder umwarf, oder wie sie konzentriert in ihrem Block kritzelte. Blanička war viel wilder. Ja, Blanička, wo mochte sie wohl sein ...

Und wenn Bohdana Schritte auf der Treppe hörte und begriff, dass der Vater in die Küche kam, schnappte sie schnell ein paar Spielzeuge und versteckte sich hinter der Couch. Svatopluk bemerkte das zuerst überhaupt nicht, dann kam ihm das eine Weile eigenartig vor, aber die Gedanken an Bohdana verloren sich bald wieder in dem Kummer, der ihn bedrückte.

Vielleicht hätte er die kleine Tochter ganz vergessen, aber nach ein paar Monaten ließ der Schmerz über Evas Verlust langsam nach und es begannen sich auch alltägliche Sorgen und Angelegenheiten in seine Gedanken zu schleichen. Er war nicht mehr gegen die Welt und die täglichen giftigen Bemerkungen der Mutter immun, die genauso zu ihr gehörten wie die blauen Augen und die Besessenheit vom Putzen.

Als er an die Oberfläche seiner Trauer auftauchte, war die Welt, in die er zurückkehrte, nicht mehr die Welt, die er kannte, bevor Blanka verschwand und Eva von ihm ging. Sie war grau geworden, grob, hatte die Farben verloren. Der Himmel war nicht mehr so blau und das Gras war welk. Es war unmöglich, tief einzuatmen und dann auszuatmen, weil die Luft von Einsamkeit und Beschwerlichkeiten dick war. Aber am meisten hatten sich die Menschen verändert. Sie belästigten Svatopluk mit überflüssigem Gerede, unehrlichem Lächeln und dem vergeblichen Streben, im Leben einen Sinn zu finden.

Trotzdem war er in der Lage, sich mit dem Gedanken auszusöhnen, den ihm alle aufdrängten und einhämmerten, als würde er durch ständige Wiederholung zur Wahrheit: Sein Leben war nicht zu Ende, er musste weiterleben. Aber wie er das machen sollte, sagte ihm keiner.

Er fing damit an, den Garten zu mähen, beschnitt den Efeu, der sich schon in die Fenster drängte, säte Gras und strich den Zaun. Die Arbeit an der frischen Luft tat ihm gut und es war viel angenehmer, die Ratschläge seines Nachbarn Bém anzuhören als die Bemerkungen der Mutter.

In der Küche reparierte er die tropfende Mischbatterie, wechselte im Treppenhaus die kaputte Glühlampe und trug das zerbrochene Kellerfenster zum Glaser, durch das schon ein gutes halbes Jahr lang die Kälte ins Haus zog.

Erst dann lenkte er seine Aufmerksamkeit auf die Tochter.

Bohdana hatte sich an seine häufigere Anwesenheit gewöhnt und versteckte sich nicht mehr jedes Mal unter dem Tisch oder hinter der Couch, wenn er in die Küche kam. Zur Sicherheit hielt sie sich aber in der Nähe der Großmutter und sah ihn nie an.

Svatopluk war klar, dass der Fehler bei ihm lag. Auch wenn er das letzte Jahr wie im Nebel verbracht hatte, waren jetzt jedes Mal, wenn er sie sah, die Sekunden wieder da, als er Bohdana anschrie und sie so stieß, dass sie umfiel. Er sah den erschrockenen Blick und den Mund, der sich in einem stummen Schrei öffnete. Den Ausdruck in den Kinderaugen, in denen sich der vertrauensvolle Blick, der sich nach dem Trost des allmächtigen Erwachsenen sehnte, der schließlich alles in Ordnung bringen konnte, in einen überraschten, verletzten und verratenen wandelte.

Ja, Bohdana erinnerte ihn nicht nur an seinen Verlust, sondern auch an sein unverzeihliches Versagen. In dem Augenblick, in dem er seiner Tochter eine Stütze hätte sein müssen, verletzte er sie noch mehr. Und seitdem verriet er sie das ganze Jahr lang mit seiner Gleichgültigkeit und Kälte.

Das alles wusste er, konnte es aber nicht ändern. Im Gegenteil, er nahm es ihr übel. Als wollte sie mit Absicht zu allen seinen Qualen weitere hinzufügen.

Er sollte Bohdana lieben, er sollte das für sie fühlen, was er früher für Blanka fühlte, aber es ging nicht. Unterbewusst war ihm klar, dass Bohdana nichts dafürkonnte. Sie hatte Blanka nicht in die Fremde gejagt, nicht beschlossen, auf die Welt zu kommen, um Evas Tod zu beschleunigen. Und nicht sie hatte ihn um seinen Glauben an eine bessere Zukunft gebracht. Sie war einfach in einer Zeit geboren, in der er schon keine Kraft mehr hatte, nach irgendetwas zu streben. Egal was. Als ihm nicht nur am eigenen Glück nichts mehr lag, sondern auch am Glück der anderen. Die Zukunft breitete sich vor ihm aus wie eine unwirtliche Wüste, hinter der nichts war. Überhaupt nichts. Das Leben war ihm keine Freude, sondern eine Pflicht.

Und eine Pflicht war auch Bohdana für ihn.

Er hatte weder Lust noch Geduld, das Vertrauen der Tochter zu gewinnen. Sie war nur ein Kind, sie musste sich anpassen, sie war es, die sich gewöhnen musste. Kinder haben zu gehorchen.

Svatopluk konnte nicht weiter ignorieren, dass die Sorge um den Haushalt und die kleine Bohdana seine Mutter erschöpfte. Mit ihren Seufzern und lautstarken Beschwerden gab sie das gebührend zu erkennen. Einstweilen versteckte er sich vor den Klagen der Mutter in seinem Arbeitszimmer, wohin er aus dem ehelichen Schlafzimmer gezogen war, weil der Anblick der leeren Seite des Ehebettes die Wehmut und das einsame Gefühl verstärkte. Oder aber er fand im Garten oder im Keller Arbeit. Er wollte allein sein, nicht die Stimme der Mutter hören und nicht Bohdanas wachsame Blicke auf sich spüren.

In der letzten Zeit dachte er oft an seinen Bruder Rostislav. Auf einmal begann er zu begreifen, dass Trauer und Angst vor dem, was war und was kommen konnte, einen Menschen fest umklammern und ihm die Luft nehmen konnten. Von Zeit zu Zeit war er versucht, sich auf dieselbe Art wie Rostislav von seiner Traurigkeit zu befreien und zu einem Gläschen Alkohol zu greifen. Dann machte er sich aber bewusst, dass man nicht bei einem Gläschen bleiben konnte, weil man nach einiger Zeit zwei, drei ... zum Abstumpfen brauchte. Aber dann würden auch die nicht mehr wirken, und aus diesem Karussell käme man nicht mehr heraus, das Rad würde sich immer schneller und schneller drehen und jeder Versuch es anzuhalten, wäre vergeblich.

Die Vergeblichkeit des Lebens spürte auch Rostislav, und so kam er jedes Mal, wenn er mehr als seine normale Tagesdosis trank, zu dem Schluss, es sei am besten zu sterben. Auf allen Feiern, bei denen der Alkohol in Strömen floss, trank er sich in einen Zustand, in dem er sein Leben beenden wollte. Deswegen folgten ihm die Anwesenden, die darüber Bescheid wussten, auf Schritt und Tritt. Auch seine unglückliche Lebensgefährtin ließ ihn nicht aus den Augen, denn sie konnte weder mit ihm noch ohne ihn leben, obwohl sie ihm ständig drohte fortzugehen. Auch so entwischte Rostislav ein paarmal und versuchte den plötzlichen Einfall in die Tat umzusetzen – weil er aber sehr betrunken war, nicht mit dem vorgestellten Ergebnis.

Einmal fanden sie ihn, wie er versuchte, sich mit einer Gewehrattrappe zu erschießen, die als Schmuck in einer Waldhütte diente, in der der runde Geburtstag der Mutter gefeiert wurde. Ein anderes Mal erwischten sie ihn, wie er mit den Taschen voller Tabletten aus der Tischschublade des Gastgebers hinausschlich – obwohl es sich nur um unschädliche Vitamine handelte, wie sich später herausstellte.

Schließlich zeitigten Rostislavs Bemühungen um ein vorzeitiges Ende seines Lebens doch noch Erfolg. Obwohl kein einziger seiner Selbstmordversuche glückte, starb er in nicht sehr fortgeschrittenem Alter an Leberversagen. Die hielt die langandauernde Zufuhr großer Dosen Alkohol nicht mehr aus.

Svatopluk hing zwar nicht sehr am Leben, aber auf so langwierige, unwürdige und schmerzhafte Art und Weise wollte er nicht von dieser Welt gehen.

Er gestand sich nur nicht gern ein, dass er sich nicht für immer vor den Verpflichtungen aus seiner Vaterrolle verstecken und sich auch nicht andauernd auf die Hilfe der Mutter verlassen konnte. Manche Angelegenheiten konnte die Mutter nicht für ihn erledigen. Es war an ihm, das Formular auszufüllen und Bohdana im Kindergarten anzumelden. Und sie am Nachmittag nach Hause zu bringen, weil der doppelte Weg durch die Stadt die Kräfte der Mutter schon überstieg.

Er hasste das. Die im Kindergarten verbrachten Minuten waren die schlimmste Zeit des ganzen Tages. Der Anblick der fürsorglichen Mütter, die ihre Sprösslinge begrüßten, als seien sie nicht nur ein paar Stunden getrennt gewesen, sondern wenigstens Tage, waren ein Fenster zu einem Leben, das er nie mehr führen würde. Eine Erinnerung daran, was unabwendbar fort war.

Als reichte die Trauer nicht, die in seinem Hals brannte, musste er auch noch die Blicke der jungen Mütter ertragen. Viele von ihnen waren im Alter Blanka nahe, sie grüßten ihn zuerst und überlegten im Stillen sicher, ob Bohdana wirklich seine Tochter war, oder eher die Enkelin … Und ihre Überlegungen wurden noch von Bohdanas Benehmen verstärkt. Wenn die Erzieherin sie nicht in seine Richtung schieben würde, würde sie wohl auf dem Teppich sitzenbleiben und weiter den nie fertig werdenden Turm aus bunten Bauklötzen bauen und Figuren mit riesigen Köpfen und dünnen Gliedmaßen malen. Den Blick in den Boden gebohrt schlurfte sie zur Holzbank, und wenn sie sich nach unglaublich langer Zeit endlich die Schuhe und Sachen angezogen hatte, musste sich Svatopluk hinabbeugen und nach ihrer Hand fischen, die sie ihm nie von selbst reichte. Manchmal packte er die Tochter nur ungeduldig an der Schulter und schob sie vor sich aus der Tür. Marsch, marsch, bloß schnell nach draußen, damit er wieder Luft bekommt und den unangenehmen Essensgeruch, das Kindergeplapper und die Bilder vollkommenen Glücks loswird.

„War es gut?", fragte er erst, wenn sie am Ende der Straße angekommen waren.

Sie nickte ohne sich umzudrehen.

„Was gab es zum Mittagessen?", fragte er weiter, obwohl er wusste, dass er keine Antwort bekommen würde.

Bohdana legte nur einen Schritt zu, als wollte sie vor seinen Fragen davonlaufen, und so schnell wie möglich ins sichere Heim gelangen. Sie schaute weder nach rechts noch nach links, marschierte nur den Gehweg entlang. Und wenn er sie nicht gehalten hätte, wäre sie geradewegs unter ein Auto marschiert.

Wenn er an der Haustür den Griff lockerte, entzog sie sich ihm augenblicklich, eilte in die Küche und drückte sich an seine Mutter, als wäre sie gerade eben einer tödlichen Gefahr entronnen. Und die Mutter sah ihn jedes Mal vorwurfsvoll an, obwohl **es keinen Grund dafür gab.**

15 / TOCHTER

Es gab keinen Grund dafür, warum ich nicht schwanger werden sollte, und doch gelang es mir nicht. Der Doktor sagte, ich dürfe mich nicht nervös machen lassen, das sei nur eine Frage der Zeit, ich solle der Natur freien Lauf lassen. Aber das war leichter gesagt als getan.

Zuerst dachte ich nicht so sehr an ein Kind, ich hatte den Kopf voll von meinem Mann, von der Einrichtung des Haushalts, der Arbeit und Bělas Weggang. Aber als ich schon vier Jahre verheiratet und immer noch nicht schwanger war, obwohl ich nichts gegen eine Empfängnis tat, begann es mir seltsam vorzukommen und machte mich traurig.

Martin hatte gleich nach dem Studium mit zwei Freunden ein Architekturbüro gegründet, wo auch ich zu arbeiten begann. Wir beschlossen, unseren eigenen Weg zu gehen und umweltschonende Häuser zu entwerfen, die ihren Bewohnern alle Annehmlichkeiten boten und komplett autark waren. Es werden immer mehr Menschen auf der Erde, sagte Martin, die herkömmlichen Ressourcen erschöpfen sich, wir müssen an die denken, die nach uns kommen.

Unsere Firma bemühte sich Häuser zu bauen, die den nächsten Generationen eine schönere und gesündere Welt sicherten, aber unsere eigene Familie würde vielleicht keine Fortsetzung haben, dachte ich.

Dem Doktor zufolge war ich völlig in Ordnung und so kam ich zu dem Schluss, dass das Unterbewusstsein das Schwangerwerden verhinderte. Auch wenn ich mir so sehr ein Kind wünschte – zu der Zeit wohl zu sehr –, fürchtete ich mich doch, eins auf die Welt zu bringen, in der ich mich selbst nicht ganz sicher fühlte. Vielleicht hatte ich Angst, es könnte denselben Makel wie ich bekommen, und wollte das Kind dem nicht aussetzen. Oder ich war nicht so ganz überzeugt, ob ich dem Kind alles geben konnte, was es brauchte.

Wäre Běla an meiner Seite, hätte ich nicht solche Angst. Aber Běla meinte, um ein Kind müsse sich vor allem die Mutter kümmern und ich müsse mich hauptsächlich auf mich selbst verlassen und nicht von jemand anderem wollen, dass er mich in dieser Rolle verträte. Sicher hatte sie recht, aber ich hatte vor dieser Wahrheit Angst.

Martin ging an die Sache mit dem Schwangerwerden rational heran, wie im Übrigen an alles. Er tröstete mich, ich solle mir keine Gedanken machen, weil es gar kein Problem sei. Wir sind jung, sagte er, wir haben eine Menge Zeit und wir werden sehen. Falls es nicht klappt, machen wir uns später Gedanken. Und dann fragte er mich, ob ich bemerkte hätte, wie alt der Vater geworden war.

Natürlich hatte ich das bemerkt. Er war kleiner geworden. Seine Schultern hingen leicht nach vorn, er ging langsamer und seine Gesten verloren an Energie. Seine Augen schweiften umher und tränten, die Stimme kam tiefer aus dem Hals und stockte manchmal mitten im Satz, als wüsste er nicht, was er sagen wollte. Aber im Frühjahr bepflanzte er wieder die Gewächshäuser und strich die Laube, sodass ich mir mehr Sorgen um Zub machte, der es kaum noch in den Garten schaffte.

Laut Frau Bém war er schon drei Jahre länger auf der Welt, als ein Hundeleben dauerte, aber ich weigerte mich, ihren Reden zuzuhören und war entschlossen, alles dafür zu tun, dass Zub für immer bei uns blieb. Oder wenigstens sehr lange. Ich umsorgte ihn, brachte ihm Leckerli bis in sein Hundelager, obwohl er in Vaters Küche wohnte, wohin ich möglichst wenig ging. Ich räumte hinter ihm auf und drehte ihm Fleisch durch, aber es kam trotzdem der Tag, an dem er sich nicht mehr auf die Beine stellen konnte. Als ich an einem Dienstagnachmittag mitten im Sommer von der Arbeit kam, waren der Hund und auch das durchgelegene und in letzter Zeit deutlich riechende Lager fort.

Der Vater hatte Zub zum Tierarzt gebracht und war ohne ihn zurückgekehrt. Er hatte mir nicht einmal die Gelegenheit gegeben, mich von ihm zu verabschieden. In dem Moment fühlte ich etwas für den Vater, was Hass sehr nahekam.

Heimlich, weil ich wusste, dass Martin damit nicht einverstanden wäre, begann ich nach natürlichen Möglichkeiten zu suchen, die Empfängnis zu unterstützen. Ich kaufte mir Kräuter, machte Übungen, die die Beckenbodenmuskulatur dehnten, ging zum Yoga, meditierte und entspannte mich, ich absolvierte Kurse, in denen ich ergebnislos nach meiner inneren Göttin suchte, und schließlich landete ich bei einer berühmten Naturheilerin.

Ihre gottgefällige Tätigkeit übte sie im Erdgeschoss des Einfamilienhauses aus, in dem sie wohnte. Ich erwartete eine ehrwürdige alte Dame, aber die Naturfrau war eine ansehnliche, rundliche Vierzigerin, die mich stark an die Psychologin Světáková aus meiner Kindheit und Pubertät erinnerte. Nur hatte sie rote Haare und anstelle des weißen Kittels einen Rollkragenpullover. Darüber trug sie eine lange Weste, die aussah wie ein bunter Morgenmantel ohne Ärmel und ihr bis zum Saum der Schlaghose reichte. Am Hals hatte sie weder Amulette noch vor Krankheiten schützende Steine hängen, in den Ohren keine Ohrringe und an den Handgelenken klimperten keine Armreifen, was etwas von meiner Vorstellung von Frauen mit besonderen Fähigkeiten abwich. Dafür war wenigstens ihr Empfangsraum so eingerichtet, dass es die Erwartungen der wundersuchenden Klientinnen befriedigte.

Bunte Orientteppiche, schwere Vorhänge, überall dicke Kerzen, bunte Bezüge auf den weichen Sesseln und Stühlen. An den Wänden hingen Bildchen mit Symbolen, die ich nicht entschlüsseln konnte, und Abbildungen von Göttern. Auf den Schränken und runden Tischchen standen Engel mit gefalteten Händen und beruhigendem Lächeln auf den Lippen und in der Luft hing der schwere Duft von Kräutern, die in Metallschüsseln brannten. Ich musste mich hinsetzen, um vom Sauerstoffmangel nicht ohnmächtig zu werden.

Im Gegensatz zur Psychologin Světáková stellte mir die Heilerin keine Fragen. Sie begann damit, ein paar unglückliche Seelen von mir abzustreifen, die sich irgendwann auf meinem Weg durchs Leben an mich geheftet hatten, schüttelte sie von den Händen ab und trampelte sie in den Boden. Nachdem sie ordentlich gelüftet und zur Sicherheit die Hände gewaschen hatte, damit keine der schädlichen Seelen daran hängenblieb, war mein Vertrauen in sie leicht angeknackst. Aber dann sah sie mich aufmerksam an, nahm meine Hände in ihre, und ohne zu wissen, warum ich zu ihr gekommen war, sagte sie etwas, das mich verblüffte. Sie sind wie ein Baum ohne Wurzeln, sagte sie. So ein Baum trägt keine Früchte. Wenn Sie in Ihrer Welt Wurzeln schlagen, werden Sie schwanger.

Mit ein paar Worten drückte sie das Gefühl aus, mit dem ich das ganze Leben lebte. Ich heulte los. Die Heilerin stand auf und zog mich in ihre rundliche Umarmung.

Ich mag die Berührungen fremder Menschen nicht. Ich gehe überfüllten Orten aus dem Weg, wo sich Menschen ohne Absicht aneinander reiben und die Gerüche der anderen einatmen. Aber in diesem Moment umarmte mich keine fremde Frau, sondern ich war im Arm meiner Mama. Ich fühlte ihren Duft, ihre schwarzen Haare streichelten mein Gesicht und ihre Arme umfassten mich. Ich erinnerte mich, ich ging in der Zeit zurück und fühlte mich so sicher, wie sich ein Kind im Arm seiner Mutter fühlt. Für einen kurzen Augenblick wurde ich wieder ein Kind, das noch nicht von den Narben gezeichnet war, die das Leben hinterlässt.

Ich ging zu Fuß nach Hause. Ich wusste, dass ich keine Kräutertees, Kräuterauszüge, Meditationen, Homöopathie oder Ayurveda brauchte. Vielleicht kam es durch das starke Erlebnis, vielleicht durch den Sonnentag oder den Spaziergang am Fluss entlang, ich weiß es nicht, aber in diesem Moment war ich glücklich und ich glaubte, dass alles gut werden würde. **Alles hat seine Zeit.**

16 / VATER

Alles hat seine Zeit, und es dauerte ein paar Wochen, bis Svatopluk die Kindergärtnerin, von der sich seine Tochter so ungern verabschiedete, einer näheren Bekanntschaft für würdig erachtete. Immer, wenn Bohdana von einem Spiel aufstand oder den durcheinandergeworfenen Buntstiften, lief sie zuerst zu der zarten Schwarzhaarigen, um ihr ihr Werk zu zeigen. Sie nahm sie bei der Hand, und während die Erzieherin etwas sagte und ihr dabei über den Kopf strich, schaute Bohdana sie vergötternd an. Aber wenn die Erzieherin in Richtung Svatopluk ging, versteinerte Bohdanas Gesichtsausdruck. Sie bohrte den Blick in den Teppich und ihre Füße schienen ihr nicht mehr zu gehorchen. Die Erzieherin sagte leise etwas, Bohdana nickte und schob sich an Svatopluk vorbei in die Garderobe.

Verdrossen ging er hinterher. Warum benahm sich dieses Kind so? Er hatte ihm doch nichts getan. Seit jenem Tag ... damals ... als er sich nicht beherrschen konnte, war er nie wieder laut ihr gegenüber geworden. Eigentlich sprach er fast nicht mit ihr, damit sie ihm nicht wieder den Rücken zudrehte oder sich hinter der Couch versteckte. Als hätte er nicht genug andere Sorgen, musste auch noch dieses seltsame Kind seinem Leben in die Quere kommen. Obwohl, seltsam oder nicht. Blanka war hübsch, gesprächig und neugierig, und was war dabei herausgekommen ...

„Ein liebes Mädchen."

Er sah die Erzieherin überrascht an.

„Ja, klar."

„Ich will Sie nicht aufhalten, aber könnte ich einen Moment mit Ihnen reden?" Sie lächelte Bohdana an, die in der Garderobe versuchte, den richtigen Ärmel zu treffen.

Natürlich wusste er, worüber sie mit ihm reden wollte. Aber konnte er denn etwas dagegen tun? Bohdana war, wie sie war. Eingeschüchtert und ängstlich, aber sonst gab es keine Probleme mit ihr. Oder etwa doch?

„Bitte sehr."

Er bemühte sich, dass es nicht unwillig klang, aber das war wohl nicht so gelungen, denn die Erzieherin sah ihn merkwürdig an. Erschrocken. So wie Bohdana ihn ansah. War er wirklich so ein Griesgram geworden, dass die Leute ihn fürchteten? Er überwand sich und lächelte. Oder wenigstens versuchte er das.

„Ich weiß, dass Bohdana nicht viel spricht", begann er.

Sie unterbrach ihn.

„Also spricht sie zu Hause?"

Er zögerte.

„Eigentlich nicht."

„Manche Kinder sprechen erst später, aber Bohdana spricht gar nicht. Ein Kind in ihrem Alter sollte schon Sätze bilden. Aber sonst ist sie sehr geschickt." Sie schaute wieder in Richtung Garderobe, wo Bohdana ihre Geschicklichkeit damit bewies, dass sie die Jacke kopfüber angezogen hatte und jetzt überrascht zuschaute, wie die Kapuze zwischen ihren Knien baumelte. „Sie isst ordentlich und zieht sich an, also manchmal", lächelte die Erzieherin. „Sie hält den Stift gut und zeichnet besser als viel ältere Kinder. Und sie hat Geduld, sie hält sehr lange bei einer Tätigkeit aus."

Bohdana – als ob sie sie gehört hätte – schälte sich wieder aus der Jacke heraus und untersuchte, wo man die verdammten Arme reinstecken musste.

Svatopluk sah sich die Erzieherin zum ersten Mal so richtig an. Er musste den Kopf neigen, da sie ihm kaum bis zur Schulter reichte. Sie war schlank, eher dünn, und aus seiner Höhe sah er, dass ihre gerade geschnittenen schwarzen Haare um den Scheitel herum mit Grau durchzogen waren. Ein bisschen brachte ihn das aus der Ruhe, als ob er damit, dass er erkannte, dass sie sich die Haare färbte, in die Privatsphäre der Erzieherin eingedrungen wäre.

„Also ist alles in Ordnung." Diese Worte schienen ihm zum Gesprächsabschluss am passendsten zu sein.

„Ich wollte Ihnen nur vorschlagen, mit Bohdana zu einer fachlichen Untersuchung zu gehen." Sie wurde rot. Es war ihr wohl peinlich. „Zu einem Kinderpsychologen."

Svatopluk begriff, dass das ganze Gespräch auf diesen Punkt zielte. Diesen unangenehmen Punkt. Hatte er nicht genug Sorgen? Jetzt musste er mit dem Mädchen auch noch von Doktor zu Doktor laufen und aufdringliche Fragen beantworten.

„Ich werde darüber nachdenken", sagte er und wandte sich zum Gehen.

Die Erzieherin antwortete nicht, sie ging mit ihm in die Garderobe und hockte sich dort vor Bohdana, zog ihr die verfitzte Jacke an und machte die Schuhe zu.

„Ich weiß, dass du das kannst", sagte sie und beachtete Svatopluk dabei gar nicht mehr. „Ich wollte mich nur noch einmal von dir verabschieden."

Danach ging die Erzieherin jedes Mal, wenn sie Nachmittagsschicht hatte, mit ihnen in die Garderobe. Sie wechselte ein paar Worte mit Svatopluk darüber, wie Bohdana den Tag verbracht hatte, ansonsten sprach sie nur mit dem Mädchen.

„Sie verwöhnen sie", sagte Svatopluk nach ein paar Tagen.

„Ich möchte nur, dass sie weiß, dass jemand sie gernhat", sagte die Erzieherin ohne den Kopf zu heben und rückte Bohdana die Pudelmütze zurecht.

Svatopluk wusste, dass ihn das treffen sollte. Er war Bohdanas Vater und er sollte es sein, der sie liebte.

Natürlich mochte er seine Tochter – auf eine gewisse Weise. Er achtete darauf, dass sie alles hatte, was sie brauchte, er versorgte sie, wenn sie krank war. Er ließ sie nie unbeaufsichtigt. Sogar bei dem verdammten Psychologen hatte er einen Termin gemacht. Was sonst konnte man noch von ihm erwarten? Sollte er um sie herumspringen, ihr aufzwingen, was sie sowieso nicht wollte? Sie sehnte sich genauso wenig danach, Zeit mit ihm zu verbringen, wie er mit ihr.

Svatopluk wollte von niemandem mehr abhängen. Alle Fesseln, ob zwischen Partnern, oder zwischen Eltern und Kindern, zerreißen am Ende ja doch. Diesen Schmerz hat er schon erlebt, diese Erfahrung hat er hinter sich und er beabsichtigt nicht, das noch einmal zu durchleben. Ja, für Bohdana ist gesorgt, wie es sich gehört. Mehr braucht sie nicht.

Als er nicht antwortete, hob die Erzieherin den Kopf und schaute ihm in die Augen. Ihr Gesicht war starr, als kostete diese Bewegung, die sie machen musste, sehr viel Mühe.

„Waren Sie schon beim Psychologen?"

So eine giftige kleine Schlange, dachte Svatopluk und schaute, wie die Röte Wangen und Hals der Erzieherin übergoss.

„Wir haben einen Termin in der nächsten Woche."

Die Erzieherin nickte. Die schwarzen Haare verdeckten für einen Moment ihr Gesicht und Svatopluk fühlte sich an etwas erinnert. Eher an jemandem. Er schluckte, packte Bohdana an der Hand und ging ohne Gruß aus der Tür.

In dieser Nacht träumte er von der schwarzhaarigen Frau. Sie lag mit dem Rücken zu ihm und die dichten schwarzen Haare waren auf dem Kissen ausgebreitet. Er streckte den Arm aus, um die schwarze Flut zu streicheln, aber die Haare lösten sich und blieben in seiner Hand zurück. Sie klebten an der Handfläche, umschlossen die Finger, und obwohl er sie versuchte abzuschütteln und die Hände am Kissen abwischte, wickelten sich die lebendig gewordenen Haare um seine Finger, krochen den Arm hinauf zum Ellbogen, dann zur Schulter und bis zum Hals. Sie schlangen sich um seinen Hals und krochen in seinen Mund. Zusammenzuckend erwachte er, setzte sich im Bett auf und fasste sich an den Hals.

Obwohl der Traum verflog, lag Svatopluk noch lange da und schaute in die Dunkelheit. Seine Gedanken wanderten von den schwarzen Haaren zu dem Augenblick, in dem die nervöse, dünne Erzieherin den Kopf zurückwarf und für den Bruchteil einer Sekunde die zurückbrachte, die nie mehr zurückkehren würde. Die Vergangenheit kann ich nicht mehr ändern, dachte er sich. Aber vielleicht kann ich die Zukunft ändern.

Vielleicht konnte er wenigstens etwas von Eva in sein Leben zurückbringen. Ihre Haare, den Duft, die stürmischen Gespräche und Nächte, in denen man aufwachte und den leisen Atem des Menschen auf der anderen Bettseite hörte. Den Moment, in dem man mitten in der Nacht durch einen Stoß geweckt wird, dass man um Gottes willen aufhören soll zu schnarchen. Er lachte im Stillen. Die Erzieherin, von der er nicht einmal den Namen wusste, könnte ihn vielleicht eines Tages so ansehen, wie sie Bohdana ansah. Freundlich, voller Liebe. Vielleicht sollte er es doch noch einmal versuchen – nicht seinetwegen, Bohdanas wegen. Er würde nie mehr für jemanden das fühlen, was er für Eva fühlte, aber die Kleine sollte eine Mama haben und seine Mutter könnte mitsamt ihren Klagen und Beschwerden zurück nach Prag fahren.

Am Morgen erwachte er und erinnerte sich an den Albtraum, der ihn in der Nacht aus dem Schlaf gerissen hatte, und an die Bilder, in denen er Pläne für eine Zukunft mit der dünnen Erzieherin schmiedete. Bei Tageslicht kamen sie ihm lächerlich vor. Das Leben ist doch kein Mensch-ärgere-dich-nicht-Spiel. Es reicht nicht, eine Sechs zu würfeln, die eine Spielfigur durch die andere auszutauschen und von vorn zu beginnen. Oder doch?

Der Gedanke setzte sich in seinem Kopf fest, tauchte immer wieder auf und brachte sich in Erinnerung. Als er an diesem Nachmittag Bohdana abholen ging, schaute er die Erzieherin anders an. Forschend. Als würde er wirklich abwägen, ob er mit ihr in einem Bett schlafen konnte, neben ihr erwachen, am Küchentisch sitzen und sich über ganz alltägliche Sachen unterhalten. Ob ihre Gegenwart die Leere ausfüllen könnte, die ihn überall begleitete, wohin er auch ging. Ob sie es schaffen könnte, ihr Haus wieder zu einem Heim zu machen.

Und er dachte auch an Eva und Blanka, aber er war erwachsen und wusste, dass er diese Entscheidung allein treffen musste, weil es jetzt um ihn und Bohdana ging. Vor fünf Jahren hatte sein Leben eine andere Richtung eingeschlagen und daran war Blanka schuld. Nur Blanka. Nur ihretwegen fühlte er sich wie eine armselige Romanfigur, die aus Versehen in ein ganz anderes Buch gerutscht war, und weil die Seiten sich hinter ihr geschlossen hatte, blieb nichts, als sich mit der neuen Geschichte abzufinden.

Die Erzieherin bemerkte natürlich Svatopluks prüfenden Blick und er war ihr nicht angenehm. Sie konnte sich nicht erklären, warum er sie jetzt, nach einem viertel Jahr, in dem er ihr kaum einen gleichgültigen Gruß gönnte, anschaute, als sei sie eine auf dem Ladentisch ausgestellte Ware. Als überlegte er, ob er die Summe auf dem Preisschild für sie ausgeben sollte, oder ob der Preis deutlich überzogen war. Er bemühte sich nicht einmal besonders, den Blick zu verstecken.

Dann hielt sie es nicht mehr aus.

„Habe ich irgendwo Flecken von den Wasserfarben?", fragte sie. „Die Kinder und ich haben den Winter gemalt."

Svatopluk runzelte die Stirn, als verstünde er nicht, warum sie das sagte. Dann ging ihm auf, dass er, während ihm die verschiedensten Gedanken durch den Kopf jagten, die Erzieherin so angestarrt hatte, dass ihr das komisch vorkommen musste.

„Wir haben morgen einen Termin bei dem Psychologen", sagte er, um den unangenehmen Eindruck auszubügeln. „Ich dachte, ob Sie vielleicht mit uns kommen könnten. Um ihm zu sagen, wie sich Bohdana im Kindergarten benimmt."

„Das findet sich alles in dem Bericht, den ich geschrieben habe." Dann sah sie Bohdana an. „Aber wenn Sie den Termin am Morgen haben, könnte ich mitkommen. Diese Woche habe ich Nachmittagsschicht."

„Wir sollen um acht Uhr da sein."

Anfänglich hatte er versucht, sich mit der Arbeit herauszureden, damit seine Mutter mit Bohdana zu der Untersuchung ging. Aber die hatte energisch abgelehnt.

„Ich mache sauber und koche, aber alles kann ich nicht für dich erledigen. Du hättest dir dieses Kind nicht anschaffen sollen, wenn du dich nicht darum kümmern willst", sagte sie unnötig laut und streichelte Bohdana über den Kopf. „Das ist so ein liebes Mädchen, und du …" Sie zuckte mit den Schultern, als hätte sie schon lange den Stab über Svatopluk gebrochen, und zog das Gummiband am Zopf der Enkelin so fest, dass es wehtat. Und das liebe Mädchen Bohdana zog sich mit dem Gefühl in seine Ecke in der Küche zurück, etwas angestellt zu haben. Auch wenn es nicht recht wusste, was. Aber irgendetwas musste falsch sein, wenn der Vater so ein Gesicht zog und die Großmutter böse war.

„Also gut", sagte die Erzieherin. „Wir treffen uns morgen um acht vor der Beratungsstelle."

Der Psychologe war kein Psychologe, sondern eine Psychologin – eine Frau Anfang dreißig. Im Bemühen, zehn oder eher fünfzehn Kilos zu verstecken, die sie zu viel hatte, hüllte sie sich in einen weiten Rock, einen locker sitzenden Pullover und ein großes Fransentuch. Dank dem Tuch, den dunklen, mit schwarzen Linien umrahmten Augen und dem roten Lippenstift sah sie eher wie eine aus der Hand oder dem Kaffeesatz lesende Wahrsagerin aus, als eine Spezialistin für die zarte kindliche Psyche.

In dem Augenblick, als Svatopluk zur Praxistür hineinkam, schmolz sein ohnehin nicht großes Vertrauen in die Psychologin noch mehr. Die äußere Erscheinung dieser Frau brachte auch Bohdanas Erzieherin aus dem Gleichgewicht. Verlegen setzte sie sich auf einen der Stühle und sah Svatopluk entschuldigend an, als wollte sie sagen – ich konnte nicht wissen, dass Sie gerade zu ihr kommen ... Und Bohdana weigerte sich, sich zu setzen. Sie stellte sich neben die Erzieherin, hielt sie an der Hand fest und bohrte die Stirn in ihre Armbeuge. Der Therapeutin widmete sie keinen Blick mehr.

„Das ist unser erstes Treffen", röchelte die Psychologin mit der heiseren Stimme schwerer Raucher. „Zuerst sprechen wir alle zusammen miteinander." Sie schickte ein Lächeln zu Bohdanas Rücken.

Ihre Fragen waren genauso überflüssig und ärgerlich, wie Svatopluk es vorhergesehen hatte. Und als wäre es noch nicht genug, dass ihre Stimme in den Ohren wehtat, hustete sie alle Augenblicke. Dann übergab sie Bohdana ihrer Kollegin und wandte ihre Aufmerksamkeit Svatopluk zu.

Trotz seines Misstrauens gegenüber einer so vagen Wissenschaft, für die er die Psychologie hielt, beschloss Svatopluk, alle Fragen nach bestem Wissen und Gewissen zu beantworten. Und so sprach er über den Tod seiner Frau, bekannte die Trauer, die er immer noch verspürte, räumte Unstimmigkeiten mit seiner Mutter ein,

Bohdanas Schweigen und ihre Schüchternheit. So ein bisschen war ihm bewusst, dass er das eigentlich nicht dieser seltsamen Frau mit dem widerwärtigen Husten erzählte, sondern der zierlichen Erzieherin, die ein Stück neben ihm saß. Er wollte, dass sie etwas über ihn erfuhr, dass sie verstand, dass die Welt ihn verraten hatte und dass er keine Lust und keine Kraft mehr hatte, darüber nachzudenken, warum Bohdana war, wie sie war.

Es gab Dinge, von denen er nicht sprechen wollte, und eigentlich auch nicht konnte. Die Ereignisse und die Menschen aus seinem ersten Leben, aus dem, das er zu vergessen versuchte, erwähnte er mit keinem Wort.

Die Psychologin schrieb seine Antworten sorgfältig auf und wandte sich dann an Bohdanas Erzieherin. Svatopluk war erstaunt, wie viel dieses winzige Persönchen nach den paar Monaten über seine Tochter zu sagen wusste und mit welcher Zärtlichkeit sie von ihr sprach. Ehrlich gesagt konnte er in dem, was sie sagte, Bohdana nicht so gut erkennen. Sie ergoss sich über ihre Zeichnungen, die sie mitgebracht hatte – zum Glück, denn als Bohdana zurückgerufen wurde, weigerte sie sich wieder mitzuarbeiten und hing die ganze Zeit wie eine Klette an der Erzieherin. Erst beim Gehen seufzte sie tief und absolut verzweifelt, als würde sie ahnen, dass mit dem heutigen Termin ihre Wanderschaft durch die Arztpraxen erst begann.

„Schrecklich, oder?", sagte die Erzieherin zu Bohdana und die nickte ganz unkindlich mit dem Kopf, als wollte sie sagen, sie sei gerade um eine wertvolle Stunde ihrer Zeit gebracht worden, und verdrehte die Augen. Die Erzieherin lachte und Svatopluk erwischte sich auf einmal, dass er auch lächelte. Er bemerkte, dass Bohdana ihn verständnislos ansah, und in diesem Moment wurde ihm bewusst, dass sie ihn wohl noch nie lachen gesehen hatte.

„Kann ich Sie auf einen Kaffee einladen?", fragte er die Erzieherin.

Die Erzieherin hieß Běla, war geschieden, kinderlos, im Moment nicht liiert und hatte eine große Schwäche für Bohdana. Das alles berücksichtigte Svatopluk, als er zu beurteilen versuchte, ob sie eine passende Kandidatin für die Stelle seiner Lebenspartnerin war. Es stellte sich heraus, dass sie ziemlich mitteilsam war, ein bisschen chaotisch und einen Haufen Hobbys hatte. Und weil sie nicht ahnte, dass sie gerade so etwas wie die erste Runde des Auswahlverfahrens für Svatopluks Ehefrau durchlief, gab sie selbst zu, dass Kochen und Backen nicht dazugehörten. Dafür das Herstellen von allem Möglichen aus allem Möglichen.

So wenigstens verstand Svatopluk das. Im Grunde logisch schlussfolgerte er aber, dass jede verheiratete Frau einfach kochen musste, egal, ob ihr das Spaß machte oder nicht. Und wenn sie dazu noch arbeitete, hatte sie keine Zeit für irgendwelche Hobbys. Darum beschloss er, diese Mängel an der Schönheit der Frau zu übersehen, die ansonsten vollkommen die wichtigsten Anforderungen erfüllte, die er an seine zukünftige Partnerin und Bohdanas Ersatzmutter stellte.

Darüber hinaus gefiel ihm die Erzieherin immer besser. Die schwarzen Haare glänzten schön, die Augen waren genauso dunkel wie ... nein, nein, jetzt würde er nicht an Eva denken ... sie hatte einfach dunkle Augen, volle Lippen, und wenn sie ein bisschen zunähme, wäre sie ganz reizvoll. Svatopluk versuchte sich vorzustellen, wie es wohl mit ihr im Bett wäre. Dann bemerkte er, dass beide Begleiterinnen ihn anschauten. Běla beobachtete ihn mit der Tasse Kaffee vor dem Mund, als wollte sie seine Gedanken lesen, und Bohdana, die an ihrer Seite saß, unterbrach das konzentrierte Mischen der Erdbeeren mit der Schlagsahne, neugierig auf die Antwort wartend.

„Also?", fragte die Erzieherin.

Bělas Wortfluss war lang und einförmig, deswegen hatte sich Svatopluk, der nicht an so lange Reden gewöhnt war, in die Sicherheit seiner eigenen Gedanken geflüchtet, und wusste jetzt nicht, was er antworten sollte.

„Also?", wiederholte er.

„Sind Sie einverstanden?", fragte sie.

Svatopluk ahnte nicht, womit er einverstanden sein sollte, aber es war ihm peinlich zu fragen.

„Ich werde darüber nachdenken", antwortete er unbestimmt.

Sie seufzte.

„Dafür ist keine Zeit mehr."

„Also gut", antwortete Svatopluk, die Erzieherin lächelte zufrieden und Bohdana fuhr fort, die rosa Schlagsahnemasse zu mischen.

„Wir fangen gleich morgen an."

Es dauerte noch eine ganze Weile, bis Svatopluk begriff, dass er sich gerade verpflichtet hatte, bei der Vorbereitung des Weihnachtsfestes zu helfen, das drei Wochen später mit Applaus von Seiten der zuschauenden Eltern endete – Svatopluk zufolge absolut unverdient. Denn während der Vorstellung schwieg nicht nur Bohdana, die ein Eichhörnchen darstellte, da wurde Schweigen vorausgesetzt, sondern auch das Rotkäppchen in der Hauptrolle verstummte vor Lampenfieber. Also konnte als einziger Erfolg der dreiwöchigen Vorbereitungen gelten, dass aus Svatopluk und Běla ein Paar wurde.

Sie heirateten im Frühling des Jahres 1986. Die Trauzeugen waren die Nachbarn Bém und beim festlichen Mittagessen, das aus Schnitzel und versalzenem Kartoffelsalat im Restaurant auf dem Marktplatz bestand, kamen die Mütter der Eheleute, dazu Doubravka und Bohdana zusammen. Bělas Schwester, die ursprünglich von der Braut als Trauzeugin vorgesehen war, gab einer Reise nach Dresden den Vorzug. Sie verhehlte nicht, dass sie mit der Heirat nicht einverstanden war, und erklärte, sie wolle *bei diesem Schelmenstück* – wie sie in einem Anfall von Ehrlichkeit erklärte – auf keinen Fall teilhaben.

Vor allem war sie grundsätzlich gegen das Institut der Ehe, von dem sie behauptete, dass entgegen der Sehnsucht der Frauen zu heiraten und den Bemühungen der Männer, einer Ehe aus dem Weg zu gehen, das Zusammenleben nur für die Männer von Vorteil war. Außerdem hatte sie große Vorbehalte gegen Svatopluk. Sie behauptete, er würde Běla nur heiraten, um sich der Sorge um Bohdana zu entledigen.

Das stimmte nicht so ganz. Eine Rolle spielte das bei der Entscheidung sicher. Und auch der Wunsch, die Mutter aufs Nebengleis, oder – wenn möglich – auf das am weitesten entfernte Gleis zu schieben, spielte da hinein. Svatopluk hatte das Gefühl, dass ihre Herrschsucht und Giftigkeit genauso schnell zunahmen, wie ihre Fähigkeit, den Haushalt zu erledigen, abnahm. Er hoffte die Mutter wenigstens ein bisschen mögen zu können, wenn sie zurück in Prag war.

Aber er war auch ziemlich verliebt in Běla. Nicht verrückt oder kopflos, oder sogar blind, aber ihm gefiel, wie sie ihn bewundernd anschaute, zuhörte, was er sagte, sich um seine Zufriedenheit bemühte, und an ihn dachte. Es war angenehm, in der Nacht die Hand auszustrecken und die Wärme des weiblichen Körpers zu spüren. Es war schön, nicht allein aufzuwachen.

Běla schaute zu Svatopluk auf, seine Schweigsamkeit hielt sie für männliche Besonnenheit und sie hoffte, ihn von seiner Trauer heilen zu können. Sie erkannte die Traurigkeit in ihm, obwohl er sich bemühte, sie vor ihr geheim zu halten.

Sie dachte, er würde sie verstecken, um sie nicht dadurch zu verletzen, dass er immer noch an seine erste Frau dachte. Aber die Wahrheit war einfacher – Svatopluk wollte Eva nicht vergessen, und das, was er vor Běla versteckte, war die Unfähigkeit und die Unlust, wieder ganz und gar zu lieben.

Auch Bělas Gefühle für Svatopluk könnte man nicht als Liebe bezeichnen. Běla liebte, ja, sie liebte aufrichtig, aber nicht Svatopluk. Sie liebte Bohdana, die für sie die Erfüllung ihres Traumes von einem Kind wurde, eines Traumes, an den sie aufgehört hatte zu glauben. Die Liebe zum Kind und zum Mann verschmolzen in ihr zu einem Gefühl. Und obwohl sie ehrlich entschlossen war, Svatopluk eine gute Frau zu sein, wollte sie über den wahren Grund, warum sie in die Hochzeit einwilligte, lieber nicht nachdenken. Beide wussten, dass man an dem Bund zwischen zwei Menschen arbeiten musste. Beide waren erwachsen und hatten ihre Gründe für die

Ehe. Und beiden war bewusst, dass ihre Gründe nicht die richtigen waren.

Svatopluk hoffte, dass Doubravka der Mutter nach dem Hochzeitstag helfen würde, ihre Sachen zu packen und sie dann gemeinsam den Umzug nach Prag bewältigten. Die Mutter erklärte aber, dass sie der neuen Hausfrau – also Běla – zeigen musste, wo was in ihrem Haushalt zu finden war. Und überhaupt, sie wollte gern noch eine Weile bleiben und aushelfen. Mit Běla verstand sie sich, was für Svatopluk überraschend war, weil sie Eva nicht mochte.

Und Běla konnte nicht verstehen, was Svatopluk gegen seine Mutter hatte.

„Sie versucht doch nur zu helfen", sagte sie.

„Sie kann wohl eher nicht aufhören, mir in mein Leben reinzureden."

„Vergiss nicht, wie viel sie dir geholfen hat."

„Da sei beruhigt, sie passt schon auf, dass ich das nicht vergesse."

Běla lächelte zwar, aber Svatopluks Undankbarkeit ging ihr nicht aus dem Kopf. Sah er denn wirklich nicht, was seine Mutter alles für ihn getan hatte? Den Haushalt geführt, geputzt, gekocht, sich um Bohdanka gekümmert, obwohl sie in ihrem Alter das Anrecht hatte, sich etwas auszuruhen. Běla war ihr für die Hilfe dankbar.

Aufgrund ihres Charakters und der Tatsache, dass sie nach jahrelangem Zusammenleben mit ihrer Mutter und ihrer Schwester an einen Mehrfrauenhaushalt gewöhnt war, störte sie Svatopluks Mutter kein bisschen. Im Gegenteil, sie überließ ihr gern etwas von den Pflichten, so blieb ihr genug Zeit für Bohdana und ihre eigenen Interessen. Sie verbrachte viel Zeit mit der Schwiegermutter und Bohdana in der Küche. Sie tranken Tee, unterhielten sich, Běla schnitt aus und klebte ihre Collagen und Bohdana „half" ihr oder spielte zu ihren Füßen.

Svatopluk gefiel ihr Zusammenleben überhaupt nicht. Er wollte nicht, dass die beiden sich irgendwie näherkamen und sich ihre weiblichen Geheimnisse anvertrauten. Er wollte nicht, dass sie vor ihm in eine Welt flüchteten, die er nicht recht verstand. Běla war doch seine Frau, ihre Aufmerksamkeit sollte sie ihm widmen, mit ihm sollte sie die Abende verbringen und mit ihm darüber sprechen, was sie am Tag erlebt hatte. Er hatte nicht die geringste Lust, an diesen Weiberabenden teilzunehmen, ihn störte das herumliegende Papier, der Gestank vom Kleber und der nichtabreißende Strom leerer Worte. Und so ging er lieber an der Küchentür vorbei und verbrachte seine Zeit wieder im Arbeitszimmer, so wie er es in den Tagen vor Běla gewohnt war.

Nein, so hatte er sich seine Ehe nicht vorgestellt. Vielleicht hatte sie etwas von der Last der Vorwürfe von ihm genommen, die er sich Bohdana gegenüber doch machte. Er verbrachte seine Nächte nicht allein, aber ansonsten hatte die Ehe nichts Neues in sein Leben gebracht. Er hatte nicht den nahestehenden Menschen bekommen, keine Frau, mit der er nicht nur das Bett, sondern auch seine Gedanken teilen konnte.

Außerdem hatte er das Gefühl, dass Běla anstatt eine Brücke zwischen ihm und Bohdana zu sein, die Tochter ganz für sich vereinnahmte und sie nicht mit ihm teilen wollte.

Er kam sich verraten vor. Die Enttäuschung und die Wut wurden mit jedem Tag stärker, aber er wusste nicht, was er tun sollte.

In seinem vergangenen Leben in Prag hatte er viel Zeit auf der Arbeit verbracht. Seine Posten – die auf der Arbeit und die in der Partei – nahmen ihm die Zeit mit der Familie. Damals hatte er aber das Gefühl, dass das, was er tat, einen Sinn hatte, dass er am Aufbau von etwas Großem beteiligt war und etwas für die bessere Zukunft der Menschheit tat. Also zumindest in den ersten Jahren. Mit der Zeit wurde sein Elan durch die Ereignisse schwächer, obwohl die Arbeitsbelastung dieselbe blieb. Die Stimmung der Umgebung lastete auf ihm. Zuerst zeigte die sich in einem Abflauen der Begeisterung für den Aufbau, dann in Gleichgültigkeit und schließlich im Bestreben, sich selbst unter den Nagel zu reißen, was nur ging.

Svatopluk glaubte noch immer an die Macht des Sozialismus. Er dachte auch weiterhin, dass der Grundgedanke gut war, aber er verstand jetzt auch, dass die Leute nicht so reif waren, ihn verwirklichen zu können.

Dann kam dieses schreckliche Ereignis mit Blanka und zu recht wurde er von den Genossen bestraft. Am Anfang schmerzte es, aber der Schmerz, den Evas Krankheit und Tod bewirkten, betäubte alles andere. Keine andere Schwierigkeit war mehr von Bedeutung, nichts war wichtig. An nichts lag ihm mehr etwas.

Jetzt, nach ein paar Jahren ohne Eva, als er wieder so weit zu sich gekommen war, dass er die Kraft in sich fand, weiterzumachen, interessierten ihn die Ereignisse außerhalb seiner vier Wände nicht mehr. Er wollte seine Ruhe haben. Auch wenn er seine jetzige Arbeit als Meister in der Fabrik verantwortungsvoll ausführte, so wie es seinem Charakter entsprach, legte er nicht sein Herzblut hinein und widmete ihr nicht mehr Zeit und Gedanken als nötig. Er kam pünktlich nach Hause, aber da war niemand, dem er die Zeit schenken konnte, von der er jetzt so viel hatte. Niemandem lag etwas an ihm, und so füllte er die Leere und Stille um sich herum mit Musik. Aber auch beim Musikhören war er nicht glücklich, denn die Töne, die durch den Raum schwebten, erinnerten ihn an die Momente mit Blanka und Eva. Würde er denn nie mehr Ruhe und Frieden empfinden? Das fragte er sich und aus der Trauer wurde Wut, legte sich ihm auf die Seele, setzte sich in ihm ab wie Staub und verwandelte sich in Verbitterung.

Er war selbst daran schuld, das wusste er. In der Zeit, als ihn die Trauer lähmte, hatten sich die Mutter und Bohdana daran gewöhnt, dass er ihnen aus dem Weg ging, und auch Běla gewöhnte sich sehr schnell daran. Er fehlte ihnen nicht, sie brauchten ihn nicht. Die Mutter hatte Běla vereinnahmt und Běla vermisste ihn nicht, weil ihr nur an Bohdana etwas lag.

Er saß im Sessel, hörte Musik und schaute in den Garten. Die schönen Frühlingstage erinnerten ihn an Blankas Abreise. Auch damals war es ein warmer Frühling, Blanka bereitete sich auf die Abschlussprüfungen vor ... Es begann in seinem Hals zu brennen und er bekam keine Luft. Nein, er durfte nicht an das denken, was vorbei war, das hatte keinen Sinn. Er stand heftig auf, schaltete den Plattenspieler aus und zog sein Arbeitshemd an. Er würde den Garten mähen gehen, physische Arbeit vertrieb ihm wenigstens für eine Weile die aufdringlichen Gedanken. Er ging die Treppe hinunter und hörte unten gedämpftes Reden. Worüber konnten die sich nur so endlos unterhalten, dachte er, als er an der angelehnten Küchentür vorbeiging.

„Er war immer schon so sensibel", sagte die Mutter gerade. Sprachen sie etwa über ihn? Svatopluk blieb stehen.

„Als Blanka fortlief, nahm ihn das sehr mit. Und Evas Tod zwang ihn komplett in die Knie."

Svatopluk fühlte, wie der Zorn in ihm hochkochte. Was erzählte sie da? Er hatte sie doch darum gebeten, vor Běla Blanka überhaupt nicht zu erwähnen. Er hatte ihr erklärt, dass er unter sein vergangenes Leben einen dicken Strich gezogen hatte.

Er ging einen Schritt auf die Tür zu, wollte sie unterbrechen, damit sie nicht weitererzählen konnte.

„Und dabei war das so eine aufgeblasene Gans. Von den Toten nur Gutes, aber auch um Blanička hat sie sich nicht sehr gekümmert, hat nur an sich gedacht und ..."

Svatopluk stieß die Tür auf, packte die Mutter am Arm, hob sie vom Stuhl hoch und zog sie aus der Küche fort.

„Was ..."

Běla saß am Tisch und starrte ihn überrascht an. Er schrie nicht, er konnte sich gut erinnern, welche Folgen sein letzter Wutausbruch hatte. Er schubste die Mutter nur auf den Flur.

„Pack sofort deine Sachen und verschwinde!"

„Wie kannst du ..."

Er drehte sich um und lief die Treppe hoch. Drang ins Zimmer der Mutter ein, schnappte ihre Tasche, öffnete den Schrank und begann die Sachen in die Tasche zu stopfen.

Die Mutter blieb unten an der Treppe stehen. Sie wusste nicht, was sie tun sollte. Na gut, vielleicht hatte sie etwas übertrieben, aber so fürchterlich musste sich

Svatopluk nun auch wieder nicht aufregen. Schließlich hatte sie nichts als die Wahrheit gesagt …

Auf dem oberen Treppenabsatz erschien Svatopluk und warf über das Geländer die Tasche hinunter, in die er aus den Schubladen des Wäscheschrankes alles gestopft hatte, was hineinpasste. Die Tasche ging auf, die Kleidung fiel hinaus und schwebte zur Erde. Als würde das Svatopluk noch rasender machen, kehrte er ins Zimmer zurück, nahm einen weiteren Kleiderhaufen auf den Arm und warf ihn hinunter.

„Den Rest packe ich ein und schicke ihn dir mit der Post."

„Du bist undankbar", schrie seine Mutter. „Ich habe so viel für dich getan!"

Aber Svatopluk warf wütend weiter Sachen herunter. Běla stand in der Küchentür und hinter ihrem Rücken schaute Bohdana hervor. Als die Mutter begann, die Sachen aufzuheben und sie in die Tasche zu stopfen, stand Běla nur starr da und beobachtete die Szene, die sich vor ihren Augen abspielte. Bohdana ging um sie herum, begann die herunterfallenden Kleidungsstücke aufzufangen und sie der Oma zu reichen.

„Du jagst mich fort. Du jagst alle von dir fort …", schrie die Mutter, aber Svatopluk hörte ihr nicht zu. Während sie weitersprach, lief er die Treppe hinunter, schob sie aus der Tür und schrie sie an, sie solle auf ein Taxi warten.

Běla erwachte aus der Verblüffung und ging in Richtung Tür. Sie konnten sie doch nicht draußen stehen lassen. Das war Svatopluks Mama. So etwas machte man nicht.

„Bleib stehen." Svatopluk packte sie an der Hand.

Sie wollte sich losreißen, aber er hielt sie fest.

„Sei doch nicht albern, ich kann doch wenigstens mit ihr aufs Taxi warten. Du kannst sie doch nicht so rauswerfen."

„Nimm Bohdana und geh mit ihr in die Küche."

Běla sah zu Bohdana. Das Mädchen stand unter der Treppe, presste sich die Hände auf die Ohren und beobachtete verängstigt, was sich zwischen den Erwachsenen abspielte. Běla sah sich unentschlossen zur Tür um und drehte sich dann Bohdana zu und lächelte sie an.

„Wollen wir etwas malen gehen?"

Sie lächelte, dabei war ihr zum Heulen. Es war das erste von Tausenden Lächeln, bei denen ihr die Wangen wehtaten und die Augen brannten. Das war der Augenblick, als sie dachte, jetzt hätte sie den wahren Svatopluk gesehen. Bis jetzt hatte sie ihn bewundert, wie er mit den Schicksalsschlägen zurechtkam. Jetzt fiel ihr ein, ob er sich nicht eher mit seinem Benehmen ein paar der Schwierigkeiten in seinem Leben selbst erschaffen hatte. Sei es wie es sei, dieser Augenblick prägte sich ihr als der Moment ein, in dem sie aufhörte, den Mann zu bewundern, den sie geheiratet hatte, und sich vor ihm zu ängstigen begann.

Svatopluk zog sich, so wie es seine Gewohnheit war, in sein Arbeitszimmer zurück und machte den Plattenspieler wieder an. Nach unten kam er erst am Abend. Er schwieg, weil er seine Wut noch nicht ganz beherrschte, und Běla war von dem nachmittäglichen Konflikt so verunsichert, dass sie Angst hatte, ihn anzusprechen.

Svatopluk legte sich ihr Schweigen als Trotz aus und es erbitterte ihn, dass seine Frau, die ihn unterstützen sollte, sich auf die Seite der Mutter stellte. Auf die Seite dieser bösen, verleumderischen und heimtückischen Alten ... Er schmiss die Gabel auf den Tisch, erhob sich und schlug die Tür hinter sich zu.

Běla sah Bohdana an, die sich tief über den Teller beugte und nicht verstand, woher diese Spannung rührte und ob sie etwas davon verursacht hatte, und wischte ihr den kakaoverschmierten Mund ab.

„Lesen wir ein Märchen vor dem Schlafen?"

Sie legte die Kleine ins Bett und verbrachte den ganzen Abend allein im Erdgeschoss. Sie wusch das Geschirr ab und ordnete ihre Papiere. Sie wartete, dass Svatopluk nach unten kam, damit sie reden konnten. Sie wünschte sich das, aber gleichzeitig fürchtete sie sich. Als sie ins Schlafzimmer kam, lag Svatopluk mit dem Rücken zu ihr auf der Seite und schien zu schlafen. Leise, um ihn nicht zu wecken, schlüpfte sie ins Bett und überlegte, ob ihre Ehe nun für immer so aussehen würde.

Sie ahnte nicht, dass auf der anderen Betthälfte auch Svatopluk genau über dasselbe nachdachte. Sie lagen da und spürten die lastende **Stille**.

17 / TOCHTER

Die Stille, die mich empfing, als ich früher von der Arbeit heimkam als Martin, war seltsam angespannt. Ich kam nicht gern allein nach Hause, ich wollte das verlegene Zusammentreffen mit dem Vater vermeiden, der mir nichts zu sagen hatte. Aber Martin hatte noch eine Arbeitsberatung und ich hatte keine Lust, auf ihn zu warten. Mein Kopf schmerzte ein bisschen und ich hoffte, der Spaziergang durch den angenehmen Juninachmittag könnte helfen.

Ich lief schnell vom Tor zur Eingangstür. Dabei heftete ich den Blick auf den Gehweg, damit er mir nicht aus Versehen zum hinteren Garten oder zum Fenster glitt. Was, wenn der Vater dort wäre? Würde er sich abwenden, oder würde er mich mit diesem seltsamen Blick anschauen? Ich hatte das Gefühl, dass ich ihn wieder enttäuscht hatte. Fünf Jahre verheiratet und kinderlos.

Ich hatte nicht aufgehört, mich nach einem Kind zu sehnen, aber ich klammerte mich nicht mehr so sehr an diesen Gedanken. Ich war mir sicher, dass irgendwann ein Kind kommen würde. Seine Seele schwebte irgendwo in der wundervollen Zeitenlosigkeit und wartete, bis ich bereit war. Wenn ich mich selbst besser erkenne und meinen Platz im Leben finde, um ihm das Gefühl von Sicherheit zu vermitteln und eine gute Mutter sein zu können.

Nach dem Besuch bei der Heilerin begann ich, anders in die Welt zu schauen. Ich hörte auf, das zu bedauern, was ich nicht hatte oder nicht haben konnte, und begann die Dinge zu bemerken, die das Leben mir anbot. Ich dachte nicht mehr an meine Unzulänglichkeiten, sondern konzentrierte mich darauf, was meine eigentlichen Fähigkeiten waren und womit ich nützlich sein konnte.

Und ich hatte immer noch Běla, die zwar unser Haus verlassen hatte, aber nicht aus meinem Leben verschwunden war. Sie war in Frührente gegangen, hatte aber nicht aufgehört zu arbeiten. Im Gegenteil. Sie mietete ein Gärtchen für ihren Lavendel und machte sich mit Verve und in großem Stil an alles, was sie früher hausgemacht nur für unsere Familie hergestellt hatte. Sie füllte Gläschen mit Creme, Salben und Ölen, band Sträuße und Duftsäckchen, kochte Seife und fuhr dann mit ihren Produkten auf die Märkte in Nah und Fern.

Sie hatte Glück, weil Lavendel gerade in Mode kam und auch Geschäfte mit Drogeriewaren, Deko- und Geschenkartikeln Interesse bekundeten. Die Pflanzen aus dem eigenen Garten reichten bald nicht mehr aus, und so begann sie dazuzukaufen.

An der Herstellung beteiligte sich im Rahmen ihrer Möglichkeiten auch Bělas Mutter, erfreut, dass sie sich noch nützlich machen konnte. Und nach längerer Überredung auch Bělas Schwester, wodurch aus Bělas Hobby ein Familienunternehmen wurde.

Das Dekogeschäft bot der beliebten Lieferantin aus Freundlichkeit an, auch den Verkauf ihrer Collagen zu vermitteln. Die Kundinnen zeigten kein großes Interesse an Bělas Kunstwerken. Eigentlich verkaufte sich nicht eins, bis sich zufällig eine dünne Siebzigjährige in einem weiten, bodenlangen Rock in den Laden verirrte. Sie wollte eine Lavendelhandcreme kaufen und ging mit drei Collagen und Bělas Adresse von dannen.

Man kann sagen, dass die dünne Galeristin Běla berühmt machte. Sie verkaufte zwar nicht viele Collagen, da sie – auch gegen Bělas Einwände – astronomische Preise dafür ansetzte, aber es gelang ihr, eine Reproduktion eines Werkes in einer Anthologie tschechischer Collagen unterzubringen. Wir feierten das zusammen mit einer Flasche Champagner, echtem französischem natürlich.

Die Arbeit in der Firma war ausreichend abwechslungsreich und kreativ, um mich zu erfüllen, und dabei blieb mir noch Zeit für den Garten, das Lesen und Schreiben.

Ja, ich hatte wieder angefangen, jeden Abend Tagebuch zu schreiben. Aber ich schrieb es nicht mehr nur für den Menschen, der in meinem Leben so sehr fehlte, und um die Ängste aus dem Kopf zu bekommen und die Gedanken zu ordnen, sondern auch für die Kinder, die irgendwann einmal auf die Welt kommen würden. Ich erzählte darin von meinem Leben und von meinen Gedanken, bemühte mich, ein Bild von der Welt, in der ich lebte, einzufangen, weil ich wusste, dass Dinge sich änderten und die Welt meiner Kinder eine andere sein würde. Ich wollte, dass sie wussten, wie ich war und wie sehr ich mich auf sie freute. Damit sie im Gegensatz zu mir ihre Wurzeln kannten und wussten, dass sie auf diese Welt gehörten.

Ich weiß nur, wie meine Mama aussah, ich weiß nicht, was sie mochte, was für Träume sie hatte und was für Gedanken. Ich weiß nicht, wie sie vor meiner Geburt lebte, wie sehr sie darunter litt, dass sie keine Kinder hatte, bevor sie endlich mich bekam. Ich weiß auch nichts von meinem Vater, obwohl wir in einem Haus wohnen. Wir fanden keinen Weg zueinander.

Vielleicht schaute mich der Vater so seltsam an, weil er bei meinem Anblick jedes Mal an seine erste Frau, meine Mama, denken musste, die erst nach langen Jahren in der Ehe schwanger geworden war. Hatte er überhaupt jemals ein Kind gewollt, oder war er zufrieden in den eingefahrenen Gleisen einer kinderlosen Ehe? War ich nicht eigentlich nur aus Versehen oder durch einen Unfall auf die Welt gekommen?

Ich dachte schon lange nicht mehr, ich sei nicht seine biologische Tochter – im Übrigen wurde ich ihm mit zunehmendem Alter immer ähnlicher –, aber die Umstände, wie ich auf die Welt kam, erstaunten mich noch immer. Und nicht nur mir kamen sie seltsam vor.

Als ich einmal im Garten arbeitete, hörte ich, wie der Vater Martin eine witzige Geschichte erzählte. Ja, wirklich, auch der Vater konnte lustig sein, aber an mich verschwendete er seinen Charme nicht. Ich war zwar froh, dass er sich mit Martin verstand, aber gleichzeitig fühlte ich mich zur Seite geschoben. Wie jemand, der nicht in die Clique passte, und so nur neidisch von weitem zuschauen konnte.

Der Vater erzählte Martin, wie der Nachbar, Herr Bém, damals vor Jahren überrascht war, als er erfuhr, dass meine Mama schwanger war. Er gratulierte dem Vater natürlich, aber gleichzeitig drückte er etwas taktlos sein Erstaunen aus. Schließlich waren die Žáks so lange kinderlos und Mama war in einem Alter, in dem sich andere Frauen auf die ersten Enkel freuten. Und der Vater sagte, dass das sicher an dem Wasser aus der Quelle auf der Wiese hinter dem Haus lag. Da mussten irgendwelche Mineralien oder ein Wunder drin sein. Seit wir das trinken … Sie wissen schon, was ich meine, Herr Nachbar. Und er zwinkerte dem verblüfften Herrn Bém zu. Und Herr Bém nickte nur und dann sah ihn der Vater eine Zeit lang, wie er im Dämmerlicht über die Wiese ging und dann Kanister mit dem Wunderwasser zurückschleppte.

Martin lachte, aber dann fragte er den Vater, ob es tatsächlich an dem Wasser lag. Das würde ich nicht sagen, antwortete der Vater und seine Stimme war dabei so merkwürdig, dass er mir fast leidtat.

An diesem warmen Herbstabend ging ich in die obere Etage und schaute aus dem Fenster in den hinteren Garten. Der Vater saß auf seiner Lieblingsbank bei der Laube und schaute vor sich hin, als hielte er nach jemandem Ausschau. Als wir Zub noch hatten, lag er immer dem Vater zu Füßen mit dem Kopf auf den Vorderpfoten. Immer noch sehnte ich mich nach meinem Hundefreund, aber ich war dem Vater wegen Zub nicht mehr böse. Ich wusste, dass er damals das Richtige getan hatte. Sicher war es nicht leicht für ihn, ich hätte das nicht gekonnt. Aber der Vater war immer hart. Zu sich und zu den anderen.

Auf einmal überfiel mich schreckliche Wehmut. Ich schaute auf die einsame Gestalt im Garten und wollte weinen. Dieser Mensch dort unten war mein Vater. Einen anderen werde ich nicht mehr haben. Wir sollten uns nah sein, uns an der Gegenwart des anderen erfreuen und uns gegenseitig stützen. Stattdessen stießen wir uns ab wie zwei gleiche Magnetpole, wichen uns aus und hatten uns nichts zu sagen.

Aus dem Nichts fühlte ich eine schreckliche Müdigkeit und der Kopf drehte sich mir. Ich legte mich aufs Bett und war nach ein paar Minuten in einen tiefen Schlaf gesunken.

Als Martin am Abend nach Hause kam, schlief ich immer noch, und wenn er mich nicht überredet hätte, mir wenigstens einen Schlafanzug anzuziehen, hätte ich ohne Unterbrechung bis zum nächsten Tag geschlafen. Am Morgen konnte ich nicht aufwachen und nichts essen, woraus ich schloss, dass es eine Grippe war, und Martin brachte mich zum Arzt.

Ich hatte natürlich keine Grippe. Ich war schwanger. Das hätte mir auch einfallen können, unter normalen Umständen war ich doch nicht so empfindlich.

Außer der Müdigkeit, die nach ein paar Wochen verging, fühlte ich mich die ganze Schwangerschaft über ausgezeichnet. Ich litt nicht an Morgenübelkeit, hatte kein Sodbrennen, keine Rückenschmerzen und auch nichts anderes. Im Gegenteil, Ruhe und das Gefühl, mir könne nichts Schlimmes passieren, breiteten sich in mir aus.

Und im Frühling, einen Tag vor dem errechneten Termin, kam unser Töchterchen auf die Welt. Wir nannten es Petra und nach vier Tagen brachten wir es in das Haus, das unter einem Efeuschleier versteckt war. Ich war glücklich.

Zwei Tage später fand Martin den Vater im Gewächshaus. Nach einem Schlaganfall lag er bewusstlos zwischen den frisch gesetzten Salatpflanzen mit dem Kopf auf der ordentlich gelockerten Erde. **Auf einmal war alles anders.**

18 / VATER

Auf einmal war alles anders und Běla war überrascht, mit welcher Leichtigkeit sich Bohdana mit der Abreise der Großmutter aussöhnte. Sie dachte, das Mädchen würde trauern, aber außer ein paar Bildern von einer Frau mit Besen und Eimer in der Hand, die Bohdana in den nächsten Tagen malte, deutete nichts darauf hin, dass die Oma ihr fehlte und sie an sie dachte.

Běla konnte nicht ahnen, dass Svatopluks Mutter nicht so sehr an Bohdana hing und das Mädchen das unterbewusst spürte. Die Großmutter kümmerte sich zwar gut um die Kleine, aber für überflüssige Liebesbekundungen hatte sie keine Kraft mehr. Außerdem verglich sie die schweigsame Bohdana immer noch mit der sprühenden und flinken Blanka, Blanička, der Enkelin, die ihr der Sohn genommen hatte. Die eingeschüchterte Bohdana war nur ein schwacher Ersatz und Svatopluks Mutter hielt sie auch für das Ersatzkind.

Das Zerwürfnis zwischen Svatopluk und seiner Mutter, dessen Krönung die Abreise der Mutter war, trieb einen Keil zwischen Svatopluk und Běla und versetzte der Ehe, die auf schwachen Beinen stand, einen schweren Schlag. Auf Běla fielen alle Haushaltspflichten zurück, die sie früher nie hatte und die sie auch trotz aller anfänglichen Bemühungen nicht bewältigte. Die Atmosphäre im Haus war angespannt und an die Stelle der bisherigen Ordnung trat ein Durcheinander.

Běla arbeitete und war es nicht gewohnt, sich um ein Haus zu kümmern, sich dem kleinen Kind zu widmen und warmes Essen zu kochen, wie es Svatopluks Mutter tat. Außerdem wollte sie nicht die Collagen aufgeben, wodurch das Chaos und die Unordnung in der Küche noch größer wurden. Mit der Zeit – aus ihrer Sicht bestimmt weise – kam Běla zu dem Schluss, dass sie nicht alles schaffen konnte und ihre Zeit dem Wichtigsten widmen musste, also Bohdana und ihren Hobbys, die ihr wenigstens etwas Lebensfreude schenkten, wenn ihr schon die misslungene Ehe mit Svatopluk keine Befriedigung einbrachte.

Svatopluk brauchte Běla, begriff aber schnell, dass er zwar für Bohdana eine hervorragende Mutter gefunden hatte, aber für sich selbst eine absolut unzulängliche Partnerin. Das, was ihn zu Beginn an Běla anzog, störte ihn auf einmal. Ihn reizte das Gerede über nichts, aber noch mehr störte ihn, wenn sie schwieg. Er dachte an die stürmischen Gespräche mit Eva, in denen beide dickköpfig auf ihren Standpunkten beharrten, und machte sich bewusst, dass er mit Běla nie solche Gespräche haben würde, weil seine zweite Frau keine Standpunkte hatte. Ihn störte, dass sie so verschüchtert war und viel zu sehr um Ausgleich bemüht. Ihn regte auf, wenn sie vor Bohdana von ihm als Papa sprach und seine schlechte Laune mit Überarbeitung oder Müdigkeit entschuldigte – als wüsste sie nicht, dass sie ihn mit den dummen Entschuldigungen erniedrigte und noch mehr provozierte. Das ganze Haus hatte sie mit dem Gestank nach Kleber verpestet und mit Papieren überschwemmt, und wenn es nur nach ihr ginge, würde sie den ganzen Tag nichts anderes tun, als am Tisch zu sitzen und mit diesen Ausschneidebildchen rumzuspielen. Sie ertrug ihn, weil er zu dem Haus gehörte, so wie die Fenster, Türen und der ausgetretene Teppich im Flur. Mehr bedeutete er ihr nicht.

Je schlechter und distanzierter seine Beziehung zu Běla war, umso enger war Bělas Verbindung mit Bohdana. Svatopluk schien es, dass die beiden sich jedes Mal, wenn er sich ihnen näherte, noch enger zusammenrückten, als ob am Horizont ein unberechenbarer Feind aufgetaucht sei. Der wachsame Blick in Bělas Augen provozierte ihn. Anstatt ein Verbindungsglied zwischen ihm und seiner Tochter zu werden, entfernte sie ihm Bohdana noch mehr und beanspruchte sie ganz für sich.

Svatopluk hatte das Gefühl, dass sie ihn verraten hatte. Zuerst hatte sie sich mit seiner Mutter verbündet und jetzt schuf sie sich ein seltsames Bündnis mit seiner Tochter. Er war der Abschaum in seinem eigenen Haus, seiner eigenen Familie.

Er begann, bissige Bemerkungen zu streuen, über ihre Küche, ihre Unordnung und das Chaos zu lästern. Er erwartete, dass sie sich auflehnte, explodierte, ihm vorwarf, dass er sie in diese Situation gebracht hatte, weil er seine Mutter vertrieben hatte. Dann wiederum könnte er aus sich herausschreien, wie sehr ihn diese Frau mit ihren ständigen Anmerkungen und ihrem Bohren reizte, wie sie nicht eine Gelegenheit ausließ, um ihm zu verstehen zu geben, dass er für alles Schlechte, was ihm im Leben passiert war, selbst verantwortlich war.

Er steigerte die Bissigkeit seiner Kommentare, manchmal hasste er sich selbst dafür, aber Běla lief aufgeschreckt wie ein Huhn los, um den Grund für seinen Ärger zu beseitigen. Anstatt über diese Ungerechtigkeit loszuschreien, die Wut loszuwerden, die in ihr kochen musste, entschuldigte sie sich oder schwieg. Und Svatopluk begann sie zu verachten.

Eva hätte niemandem erlaubt, sie so zu behandeln. Er hatte das Gefühl, dass an Běla etwas Unaufrichtiges und Falsches war – so wie das Schwarz in den lächerlich geschnittenen Haaren. An Běla war alles schlecht – und am schlimmsten war, dass sie nicht Eva war.

Mit den Jahren wuchs sich Svatopluks Gereiztheit zu etwas aus, das Hass nicht ganz unähnlich war. Ihn störte Bělas bloße Anwesenheit. Zu Beginn ihrer Ehe schliefen sie gemeinsam in dem breiten Ehebett, lagen aber wie zwei fremde Menschen nebeneinander. Běla sehnte sich offensichtlich nicht nach ihm und in Svatopluk rief ihr dürrer Körper kein Verlangen hervor. Der gleichgültige Atem und das Herumwälzen auf der anderen Doppelbettseite waren ihm so unangenehm, dass er sein weiches Ehebett wieder gegen die weniger bequeme Couch in dem Zimmer eintauschte, das sie wegen des großen Schreibtisches und den hohen Bücherregalen an zwei Wänden Arbeitszimmer nannten.

Běla kommentierte den Auszug aus dem Schlafzimmer nicht, was Svatopluk für eine weitere Äußerung ihrer Willensschwäche hielt. Aber man konnte denken, dass sie auch erleichtert war – zumindest, weil sie Svatopluks lautes Schnarchen los war. Ohne dass es Svatopluk selbst bemerkte, verwandelte sich die Traurigkeit, die sich in den letzten Jahren in ihm angesammelt hatte, in Verdruss und Gleichgültigkeit gegenüber allem und jedem.

Als im Jahr 1989 in Europa der Kommunismus zusammenbrach, dessen begeisterter Anhänger er die meiste Zeit seines Lebens war und an den er noch immer glaubte, obwohl er nicht mehr die Kraft hatte, dafür zu kämpfen, hielt er das für einen weiteren Fehltritt der irren Menschheit, die sich ins Verderben stürzte.

Dann erinnerte er sich an Blanka und ihm fiel ein, was das für sie bedeuten könnte. Er kam zu dem Schluss, dass es gar nichts bedeutete, weil sie außer der Straftat, die Republik zu verlassen, ein Verbrechen begangen hatte, das mit dem Widerstand gegen das Regime nichts gemeinsam hatte. Ein Mord blieb ein Mord und keine Regierung würde daran etwas ändern. Er selbst hatte nichts dafür getan, dass die Tochter ihn im Falle, dass sie sich mit der Familie in Böhmen in Verbindung setzen wollte, leichter finden könnte. Und obwohl er das niemandem eingestehen würde, ja nicht einmal sich selbst, zuckte er nach dem Fall des Eisernen Vorhangs bei jedem Telefonklingeln zusammen und jeder Brief und jedes Knarren der Pforte weckten Hoffnung in ihm.

So begann Svatopluks Warten auf Blankas Rückkehr.

An die immer hinter Bělas Rücken versteckte Bohdana dachte er lieber gar nicht. Běla hatte seine Tochter für sich beschlagnahmt, sich bei ihr eingeschmeichelt und tat so, als müsse sie sie vor dem Vater beschützen. Zwischen Běla und Bohdana entwickelte sich eine besondere Art von Einverständnis, das keine Worte benötigte. Sie sprachen miteinander mit den Augen, Gesten und Körpersprache, einer Sprache, die Svatopluk nicht verstand, und das brachte ihn außer sich.

Die Ärzte und Psychologen, die sie wegen Bohdanas Stummheit aufsuchten, stimmten überein, dass nichts das Mädchen am Sprechen hinderte und sie also mit der Zeit sicher anfangen würde zu sprechen. Entgegen allen Spezialisten schwieg Bohdana aber weiter verbissen und

Svatopluk kam zu der Überzeugung, dass Bohdana einfach nicht sprechen wollte und ihn mit ihrem Schweigen unterbewusst bestrafte. Manchmal verdächtigte er sie sogar, sie würde mit Běla sprechen. Warum sonst sollten sie immer, wenn er den Raum betrat, so unsicher werden?

Er hatte niemanden, dem er sich mit seinen Gedanken anvertrauen konnte. Über Familienangelegenheiten sprach er nur mit Doubravka, mit der er regelmäßig an jedem Freitag telefonierte. Am Anfang bemühte sie sich, seine Beziehung mit der Mutter zu glätten, aber dann begriff sie, dass das vergeblich war und dass sie den Bruder damit noch mehr reizte. Und so hoffte sie nur, dass die Zeit alles heilte.

Obwohl sie nur von gewöhnlichen Dingen sprachen und Svatopluk sich auf die Telefonate mit Doubravka freute, erwähnte er vor Běla und Bohdana mit keinem Wort, mit wem er sprach. Sie hatten Geheimnisse vor ihm, warum sollte er also nicht seine eigenen haben?

Als Bohdana dreizehn Jahre alt war, wurde Svatopluks Mutter krank.

„Jetzt ist nicht mehr die Zeit für Streit", sagte Doubravka bei ihrem regelmäßigen Freitagstelefonat mit dem unnachgiebigen Tonfall der weiseren älteren Schwester, für die sie sich immer hielt. „Du hast Mama lange nicht gesehen. Du schuldest ihr viel, also hör gefälligst auf zu trotzen, nimm Bohdanka und komm die Mutter besuchen. Ihretwegen und deinetwegen. Wenn du das nicht tust, wirst du es dein Leben lang bereuen."

Svatopluk hatte keine Lust, aber er kannte die Endgültigkeit des Todes schon und wusste, dass die Schwester recht hatte. Am nächsten Tag packte er die überraschte Bohdana ins Auto und machte sich mit ihr auf den Weg in die Klinik. Obwohl er wusste, dass die Mutter im Sterben lag, brachte ihn der Anblick des ausgemagerten, gelblichen Körpers aus dem Gleichgewicht. Ein seltsames Gefühl packte ihn, etwas wie Trauer darüber, was hätte sein können, aber nicht war, über die verlorenen Jahre, die man nicht mehr zurückholen konnte.

Obwohl sie nie gut miteinander ausgekommen waren, war er jetzt gewillt zuzugeben, dass auch er seinen Anteil daran hatte.

Er stand am Bett der Mutter, sah in ihr eingefallenes Gesicht und auf einmal fiel ihm auf, dass er so einiges falsch gemacht hatte. Vielleicht hätten sie sich an einen Tisch setzen und miteinander reden sollen. Vielleicht hätten ein paar Sätze genügt und alles wäre anders.

In dem Augenblick, als er begann, seiner Rührung zu erliegen, sah die Mutter Bohdana an.

„Blanka ..."

Das Bedauern verging und wurde durch einen Schrecken abgelöst und dann Angst und Wut. Die Mutter verdirbt das ... sie hat immer alles verdorben. Damals, als Běla zu ihnen ziehen sollte, hatte er sie ausdrücklich gebeten, nie über seine erste Familie zu reden. Er wollte nicht, dass sie Evas Andenken beschmutzte und ihre Überlegungen anstellte, warum Blanka in den Westen geflohen war. Und warum sie sich mit keinem Wort meldete. Aber sie hielt es einfach nicht aus und erzählte Běla wer weiß was für Unsinn.

Er musste sie damals rauswerfen und den Kontakt abbrechen. Er musste. Das war die einzige Möglichkeit, das Geheimnis zu wahren, dessentwegen er in eine Stadt gezogen war, in der niemand etwas über ihn wusste, wo die Leute nicht ahnten, dass er der Vater einer Mörderin war und dass er ihr selbst zur Flucht vor der Gerechtigkeit verholfen hatte. Er konnte nicht zulassen, dass die Schande sie einholte und sich auch an Bohdana heftete. Dass die Leute sie ansahen und flüsterten: „Das ist sie. Ihre Schwester soll einen Mann getötet haben. Die ist ja selbst auch komisch. Die spricht nicht einmal. Das liegt in der Familie ..."

„Blanička ..."

Erbost brachte er die verwirrte Bohdana aus dem Krankenhaus fort und nahm sie danach auch nicht mehr dorthin mit. Es gab keinen Grund, das zu tun. Für Bohdana war die Großmutter inzwischen sowieso eine Fremde und Svatopluks Mutter hatte im Kopf nicht mehr alle beisammen. Sie fantasierte nur von Blanka, und die Erinnerungen an das Leben bei ihnen und an Bohdana waren verschwunden.

Svatopluk hoffte, dass komplett alle weg waren, auch die, die er selbst gern vergessen würde, aber nicht konnte, weil sie sich tief in sein Gedächtnis gegraben hatten und ihn häufig in schlaflosen Nächten und frühen Morgenstunden heimsuchten. Vor seinen Augen tauchte dann wieder die Szene auf, wie er die kleine Bohdana anschrie und die nur hilflos den Mund öffnete und erschrocken schaute, weil das der Augenblick war, in dem der Mensch, dem sie grenzenlos vertraute und der ihr Liebe und Schutz bieten sollte, auf einmal zu ihrem Feind wurde.

Am Anfang sagte er sich, dass auch das Blankas Schuld war. Sie war es, die die Familie zerstört und sie alle um die Ruhe gebracht hatte, Evas Gesundheit untergraben und alles verdorben, was er bis dahin aufgebaut hatte. Sie hatte seine Lebenslust abgewürgt. Blanka war es, die in ihm diese Bitterkeit und die Wut geweckt hatte, die Bohdana die Sprache nahmen. Jahrelang entschuldigte er sich damit. Aber wenn er in der Nacht dalag und in die Dunkelheit starrte, wusste er, dass das nur Ausreden waren, mit denen er versuchte, seine Fehler und Schwächen vor sich selbst zu verstecken.

Die Jahre begannen Svatopluk zuzusetzen. Obwohl Frühling war und das sprießende Gras erst vor ein paar Wochen die Spuren des endlos langen, nassen Winters geglättet hatte, kletterte das Thermometer schon auf sommerliche Temperaturen. Früher bemerkte Svatopluk das Wetter gar nicht, ihm war egal, ob es Herbst oder Sommer war, aber in der letzten Zeit war er empfindlich gegen Wetterschwankungen und die Hitze ermüdete ihn.

Wann immer ihn jemand fragte, warum er zur Arbeit ging, wo er doch schon die verdiente Rente genießen könnte, antwortete er, dass er sich zu Hause langweilen würde. Die Realität war aber, dass er arbeiten musste, weil er das Geld brauchte. Er musste sich um die Tochter kümmern. Bohdana war fünfzehn und meldete sich in der Baugewerbeschule an. Svatopluk war entschlossen, es auf der Arbeit auszuhalten, bis Bohdana mit ihrer Ausbildung fertig war.

„Wo ist Bohdana?", fragte er und sah sich in der Küche um. Wie immer lagen überall stapelweise aufgeschnittene Zeitschriften herum und es stank nach Azeton. Zub lag unter dem Tisch, was ein Zeichen dafür war, dass Bohdana nicht zu Hause war, weil der Hund Bohdana wie ein Schatten durchs Haus folgte.

„Sie ist zu Zuzana gegangen." Běla hob den Kopf von den Papieren. „Heute kam die Mitteilung, dass sie in der Gewerbeschule angenommen wurde, also ist sie fragen gegangen, ob Zuzana auch angenommen wurde."

Also wissen das schon alle, dachte Svatopluk. Bohdana wollte die Nachricht ihrer Freundin mitteilen, aber der eigene Vater erfährt alles als Letzter. Der ist ihnen nicht einmal ein paar Worte wert.

„Fragen, ja?", zischte er, und obwohl er seine spöttische Bemerkung eher auf Bělas ungenaue Ausdrucksweise richtete als auf Bohdana, ärgerte ihn dieser kindliche Ausfall sofort, und so knallte er wütend die Tür zu. Wenigstens Bohdana hatte gezeigt, dass sie genug gesunden Menschenverstand besaß, und sich einen Beruf ausgesucht, der sie ernähren konnte. Das hatte sie von ihm, sie klimperte nicht auf dem Klavier, hatte den Kopf nicht in den Wolken und träumte nicht wer weiß wovon, wie damals ihre Mutter und Schwester ... Nein – er schüttelte den Kopf, um die Erinnerungen zu vertreiben – er wird jetzt nicht an die Vergangenheit denken. Schließlich hatte er aufgepasst und Bohdana von klein auf vom Klavier fortgescheucht. Das Ganze hatte er schon einmal durchgemacht und denselben Fehler wollte er nicht wiederholen.

Der langhaarige, bebrillte Junge, der bei ihnen wieder und wieder auftauchte, war Svatopluk zu Beginn nicht so recht. Ihn störte, dass er so viel Zeit bei ihnen verbrachte. Konnte er nicht wenigstens zu Hause seine Ruhe und Ungestörtheit haben? Als die lockige Brillenschlange begann, über Nacht zu bleiben, schimpfte Svatopluk mit Běla, warum sie so etwas erlaubte. Er selbst sagte aber kein Wort zu Bohdana oder dem jungen Mann.

Die Zeit verging schnell, immer schneller, als rasten die Räder in der Weltenmaschine und jagten die Jahre in wilderem Tempo voran. Wie konnte es sein, dass das kleine Mädchen, das sich noch vor kurzem unter dem Tisch versteckte und Angst hatte, allein weiter als bis zur Straßenecke zu gehen, erwachsen war und einen Freund hatte? Sie kam in das Alter, in dem Blanka aus seinem Leben verschwand, aber außer in der Größe ähnelte sie in nichts der Schwester oder Eva. Ihre kastanienbraunen Haare und Augen erinnerten ihn an Doubravka, obwohl sie wohl kaum ein Drittel des Gewichts der Tante hatte. Sie ähnelte ihr auch im Charakter, hielt sich eher abseits, aber es ging das gleiche Gefühl von Ruhe und Versöhnung von ihr aus, das Svatopluks Schwester ausstrahlte. Hoffentlich erging es ihr nicht eines Tages so wie ihr – aufgegangen wie ein Hefeteig, mit Krapfen in der Hand und einem zufriedenen Lächeln im speckigen Gesicht.

Nach einer Zeit gewöhnte sich Svatopluk an die Anwesenheit von Bohdanas Freund, und als er feststellte, was für eine Verbesserungslust und was für gute Ideen und geschickte Hände er hatte, sah er ihn mit ganz anderen Augen an. Außerdem war Martin der Einzige im Haus, mit dem Svatopluk sich unterhalten konnte. Sie sprachen über ganz gewöhnliche Dinge und unterhielten sich über Sachen, die nur Männer verstehen konnten. Klar, es war ein großer Altersunterschied zwischen ihnen, sodass sie keine wirklichen „Freunde" sein konnten, aber Svatopluk suchte sowieso keinen Freund. Auch Martin brachte ihm seine Tochter nicht näher. Es schien Bohdana zu stören, dass er sich mit ihrem Freund verstand. Es passte ihr besser, wenn sie Martin für sich hatte. Sie hörte absichtlich den Gesprächen nicht zu, die

Svatopluk und Martin führten und stand zum Trotz so schnell wie möglich vom Tisch auf, damit Martin mit ihr gehen musste.

Sie hat doch wohl keine Angst, dass ich ihn ihr wegnehme, überlegte Svatopluk. Sicher flüsterte ihr Běla das ein.

Über sein gespanntes Zusammenleben mit Běla und die distanzierte Beziehung zu Bohdana sprach er nie mit Martin. Warum auch? Auf der Welt gab es eine Menge anderer, viel interessanterer Gesprächsthemen. Und manchmal schadet es nicht zu schweigen. Obwohl er nie danach fragte, dachte Svatopluk manchmal, wie es sein konnte, dass Martin sich so gut mit Bohdana verstand. Zuweilen kam es ihm so vor, dass Martin das Stummsein seines Mädchens gar nicht bemerkte. Er sprach mit ihr, als würde er eine Antwort erwarten, und auch wenn die nicht kam, konnte er sie offensichtlich aus dem Gesichtsausdruck ablesen oder vielleicht aus einer Geste.

Bohdana lehnte es ab, die Zeichensprache zu lernen – im Übrigen empfahlen die Ärzte auch nicht, sie dazu zu zwingen. Bohdanas Unlust ließ Svatopluk vermuten, dass ihr das Schweigen entgegenkam, und wenn sie wollte, könnte sie bestimmt sprechen. Mit ihr nahestehenden Menschen hatte sie ein eigenes Verständigungssystem entwickelt, das sich Svatopluk nie aneignete. Und das reizte und demütigte ihn, weil er damit von den anderen abgeschnitten war und sich fühlte, als sei der einzige kommunikationsunfähige Mensch im ganzen Hause gerade er.

Der Staub vom eingerissenen Mauerwerk bedeckte den Rasen und die Metallfensterbänke, machte die Fensterscheiben blind, fand einen Weg unter den Türen hindurch und setzte sich siegreich in allen Räumen ab. Er drang in den Wäscheschrank, rieselte aus den Schuhen, knirschte zwischen den Zähnen. Das Haus zitterte unter dem Hämmern, Bohren und den lauten Rufen der Handwerker. Bis zu Bohdanas Hochzeit mit Martin blieben noch ein paar Wochen und das junge Paar baute die erste Etage nach seinen Vorstellungen um.

Svatopluk verbrachte die Vormittage auf der Arbeit, nachmittags half er mit Martin den Bauleuten bei der Rekonstruktion und abends fiel er müde ins Bett. Für unnötige Überlegungen hatte er weder Zeit noch Energie, und so war es ihm auch recht. In dieser Zeit war er auf eigenartige Weise zufrieden.

Die Tochter hatte „ihren Menschen" gefunden und das hielt Svatopluk hinsichtlich ihrer Schüchternheit und Schweigsamkeit fast für ein Wunder. Es freute ihn, dass Martin ein Familienmitglied wurde, aber gleichzeitig ärgerte es ihn, dass er wegen all den Veränderungen und baulichen Anpassungen seinen Zufluchtsort auf der ersten Etage verlor. Das höchst sonderbare Zusammenleben mit Běla, das fast zwanzig Jahre dauerte, konnte er nur ertragen, weil sie sich fast nicht trafen. In die Küche im Erdgeschoss kam Svatopluk nur, wenn er musste. Er mochte die großen Fenster nicht, den Geruch vom Essen und den Chemikalien, der den Raum tränkte, die unschönen Erinnerungen an alle Unannehmlichkeiten, Streits und Unstimmigkeiten, die sich dort abspielten. Ihn störte Bělas Unordnung und am allermeisten konnte er Běla selbst nicht ertragen.

Beim Umbau belegte er das hintere Zimmer und bemühte sich, nicht zu erkennen zu geben, wie sehr es ihn störte, dass er das Arbeitszimmer verlor. Es überraschte ihn, dass Běla alle ihre Sachen aus dem Schlafzimmer in das kleinste Zimmer hinter der Küche trug. Wie wollte sie da mit all ihrem Kram hineinpassen? Obwohl das eigentlich auch egal war, bald würden Bělas Sachen sowieso überall herumliegen.

Bei der Erledigung der Formalitäten im Stadtamt betonte die Angestellte, dass die Brautleute deutlich ihr Einverständnis mit der Eheschließung aussprechen mussten. Und selbst wenn die Braut stumm war, reichte ein Nicken nicht. Die ganze Zeremonie und ihr Ja musste jemand übersetzen, der die Gebärdensprache beherrschte und eine staatliche Bestätigung dafür besaß.

Martin hatte mit der Bauabnahme zu tun, Bohdana würde nicht viel erreichen und Běla zuckte wie immer mit den Schultern. Und so nahm sich Svatopluk unwillig dieser unglücklichen Angelegenheit an. Zuerst empörte er sich zurecht, dass seine Tochter zwar nicht sprach, aber hörte, also ein Nicken doch wohl reichen könnte. Und dann machte er sich ins Rathaus auf, um der Angestellten das persönlich zu erklären. Die Standesbeamtin bestand auf ihrer Meinung.

„Gesetz ist Gesetz", wiederholte sie entschlossen. „Ich werde Ihretwegen keine Unannehmlichkeiten riskieren. Und Ihrer Tochter würde es auch nicht gefallen, wenn sie nach zehn Jahren feststellt, dass die Ehe ungültig ist!"

„Aber das ist doch Unsinn", regte sich Svatopluk auf und verlangte von der Beamtin eine Liste mit Dolmetschern, die sie allerdings im Rathaus nicht hatten. „Außerdem kann Bohdana diese verfluchte Gebärdensprache nicht einmal."

„Das sagen Sie lieber nicht laut, sonst wird die ganze Prozedur noch komplizierter", wies die Standesbeamtin Svatopluk hin und schob ihn aus der Tür. Ihm schoss durch den Kopf, dass sie sich so etwas vor Jahren gegenüber dem Genossen Direktor nicht erlaubt hätte – da hätten ihr bei der Verhandlung mit ihm vor Verlegenheit die Knie geschlottert. Und dann ging er, um einen Dolmetscher zu suchen.

Als er aber ein paar Wochen später im Standesamt stand und sah, wie die Dolmetscherin mit den Armen wedelte und Bohdanas Nicken mit einem lauten Ja übersetzte, war er froh, dass die Brautleute sich nur für eine kleine Zeremonie entschieden hatten.

Nicht etwa, weil die Szene vor seinen Augen an eine Filmkomödie erinnerte und die Zeugin zu tun hatte, nicht vor Lachen herauszuplatzen.

Svatopluk fühlte anstelle der Freude eine tiefe Trauer und seine Gedanken flogen zu denen, die im Standesamt fehlten. Er hielt sich so weit es ging hinten, schaute starr vor sich hin und die Sommerblumen am unteren Saum des Brautkleids zerflossen für ihn zu einer gewellten Wiese. Dann drehte sich die Braut um, lächelte Martin an und Svatopluk erkannte dieses Lächeln. Bohdana hatte von ihrer Mutter nicht das Aussehen oder die Haarfarbe geerbt, sie hatte ihr Lächeln, dachte er und fühlte in diesem Augenblick schon, dass er sich schnäuzen musste. Und den ganzen Tag lang war er noch verdrießlicher und schweigsamer als gewöhnlich.

Gleich am anderen Tag fuhren die Frischvermählten am Morgen auf die Hochzeitsreise. Und als Svatopluk am Montag von der Arbeit kam, wartete Zub am Tor und wedelte nervös mit dem Schwanz. Er blieb nicht im

Garten, sondern drängte sich hinter ihm in die Küche. In die mustergültig aufgeräumte, ungewöhnlich stille und stickige Küche.

Svatopluk öffnete die Fenster, blieb an der Tür zu Bělas Zimmer stehen, lauschte, ob er Schritte oder Papiergeraschel hörte. Aber durch die Stille schwebten nur die Geräusche, die durch die offenen Fenster aus dem Garten hereindrangen. Er dachte, dass Běla ihre Mutter besuchte, nahm sich ein paar Hochzeitsküchlein aus der Speisekammer und setzte sich in seinem neuen Zimmer in den Sessel. Er würde sich wohl mit der Zeit hier eingewöhnen.

Aus dem alten Arbeitszimmer hatte er die Bücherregale mit den bekannten Büchern nach unten gebracht, die er nie gelesen hatte, weil er nie ein Freund von Belletristik geworden war. Die Freuden und Probleme anderer Menschen interessierten ihn nicht, er hatte genug eigene Sorgen. Wenn er ein Buch aufschlug, war es Fachliteratur oder Sachliteratur. Er las Zeitschriften und Bücher über Geschichte, Natur und neue wissenschaftliche Entdeckungen und es hörte nicht auf, ihn zu irritieren, dass das Wissen zwar mit ungeheurer Geschwindigkeit in allen Richtungen anwuchs, in die Mikrowelt und ins Weltall Einblicke gewährte, aber nicht in die Tiefe der menschlichen Seele schauen und ihr Ruhe schenken konnte. Sie konnte ein gesundes Mädchen nicht zum Sprechen bringen ...

Die gewohnten Dinge – die Buchrücken hinter dem Glas des Bücherschranks, der abgewetzte Bezug des alten Sessels und die Vorhänge an den Fenstern – beruhigten ihn. Aus dem oberen Zimmer war der Ausblick auf den Garten, die Wiesen und die Wälder hinterm Haus schöner, aber im Erdgeschosszimmer hielt sich im heißen Sommer eine angenehme Kühle, dachte er und schlief ein.

Es war schon dunkel, als Zub ihn weckte, weil er mit Winseln und Kratzen an der Tür seinen abendlichen Auslauf verlangte. Sonst hätte er wohl bis zum Morgen geschlafen. Er stand auf, ging durch die Küche und stellte fest, dass Běla noch nicht zu Hause war. Er ließ den Hund hinaus in den Garten und klopfte nach kurzem Zögern an Bělas Zimmertür. Der Ton hallte wie die Schläge eines richterlichen Hämmerchens durch das leere Haus. Er klopfte wieder und öffnete dann.

Auf einer der Pappkisten, in denen offensichtlich Sachen waren, die Běla später abholen oder wegwerfen wollte, lag ein Umschlag mit seinem Namen.

Entschuldige, dass ich so gehe, aber du weißt, dass ich nur wegen Bohdana noch hier war. Wenn du etwas brauchst, bin ich bei meiner Mutter. B.

Im ersten Moment konnte Svatopluk nicht erkennen, was er eigentlich fühlte. Das war kein Bedauern, dass er allein zurückblieb, aber auch keine Erleichterung, dass Běla gegangen war. Vielleicht war er wütend, weil er der Frau, neben der er so viele Jahre gelebt hatte, nicht einmal einen Abschied wert war.

Sein Körper wurde schwer vor Müdigkeit. Er schleppte sich in sein Zimmer und legte sich angezogen aufs Bett. Obwohl er nicht schlief, fand er keine Kraft, aufzustehen und Zub, der lange genug draußen war und jetzt bellte, an der Tür kratzte und um Einlass bettelte, die Tür zu öffnen. Das Alter, dachte Svatopluk. Das, was ich fühle, ist das Alter.

Svatopluk saß auf der Bank, lehnte sich mit dem Rücken an die Holzlaube und genoss den Blick auf die gepflegten Beete. Die stundenlange Arbeit, der schmerzende Rücken und die Müdigkeit hatten sich ausgezahlt. Als ihm Bohdanas und Martins Hochzeit vor ein paar Jahren endlich die Sorge ums Haus und das erdrückende Verantwortungsgefühl nahmen und er endlich in Rente gehen konnte, war er froh, hatte aber gleichzeitig Angst vor den leeren Tagen. Die Arbeit hielt er für einen wichtigen Bestandteil des Lebens, aber mit seinen mehr als siebzig Jahren war er schon müde, und hatte außerdem das Gefühl, Jüngeren den Platz wegzunehmen.

Er verstand die Welt vor der Haustür nicht mehr und vielleicht wollte er sie auch nicht verstehen. Die Menschen begannen sich wieder an Worte zu gewöhnen, die er fast das ganze Leben lang versuchte, aus dem Wörterbuch zu streichen. Kapitalismus, Zwangsvollstreckung, Arbeitslosigkeit, Sozialhilfe. Da habt ihr, was ihr wolltet, dachte Svatopluk bei sich. Ihr kommt auch langsam darauf, dass wir Kommunisten das gut mit euch meinten. Wozu braucht ihr offene Grenzen und Geschäfte voller Luxuswaren, wenn ihr kein Geld für die Miete habt?

Svatopluk beschäftigte sich aber nicht mehr so sehr mit Politik. Nur manchmal nickte er dazu, wenn der Nachbar Bém jammerte, der sich im Kommunismus über die Verhältnisse beschwert hatte, aber auch jetzt nicht zufrieden war.

Svatopluk dachte immer häufiger an Blanka. Er überlegte, ob sie überhaupt jemals versucht hatte, etwas über ihre Familie herauszufinden, oder ob sie noch immer solche Angst vor der Vorstellung hatte, ins Gefängnis zu müssen, und irgendwo unter einem anderen Namen lebte. In den schlaflosen Nächten, von denen es immer mehr gab, starrte er in die Dunkelheit und war fast überzeugt, dass Blanka nicht mehr lebte. Aber dann kam der Morgen und mit ihm neue Hoffnung. Wie könnte ihn Blanka auch finden, wenn er so viel Energie darauf verwendet hatte, keine Spuren zu hinterlassen, die aus seinem vergangenen Leben in das gegenwärtige führten?

Svatopluk unterhielt nur zu dem Juristen Zevada Kontakt. Nur er kannte Svatopluks neue Adresse und nach Doubravkas Tod war er der einzige Mensch, an den sich Blanka wenden könnte, wenn sie wirklich nach Prag zurückkäme. Das heißt, wenn sie sich an den Namen des Juristen erinnerte und herausfinden konnte, wo er wohnte. Zevada war schon in Rente, aber um die Angelegenheiten einiger seiner alten Klienten kümmerte er sich weiterhin. Wenn es nötig war, wandte sich auch Svatopluk an ihn. Ein paarmal sprachen sie darüber, ob es möglich wäre, Blanka aufzuspüren, und kamen zu dem Schluss, dass sie wohl nicht zurückwollte.

Auch sie wollte wohl ihre Vergangenheit vergessen, hatte Angst, dass wieder an die Oberfläche kommen könnte, was sie verbrochen hatte. Wusste sie überhaupt, dass ihre Tat schon verjährt war? Das Gesetz konnte ihr nichts mehr, aber die Menschen vergaßen nicht. In ihren Augen war sie immer noch die, die getötet hatte, und deshalb würde sie vielleicht nie in ihre Heimat zurückkehren.

Wenigstens ein Brief, ein Telefonat oder eine kurze Nachricht, in der sie mitteilen würde, wie sie lebte, wie es ihr ging, dachte Svatopluk. Ob sie wohl verheiratet war und Kinder hatte? Jetzt wären seine Enkel schon erwachsen. Svatopluk seufzte tief und schüttelte den Kopf.

Wenn er sich solche Gedanken erlaubt, verdirbt er sich den ganzen Tag. Und dabei war es so schön und er hatte so viele Gründe zur Freude ...

Aus dem Garten, dem er früher nur so viel Zeit widmete, wie es nötig war, war es ihm in den letzten Jahren gelungen, ein schönes und nützliches Eckchen zu schaffen. Die Gemüsebeete standen in einer Reihe geordnet wie die Soldaten bei der Musterung, einige besät und mustergültig beschriftet, andere vorbereitet für die Setzlinge aus dem Gewächshaus. Obwohl Svatopluk auf die achtzig zuging und die Frühjahrsvorbereitungen eine Schinderei waren, mochte er die physische Arbeit. Sie ermüdete den Körper und verjagte trübe Gedanken aus dem Kopf.

In den Beeten entlang des Zaunes und der gepflasterten Wege verblühten die Tulpen und Narzissen. Um die Blumen kümmerte sich Bohdana und Svatopluk musste zugeben, dass sie das gut machte. Sie arbeiteten jetzt oft zusammen im Garten. Zuerst machte ihn die Anwesenheit der Tochter nervös und er kämpfte mit dem Gefühl, sie sei in sein Territorium eingedrungen, in seinen persönlichen Raum. Nach einer Zeit gewöhnte er sich daran und freute sich sogar auf ihre stille Gemeinschaft. Schweigend arbeitete jeder auf seinem Beet, manchmal richteten sie sich auf, streckten den schmerzenden Rücken und sahen sich nach der getanen Arbeit um.

Im vergangenen Herbst, als Bohdana die kleine Petra erwartete und die Schwangerschaft sich bislang nur durch ihren strahlenden Blick und die innere Ruhe bemerkbar machte, grub Svatopluk auch die Blumenbeete um und trug Bohdanas Unkrauteimer immer dann, wenn er ihm zu schwer für sie erschien. Bohdana schaute ziemlich überrascht, als hätte sie so etwas von ihm nicht erwartet, aber dann ließ sie die schweren Eimer an den Wegen stehen und half ihm im Gegenzug, das Gewächshaus winterfest zu machen, in das sie früher keinen Fuß gesetzt hatte.

Jetzt, wo sie so viel Arbeit mit dem Säugling hat, sollte ich die Beete auch im Vorgarten vorbereiten, dachte Svatopluk. Und ich berate mich auch mit Martin, wo der beste Platz für die Schaukel und den Sandkasten ist. Im nächsten Jahr wird die Kleine schon durch den Garten wackeln, also sollte alles fertig sein.

Svatopluk schloss für eine Weile die Augen und hielt das Gesicht in die Sonne. Die Neugeborenen brauchen vor allem die Mutter, aber wenn die Enkelin größer wird, wird es schön sein, Zeit mit ihr zu verbringen. Sich mit ihr zu unterhalten, ihr vorzulesen, wie er früher Blanka vorgelesen hatte … und Bohdana nie …

Die Sonnenstrahlen brannten zu sehr und malten rote Kreise in seine Augenlider. Auf der Stirn fühlte er Schweißtropfen und dann einen Windhauch. Etwas rieb sich an seinen Beinen. Zuerst dachte er, es sei Zub, aber dann erinnerte er sich, dass der schon ein paar Jahre im Himmel war, öffnete die Augen und stand langsam auf. Seine Beine wollten irgendwie nicht gehorchen. Die sind mir wohl eingeschlafen, dachte er. Es dauerte eine Weile, bis er das schläfrige Gefühl abgeschüttelt hatte. Er machte sich schwerfällig gerade und ging los zum Gewächshaus. Schluss mit der Faulenzerei, höchste Zeit, sich an die Arbeit zu machen. Die Salatpflänzchen warteten.

Das war das Letzte, an das sich Svatopluk erinnerte, als er im Krankenhaus erwachte. Verschwunden waren aus seinem Kopf die Minuten, in denen er gleichmäßig die zarten Pflänzchen setzte und sie vorsichtig mit abgestandenem Wasser angoss, damit ein starker Guss nicht die Wurzeln freilegte. Auch der schwache Moment war fort, in dem er das Bedürfnis verspürte, sich ein paar Minuten auf die erhöhte hölzerne Beeteinfassung zu setzen – aber nur für eine Weile, bis sich der Kopf nicht mehr drehte und er sich wieder erinnerte, wo er eigentlich war und warum er hierhergekommen war. Er konnte sich nicht mehr die Dunkelheit vorstellen, in die er langsam sank – ohne Schmerzen, und deshalb auch ohne Angst, als käme er von einer langen Reise nach Hause zurück.

Die Schläuche, die ihm aus den verschiedensten Körperteilen ragten, überraschten und belasteten ihn schrecklich. Aber als er sie herausreißen wollte, konnte er sich nicht bewegen. Zuerst dachte er, man hätte ihn festgeschnallt, und er öffnete den Mund, um mit einem Schrei seine Freiheit zu verlangen. Aber es kam nur ein seltsames Wimmern heraus, das wie das Weinen eines sterbenden Tieres klang. Erschrocken wollte er sich befreien, stellte aber fest, dass er nicht Herr seines eigenen Körpers war. Und obwohl er in diesem Moment am liebsten jemanden umgebracht oder wenigstens um Hilfe gebrüllt hätte, fühlte er nur, wie ihm Tränen die Wangen hinunterliefen, die er nicht abwischen konnte.

Dann beugte sich das Gesicht einer unbekannten Frau über ihn, sagte etwas Besänftigendes zu ihm und zerfloss wieder im Nebel.

Als Svatopluk zum zweiten Mal erwachte, war er in der Lage, sich bewusst zu machen, dass er einen Schlaganfall hatte, der die linke Körperhälfte erfasste und seine Beweglichkeit erheblich einschränkte. Die rechte Seite schien nicht betroffen zu sein und allem Anschein nach gab es eine gewisse Chance, dass sich der Zustand des betroffenen Arms und des Beins verbessern könnte. Mit der Zeit. Vielleicht. Eventuell. Aber trotzdem musste man das Alter in Betracht ziehen und auch den Willen des Patienten, teilte nach ein paar Tagen der Arzt Martin am Patientenbett mit. Svatopluk wollte sagen, dass er alles tun würde, um den Körper in Bewegung zu bringen, aber es gelang ihm nur, ein unartikuliertes Röcheln hervorzubringen. Die Schwester lächelte ihn an und machte ihm über Kopfhörer **seine Lieblingskomposition an.**

19 / TOCHTER

Lieblingskompositionen hatte der Vater einige. Ich schaute die CDs durch und nahm manchmal eine aus der Schachtel und zeigte sie ihm. Wenn der im Sessel sitzende Vater den Kopf schüttelte, suchte ich weiter.

Die Ärzte hatten uns gesagt, dass der Vater Glück hatte, weil er nicht lange bewusstlos war und dank Martins Eingreifen schnell Hilfe bekam. Ich war mir nicht sicher, ob der Vater das auch dachte. Ein paar Wochen verbrachte er zuerst auf der Intensivstation, dann in einem normalen Krankenzimmer und in der Rehabilitation. Nach dem Schlaganfall fiel es ihm schwer zu gehen, die linke Hand ließ sich nur eingeschränkt bewegen und er konnte nicht mehr sprechen. Er war auf die Hilfe anderer angewiesen und musste deswegen schrecklich unglücklich sein.

Ganz bestimmt so wie ich.

Müde hob ich die CD mit Rachmaninows Klavierkonzert Nr. 3 in d-Moll hoch. Das bedeutete, auf Nummer sicher zu setzen. Dieses Stück liebte der Vater.

Er nickte. Ich legte die Aufnahme in den Player, stellte die Lautstärke ein und kontrollierte mit einem letzten Blick, ob der Vater alles hatte, was er brauchte. Als ich die Schachtel mit den CDs in Vaters Zimmer zurückbrachte, kam ich am Klavier vorbei und fuhr mit der Handfläche über den Deckel.

Früher sehnte ich mich danach, darauf spielen zu lernen, die Töne und Melodien zu hören, die unter meinen Fingern entstanden, aber der Vater gestattete es mir nicht. Er erklärte, das Geklimper auf dem Klavier führe zu nichts, ich solle mich lieber etwas Nützlichem zuwenden. Běla war meistens auf seiner Seite und meinte, der Papa würde viel arbeiten und wolle zu Hause seine Ruhe haben. Es dauert sehr lange, auf dem Klavier spielen zu lernen, tröstete sie mich, das endlose Wiederholen der Etüden würde dir keinen Spaß machen und den Papa würde das nur stören.

Ich söhnte mich damit aus, wie mit einer Menge anderer Dinge, die ich nicht schaffte oder nicht tun durfte. Eine Weile ging mir der Gedanke im Kopf herum, warum wir eigentlich ein Klavier hatten, wenn niemand darauf spielte. Dann kam ich zu dem Schluss, dass es wohl zu der Ausstattung gehörte, die im Haus war, als meine Eltern einzogen. Und ich hörte auf, darüber nachzudenken.

Manchmal, wenn niemand im Haus war, hob ich den Deckel an, versuchte dem Klavier mit einem Finger eine Melodie zu entlocken, und stellte mir vor, wer wohl auf diesem wundervollen Instrument gespielt hatte. Nur erklangen anstelle einer Melodie lediglich unsinnige Töne, sodass es mir schnell keinen Spaß mehr machte und ich den Deckel wieder zuklappte.

In Vaters Zimmer stellte ich die Schachtel mit den geordneten CDs in den Schrank, aber als ich ihn schließen wollte, ging die Tür nicht zu. Ich öffnete sie wieder und fuhr mit der Hand über den Rand des obersten Faches, um zu sehen, was da störte. Ein Haufen Papier und Fotografien ergoss sich über mich und eine Konfektschachtel fiel mir auf den Kopf. Ich erkannte sie sofort. Das war die Schachtel, in der Vater Dokumente aufbewahrte. Ich roch daran. Sie roch noch immer nach Kirschen und Schokolade. Ich begann, die verstreuten Papiere aufzusammeln. Fotos, Dokumente, Hochzeitswünsche … Manche scherzhaft und manche ernst. Andere ganz gewöhnlich. *Viel Glück im Leben, eine Menge Windeln auf dem Herd wünschen die Bláhas* oder *Viel Liebe wünschen Euch, Svatopluk und Eva, Jiří und Jana.* Meine Hand blieb mit der Karte in der Luft hängen. Diese wehende Schrift … und dieses eigenartig geformte „S"! Ich war mir ziemlich sicher, dass ich diese Handschrift schon einmal gesehen hatte. Wann wurden denn aus Vaters Freunden verbissene Feinde?

Auf einmal hatte ich das Gefühl, dass ich wieder nach etwas schnüffelte, das mich nichts anging. Ich stopfte die letzten Papiere ungelesen in die Schachtel und schloss den Schrank. Ich ging aus dem Zimmer und schaute mich nach dem Vater um. Er hatte den Kopf angelehnt und die Augen geschlossen. Er war weit fort in einem Land, in das er sich immer vor uns flüchtete und wohin er mich nicht mitnehmen wollte.

Der Schlaganfall machte aus meinem Vater mein zweites Kind. Das kam mir ungerecht vor. Der Vater benahm sich nie zu mir wie zu einer Tochter. Er zeigte kein bisschen Gefühl. Er umarmte mich nicht, sagte mir nicht, dass er mich liebhatte. Und er wird mir das auch nie mehr sagen.

Als man uns aus dem Rehabilitationszentrum anrief, dass sie den Vater in häusliche Pflege entließen, konnte ich mir nicht vorstellen, wie wir das schaffen sollten. Martin arbeitete und ich hatte ein Mädchen von ein paar Monaten zu Hause, das meine ganze Zeit und Aufmerksamkeit brauchte, und wollte mich nicht um einen gebrechlichen Menschen kümmern. Ich wollte die glücklichen ersten Jahre meiner Tochter genießen, dieses Kindes, auf das ich mich so lange gefreut hatte.

Hinsichtlich des Alters Ihres Vaters ist die Hoffnung auf eine Verbesserung seines Zustands ungewiss, sagte man uns. Aber man kann es schlecht voraussagen, also dürften wir die Rehabilitation keinesfalls vernachlässigen. Und man kann auch nicht ausschließen, dass sich der Anfall wiederholt, was den Zustand des Patienten noch deutlich verschlechtern könnte, eventuell fatal.

Unter der Last der Befürchtungen und der Verantwortung fing ich fast an zu heulen. Ich brauchte Hilfe. Ich konnte nicht mit dem Vater und der kleinen Petra allein bleiben. Was, wenn ich mit einem beschäftigt bin und der andere mich braucht? Was, wenn ich es nicht schaffe und ein Unglück passiert?

Ich bat Běla um Hilfe. Schließlich war sie Vaters Ehefrau. Auch wenn sie schon ein paar Jahre nicht mehr miteinander lebten, hatten sie sich nie scheiden lassen. Bělas neues Leben war angenehm eingespielt. Sie war finanziell abgesichert, da sie Rente bekam und ordentlich mit den Lavendelprodukten dazuverdiente. Manchmal hatte sie auch Einkünfte vom Verkauf der Collagen. Die Produktion in Heimarbeit ließ sich zeitlich anpassen, und so könnte Běla sicher für ein paar Stunden bei mir, ihrer vergötterten kleinen Petra und ihrem Ehemann vorbeikommen, damit ich nicht mit allem allein war.

Aber Běla, die liebe und aufopferungsvolle Běla, die mir beim Heranwachsen und eigentlich auch jetzt noch immer eine Stütze war, lehnte ab. Bitte mich nicht darum, sagte sie. Ich habe jetzt mein eigenes Leben. Ich habe deinem Vater zwanzig Jahre gegeben, mehr kann ich ihm nicht opfern.

Das schmetterte mich nieder. Für einen Augenblick fühlte ich mich sogar von ihr verraten, aber dann sah ich ihr in die Augen und sah, dass diese Absage sie genauso schmerzte wie mich. Vielleicht findet ihr noch einen Weg zueinander, das würde ich mir sehr wünschen, fügte sie hinzu und umarmte mich.

Dafür müsste erst einmal ein Weg existieren, dachte ich bei mir.

Während ich in Befürchtungen ertrank, ging Martin ganz praktisch an die unerwarteten Probleme heran. Wie ich in den Jahren unserer Ehe feststellen konnte, war das Praktische ein Teil seines Charakters. Sowie sich der Bau ökologischer Häuser als zu teuer erwies und wir nur schwer Interessenten fanden, begriff Martin sehr schnell, dass er von seinen Idealen ablassen und sich der Nachfrage anpassen musste, wenn er auch weiterhin die Firma halten, sein eigener Herr sein und verdienen wollte. Am Anfang ärgerte mich, dass er dem Geld den Vorrang vor unseren Träumen gab, aber dann fand ich mich damit ab. Das ist nur verschoben, erklärte mir Martin. Wenn unsere Firma erst einen Namen hat, kehren wir zu den Ursprungsprojekten zurück. Obwohl ich dazu nickte, glaubte ich nicht, dass er irgendwann in der Lage sein würde, den ordentlichen Verdienst aufzugeben, an den wir uns gewöhnt hatten.

Aber jetzt kam uns das Geld zupass. Martin bestellte eine Haushaltshilfe und eine Pflegerin, die jeden Nachmittag zu uns kam, um dem Vater mit der Hygiene zu helfen und Übungen zu machen. Ich muss sagen, dass ich ziemlich erleichtert war. Ich war nie habgierig und war nicht sehr auf Besitz aus, aber das war einer der Momente, in denen mir bewusst wurde, wie wichtig Geld war und warum die Menschen sich deswegen so abrackerten. Es stellt Gewissheit dar und sichert ein würdiges Leben.

Das Leben im Haus spielte sich nun wieder im Erdgeschoss in der Küche und im angrenzenden Zimmer ab.

Zuerst setzten wir den Vater in einen bequemen Ohrensessel im Wohnzimmer und ließen die Tür zwischen beiden Räumen offen. Nach ein paar Tagen schoben wir aber den Sessel in die Küche. Der Vater wünschte sich, dass wir ihn ans Fenster stellten. Mit Blick in den Vorgarten, in Reichweite von Petras Bettchen. Er fühlte sich wohl in unserer Gesellschaft nicht so abgeschoben und auch für mich war diese neue Ordnung vorteilhafter. Ich konnte ein Auge auf meine beiden Pfleglinge haben und musste nicht aus einem Zimmer ins andere laufen.

Es war seltsam, lange Stunden mit dem Vater in einem Raum zu sein und zu beobachten, wie er sich mit allen Kräften bemühte, seinen Zustand zu verbessern. Wenn wir früher miteinander allein blieben, taten wir meistens so, als würden wir den anderen nicht bemerken, und bei der nächstbesten Gelegenheit verließ einer von uns den Raum. Jetzt konnten wir aber nicht fortlaufen. Wir mussten lernen, die gegenseitige Nähe auszuhalten und die Stille zwischen uns weniger bedrückend und unangenehm zu machen.

Ich konnte nicht so tun, als würde ich den Vater, der am Fenster im Sessel saß, nicht sehen. Im Gegenteil, ich musste ständig in seiner Nähe sein und zu erraten versuchen, was er gerade brauchte.

Zum Glück bewies sich hier Vaters verbissener Charakter und sein Zustand besserte sich langsam. Nach zwei Monaten brauchte er keine Hilfe mehr bei der Hygiene und auf zwei Unterarmstützen bewegte er sich durchs Haus. Jeden Tag übte er mit der Reha-Schwester, führte gewissenhaft die empfohlenen Übungen aus und bemühte sich aus ganzer Kraft, nützlich zu sein.

In diesem Jahr blieben die sorgfältig vorbereiteten Gemüsebeete brach liegen und die Stauden in den vernachlässigten Blumenbeeten verloren den Kampf gegen die Trockenheit und das widerstandsfähige Unkraut. Das Gras reichte bis über die Knie, drängte sich zwischen die Ritzen in den Fliesen und wucherte das Gewächshaus so zu, dass sich die Tür nur schwer öffnen ließ. Die Setzlinge aus dem Frühling waren vertrocknet und lagen unter dem zersplitterten Glas, das aus den Dachscheiben gefallen war, weil sie offengeblieben waren und mit der Zeit dem Wind nicht standhalten konnten.

Der Garten hatte seinen Gärtner verloren und es fand sich kein Ersatz für ihn. Ich verausgabte mich bei der Pflege von Kind und Vater, Martin war den ganzen Tag auf der Arbeit und das bisschen freie Zeit, das ihm blieb, wollte er mit uns verbringen.

„Der Garten wartet auf deinen Vater", sagte Martin zu mir, als ich wollte, dass er eine Firma anheuerte, um den Garten in Ordnung zu bringen. „Er braucht eine Motivation, einen Grund, warum er üben und wieder fit werden sollte. Wenn sich sein Zustand in dem Tempo bessert wie bisher, wird er im nächsten Frühjahr ohne Stock laufen können. Wenn nicht, finde ich eine Gartenbaufirma."

Mit der Zeit veränderte sich die Stille zwischen mir und meinem Vater. Vielleicht trug unsere kleine Petra dazu bei. Es war eigenartig, den Vater zu beobachten, wie er sich näher zum Bettchen beugte, der Kleinen Spielzeug reichte, sie anlächelte und mit den Klappern vor ihrem Gesicht wedelte. Mich würde interessieren, ob er sich auch über mich so gebeugt hatte, und wenn ja, was passiert war oder was ich angestellt hatte, dass er mich nie so ansah wie jetzt seine Enkelin. Gütig, unendlich geduldig und voller Liebe. Als hätte das kleine Kind sein Herz erwärmt und den Eispanzer geschmolzen, der es umgab. Als hätte es einen anderen Menschen aus ihm gemacht.

Die Spannung zwischen uns verschwand allmählich, die Tage gewannen eine bestimmte Ordnung und es war immer leichter zu verstehen, was der Vater brauchte. Er übte fleißig, las, hörte Musik über Kopfhörer und verbrachte Stunden mit dem Computer. Ich überließ ihm mein altes Notebook, weil die Reha-Schwester behauptete, die Arbeit am Computer sei gut für die Beweglichkeit der linken Hand und die Stimulation der Gehirntätigkeit. Der Mensch muss immer etwas Neues lernen, sagte sie.

Der Vater war müder, das schon, aber sein Intellekt war absolut nicht betroffen. Vor dem Schlaganfall zeigte er kein Interesse am Computer. Er schaffte es, seine Zeit anders zu füllen, wie er gern sagte – sinnvoller. Vielleicht stimmte das, denn auch Fernsehen schaute er selten, aber ich hatte eher den Verdacht, er hätte Angst vor den neuen Technologien. Was, wenn er auf einmal nicht mehr weiterkam? An mich hätte er sich nie um Rat gewandt und Martin, der viel Arbeit und Sorgen mit der Firma hatte, wollte er damit nicht belästigen. Als er aber die Vorzüge des Internets entdeckt hatte, saß er überraschend oft am Notebook. Er suchte Informationen über ihn interessierende Dinge, las ellenlange Artikel, lernte sogar in

Internetgeschäften einzukaufen und bestellte Bücher und Musik für sich und Spielzeug für die Kleine. Ich freute mich, dass nicht nur seine Beweglichkeit zunahm, sondern auch sein Interesse an der Welt.

Anfang Dezember konnte der Vater ohne Unterstützung gehen und benutzte nur noch draußen bei den immer länger werdenden Nachmittagsspaziergängen einen Stock. Früher war er nie spazieren gegangen. Ziellos durch die Straßen zu wandern hielt er für Nichtstun, was nicht in seinem Charakter lag. Alles, was er tat, musste zu einem bestimmten Ziel führen – den Geist entwickeln oder einen Nutzen bringen. Jetzt, da er seine körperlichen Kräfte erneuern musste, ging er mit eiserner Regelmäßigkeit hinaus, und legte sich dafür sogar eine Tabelle im Computer an. Dort trug er die an diesem Tag zurückgelegte Entfernung ein und wie lange er dafür brauchte. Am Ende der Woche zählte er die Entfernungen und Zeiten und verfolgte anhand einer selbst aufgestellten Formel, ob er sich verbesserte.

Genau wie der Vater kein Verständnis für zielloses Herumstreunen hatte, konnte ich nicht verstehen, dass er jeden Tag den gleichen Weg ging. Er hatte sich eine Route durch das Villenviertel abgesteckt, sie abgemessen und war sie vor Weihnachten in seinem nicht so schnellen Tempo dreimal abgelaufen. Er ging erst nach dem Dunkelwerden los, woraus ich schloss, dass er niemanden treffen wollte. Es wäre ihm unangenehm, wenn ihn jemand ansprechen würde, und er ihm nicht antworten könnte. Solche Situationen kannte ich gut, und deshalb verstand ich den Vater, obwohl mich die Abendspaziergänge beunruhigten und ich nervös auf seine Rückkehr wartete.

Obwohl der Vater seine Sprache wiederfand und kurze, wenn auch schwer verständliche Antworten von sich geben konnte, sprach er nur ungern und nur, wenn es nötig war. Wahrscheinlich schämte er sich für seine Unvollkommenheit, so wie er sich das ganze Leben für mich schämte.

Seine Gesundheit besserte sich so sehr, dass die häusliche Ordnung wieder in ihre alten Gleise zurückkommen könnte. Aber ich blieb auch weiterhin mit der kleinen Petra in der Erdgeschossküche und der Vater schloss sich nicht in seinem Zimmer ein. Wenn Martin von der Arbeit heimkam, aßen wir gemeinsam am großen Tisch, an dem früher Běla ihre Collagen anfertigte, und gingen erst danach hoch, um die Kleine hinzulegen, und ließen den Vater allein. Am Morgen gingen Petra und ich wieder hinunter, wo er meistens schon am Tisch saß und frühstückte. Ich machte Frühstück für uns beide, und während ich aß, hielt der Vater Petra auf dem Schoß und gab ihr die Flasche. Das Leben kehrte in seine Bahnen zurück und im Haus herrschte jetzt die Behaglichkeit, nach der ich mich das ganze Leben lang sehnte. Als ich mich Martin mit meinen Gedanken anvertraute, lachte er und sagte, dass sich im Haus nichts geändert hätte, alle waren noch dieselben, nur ich würde die Welt unter dem besänftigenden Einfluss der mütterlichen Hormone sehen. Aber ich wusste meinen Teil.

Obwohl Dezember war und die Festtage vor der Tür standen, konnten wir von weißen Weihnachten nur träumen. Die kurzen Tage waren feucht und windig, die Straßen grau und schmutzig und die Gärten verlassen. Auch der Vater schränkte seine Spaziergänge auf eine obligatorische kleine Runde ein und setzte sich dann gern wieder mit einem Buch in den Sessel oder an den Rechner. Ich war jedes Mal erleichtert, wenn er zurückkam, weil er immer noch nicht so stark war und ich Angst hatte, er könnte auf dem nassen Gehweg ausrutschen, der mit einbrechender Dunkelheit an manchen Stellen überfror, oder dass ihn ein heftiger Windstoß umwarf.

Ich zog ein weiteres Blech mit Mürbeteigplätzchen heraus, die ich am liebsten mochte, und legte ein paar noch warme auf ein Tellerchen.

Ich tat eine Scheibe Zitrone und einen Löffel Honig in den frisch aufgebrühten Tee und stellte beides auf das Tischchen neben Vaters Sessel. Ich lehnte mich mit der Hüfte an den Sessel und schaute auf das Notebook, um zu sehen, wie viele Schritte der Vater an diesem Tag gegangen war. In diesem Moment klappte er das Notebook heftig zu und schoss mir einen Blick zu, wie ich sie gut aus meinen Kindertagen kannte.

Ich begriff sofort, dass unsere Annäherung Grenzen hatte.

Es ging mir nicht aus dem Kopf, was der Vater in dem Moment im Rechner gemacht hatte. Er würde doch nicht die Zahl der gegangenen Kilometer oder einen Artikel über eine neue Narzissensorte vor mir verstecken. Mir fiel ein, er könnte ein Weihnachtsgeschenk bestellt haben. Aber so lange mein Gedächtnis zurückreichte, bekamen wir von ihm zu Weihnachten einen Umschlag mit Geld. Den weißen, zugeklebten Umschlag konnte ich nicht leiden und Martins Erklärungen, dass Männer einfach nicht gern einkauften und das auch nicht konnten, tröstete mich nicht. Für mich war der Umschlag ein

Zeichen für Vaters Kälte und unsere gegenseitige Entfremdung.

Wenn der Vater aber nichts verbergen wollte und das Notebook einfach nur zuklappte, um mich in meine Schranken zu weisen, bedeutete das, dass ich mich geirrt hatte. Ich dachte, der Vater und ich kämen uns gegenseitig näher, aber was, wenn er uns nur für die Zeit seiner Krankheit brauchte, und deshalb seine Abneigung gegen mich überwinden musste?

Die ganze Nacht wälzte ich mich unruhig herum und wurde von unangenehmen Träumen aus dem Schlaf gerissen. Als der Vater am anderen Tag zu seinem regelmäßigen Spaziergang aufbrach, öffnete ich das Notebook, das auf dem Sessel lag. Er konnte sehr gut damit umgehen, aber mit einigen Details, wie das Sperren des Computers mit einem Passwort oder das Löschen des Verlaufs, hielt er sich nicht auf. Oder vielleicht hatte er auch keine Ahnung davon. Ich klickte auf die letzte Suche und las mir die Links durch.

Namen von Blumen, Anweisungen für Sprechübungen und ein paarmal ein Name, geschrieben mit diakritischen Zeichen und ohne: Blanka Žáková.

Gleich an dem Abend, als ich feststellte, dass der Vater versuchte, etwas über Blanka Žáková herauszufinden, nahm ich mein Notebook mit nach oben in die erste Etage, und als ich Petra hingelegt hatte, begann ich mit meinen eigenen Nachforschungen. Zuerst schrieb ich den Namen in die Suchmaschine und dann versuchte ich die sozialen Netzwerke. Der Nachname Žáková ist aber so häufig, dass mir gleich Dutzende Profile angezeigt wurden. Also versuchte ich den Namen ohne Zeichen und ohne weibliche Endung einzugeben, was eine der Varianten war, die ich in Vaters Rechner sah. Es gab weniger Ergebnisse, aber ich konnte mich nicht darin zurechtfinden. Ich brauchte mehr Angaben, die die Suche eingrenzten. Ich musste mehr über diese geheimnisvolle Blanka erfahren.

Eins war klar. Blanka Žáková war Vaters – und also auch meine – Verwandte. Ganz sicher war das die Frau, mit deren Namen mich vor Jahren die kranke Großmutter ansprach. Der Vater behauptete damals, die Großmutter sei verwirrt und spreche über ihre Schwester, aber das glaubte ich nicht. Blanka stand der Großmutter sicher nah, wenn sie an ihrem Lebensende an sie dachte. Sie verwechselte sie mit mir, was durch Großmutters schlechten Zustand erklärbar war, aber vielleicht auch damit, dass sie diese Blanka lange nicht gesehen hatte. Ich erinnerte mich sehr gut, wie nervös der Vater wurde und wie schnell er mich aus dem Krankenhaus fortbrachte. Schon damals kam mir das Benehmen des Vaters seltsam vor, und deshalb schrieb ich die Briefe …

Ich nahm die Hände von der Tastatur und legte sie in den Schoß, weil ich daran denken musste, wie damals meine Suche ausging. Das einzige Ergebnis des schwachen Versuches, etwas über die Vergangenheit unserer Familie zu erfahren, war ein böser Brief, den ich vernichtete. Aber sein Inhalt hatte sich sowieso für immer in mein Gedächtnis gegraben. Dein Vater ist ein Schwein … Ich entsann mich der Wochen, die ich in der Angst verbrachte, böse Geister aus verflossenen Jahren geweckt zu haben. Vielleicht sollte ich meine Lehre daraus ziehen und die Vergangenheit ruhen lassen.

Blanka Žáková ... Was, wenn der Vater schon einmal verheiratet war, bevor er Mama heiratete? Nein, das nicht. Wahrscheinlicher war, dass Blanka Vaters Schwester war – deshalb erinnerte sich die Großmutter an sie. Sie hatte Sehnsucht nach der verlorenen Tochter und wollte sich wenigstens von ihr verabschieden. Blanka war offensichtlich emigriert und in der Welt verloren gegangen. Mein Vater ärgerte sich über sie, konnte ihr nicht verzeihen, und brach deshalb den Kontakt mit ihr ab. Die Großmutter kannte vielleicht Blankas Adresse, aber nach ihrem Tod und dem von Tante Doubravka riss der Kontakt ab. Mit zunehmendem Alter und der Krankheit hatte der Vater vielleicht den alten Groll abgelegt und sich entschlossen, die Schwester zu finden.

Ich hatte das Gefühl, dem Geheimnis namens Blanka auf den Grund gekommen zu sein. Ich beschloss, mit den Nachforschungen fortzufahren, aber dazu musste ich mehr wissen. Wenn ich den Vater fragen würde, wäre ihm klar, dass ich in seinen Rechner geschaut hatte und damit in seine Privatsphäre eingedrungen war. Ich würde die zarten Fäden unserer zerbrechlichen Verbindung zerstören und davor fürchtete ich mich. Die Einzige, die etwas wissen konnte, war Běla.

Am nächsten Tag machte ich mich bei unserem regelmäßigen Spaziergang mit dem Kinderwagen zu Besuch zu der Frau auf, die mir in der gesamten Kindheit und beim Heranwachsen eine Mutter und die beste Freundin war. Ich vertraute ihr und hoffte, dass auch sie mir so sehr vertraute, dass sie mir sagte, was sie wusste.

Běla war von dem Besuch zu der ungewohnten Zeit überrascht. Normalerweise ging ich am Sonntagnachmittag zu ihr, manchmal verabredeten wir, dass sie den

Kinderwagen mit der kleinen Petra bei uns am Tor abholte, damit sie sich an ihr erfreuen konnte und ich ein paar Stunden in Ruhe arbeiten oder mich einfach ausruhen konnte. Obwohl ich sie einlud, ging sie nie weiter als bis zum Tor. Sie wollte den Vater nicht treffen, und mich wunderte das nicht. Sie hatte keine schönen Erinnerungen an das Zusammenleben und die schlechten wollte sie nicht aufleben lassen.

Bělas Zimmer roch nach der bekannten Mischung aus Kleber und Lavendel und ich dachte jedes Mal, wenn ich mich in den Flechtsessel am Tischchen mit den Zeitschriften setzte, die dort zum Zerschneiden bereitlagen, an meine Kindheit. Běla schob den Haufen beiseite, stellte zwei Kaffeetassen auf den Tisch und nahm mir Petra ab. Sie hielt sie auf dem Schoß und die Kleine sah dabei zufrieden aus. Ich schob Běla ein Blatt mit dem Namen Blanka Žáková zu und der Frage, ob sie den Namen je gehört hatte. Běla antwortete nicht, wippte nur weiter schweigend Petra auf den Knien und schaute auf den mit großen Druckbuchstaben geschriebenen Namen. Mir schien, dass sie nachdachte, ob sie mir sagen sollte, was sie wusste, dass sie versucht war, mir die Wahrheit zu verraten. Aber dann krauste sie die Stirn, schaute mich mit demselben Ausdruck an, als sie ablehnte, mir mit dem kranken Vater zu helfen, und sagte, danach müsse ich den Vater fragen. Bitte, schrieb ich auf das Papier, aber Běla schüttelte den Kopf. In die Angelegenheiten deines Vaters habe ich mich nie eingemischt und werde mich auch nicht einmischen. Vielleicht solltest du dasselbe tun, fügte sie hinzu.

Ich kannte sie so gut, dass ich wusste, dass sie mir nichts sagen würde. Ich wusste nur nicht, ob sie wirklich überzeugt war, ich solle mich nicht in des Vaters Angelegenheiten mischen, oder ob sie einfach Angst vor ihrem Mann hatte.

Ein paar weitere Abende verbrachte ich am Computer. Aber es ist schwer zu suchen, wenn man nicht einmal weiß, wen man eigentlich finden will. Nach einigen Tagen erfolgloser Suche gab ich auf. Vielleicht jagte ich einer Chimäre hinterher, jemandem, der überhaupt nicht existierte. Vielleicht hatte ich mir den Namen in Vaters Suchverlauf falsch erklärt. Vielleicht schien es mir nur so, dass Běla der Antwort auswich. Blanka Žáková lebte nur in meinem Kopf, also war es überflüssig, nach ihr zu suchen. Ich klappte das Notebook zu und nahm mir ein Buch.

Das Weihnachtsfest erlebten wir schon ein paar Jahre im Schmutzwetter und eine winterliche Atmosphäre wurde nur durch die Weihnachtslieder und die Märchen im Fernsehen erschaffen. Das Jahresende war friedlich, zu Silvester stießen wir mit Sekt an, weil ich Petra nicht mehr stillte und der Vater sich so gut fühlte, dass er sich ein Gläschen gönnen konnte. Schnee fiel erst Mitte Januar, als niemandem mehr etwas daran lag und sich alle schon auf den Frühling zu freuen begannen, bis zu dem es aber noch ziemlich lange hin war.

Anfang März rief der Vater den Frühling mit der Internetsuche nach interessanten Pflanzen und dem Aufpassen auf die kleine Petra herbei, während ich auf dem Gehweg vor dem Haus Schnee schippte. Ich kam ganz durchgefroren wieder herein. Deshalb kochte ich mir Tee und setzte mich in eine Decke gemummelt an den Tisch, um die Zeit zu nutzen, bis Petra aufwachte, und wenigstens eine halbe Stunde zu arbeiten. Ich öffnete den Rechner, meldete mich im Internet an und klickte auf das Symbol, das mir zeigte, dass ich Nachricht von einer *Blaza* hatte.

Liebe Bohdana, begann sie, und in dem Moment wurde mir heiß, weil ich begriff, dass mir keine Bláža schrieb, sondern das nur eins bedeuten konnte – eine Antwort auf meine Suche nach Blanka Žáková.

Ich drehte den Rechner so, dass der Vater nicht den Bildschirm sehen konnte, und las weiter.

Liebe Bohdana, ich könnte schreiben, dass ich zufällig auf die Nachricht, in der Sie eine Blanka Žáková suchen, gestoßen sei, aber das wäre nicht die Wahrheit. Ich versuche schon seit Jahren vergeblich, Verwandte zu finden, die ich vor meinem Weggang ins Ausland in Prag zurückließ. Vor fünf Jahren habe ich mich in meine alte Heimat an die Adresse meiner ehemaligen Wohnung aufgemacht und an die Adressen meiner Verwandten, aber ich habe niemanden aus der Familie gefunden. Nur die neuen Bewohner der großmütterlichen Wohnung sagten mir, dass die ehemalige Bewohnerin im Pflegeheim gestorben sei. Nicht nur Ihr Name, sondern auch Ihr Profilbild überzeugt mich, dass ich endlich auf der richtigen Spur bin. Sie schreiben, dass Sie Blanka Žáková suchen, eine Verwandte von Svatopluk, Rostislav, Doubravka und Hedvika Žák. Svatopluk ist mein Papa und meine Mama heißt Eva. Doubravka, Rostislav und Hedvika sind die Geschwister meines Vaters. Hedvika ist gestorben, als ich klein war. In den achtziger Jahren, vor meiner Emigration, lebten wir in Prag in

Žižkov. Sie, Frau Bohdana, kann ich nicht einordnen, aber ich nehme an, dass Sie die Tochter von Onkel Rostislav sind und erst nach meiner Abreise aus dem Land geboren wurden. Allem Anschein nach sind wir Cousinen.
Bitte, schreiben Sie mir die Adresse meiner Eltern, ihre Telefonnummer, irgendeine Adresse – egal was, damit ich mich mit ihnen in Verbindung setzen kann. Ich hoffe, dass es Ihnen allen gut geht. Seit meiner Abreise habe ich keine Nachrichten von meiner Familie und kann es nicht erwarten, alle wiederzusehen. Ihre Blanka

Svatopluk ist mein Papa und meine Mama heißt Eva …

Auf einmal bekam ich keine Luft mehr, meine Augen füllten sich mit Tränen und meine Hände begannen zu zittern. Eine Schwester. Blanka war meine Schwester. Langsam, um nicht des Vaters Aufmerksamkeit auf mich zu lenken, klappte ich das Notebook zu, stand vom Tisch auf und ging aus der Küche. Ich schloss mich im Bad ein, setzte mich auf die Wanne und fing an zu heulen.

Ich war fast drei Jahrzehnte auf der Welt, und hatte keine Ahnung, dass ich eine Schwester hatte. Wenn Blanka nicht ins Ausland verschwunden wäre, wäre ich überhaupt nicht auf der Welt. Warum hatte mir keiner gesagt, dass ich ein Ersatz war?

Blanka muss ein außergewöhnliches Mädchen gewesen sein, weil man zum Emigrieren Mut und Selbstbewusstsein brauchte. Ich wäre zu so einem schwierigen Schritt nicht fähig. Auch wenn ich meine Reisen nicht mehr planen und vorher durchdenken muss, fühle ich mich immer noch besser dort, wo ich mich auskenne. Blanka war es, die früher auf dem Klavier spielte, das heute im Wohnzimmer steht, an sie dachte der Vater, wenn er mich ansah. Das Ersatzkind, das seiner ersten Tochter nicht das Wasser reichen konnte.

In meine Trauer schlich sich Wut. Sie hatten mich betrogen. Eigentlich hatten sie mich die ganzen langen Jahre betrogen. Sie haben sich nicht einmal herabgelassen, mir zu sagen, dass ich eine Schwester hatte. In den Jahren des Heranwachsens hätte mir der Gedanke, eine ältere Schwester zu haben, sehr gefallen.

Aber jetzt ... Musste sie wirklich genau in dem Moment auftauchen, in dem ich nach vielen Jahren endlich das Gefühl bekam, einen Papa zu haben?

Für einen kleinen Augenblick hatte ich den Gedanken, mein Facebookprofil zu löschen und niemandem von Blankas Nachricht zu erzählen. Dann stellte ich mir vor, wie der Vater im Sessel saß und wie zärtlich er die kleine Petra in den Armen hielt. Wie wäre es wohl mir und Martin zumute, wenn sie auf einmal für lange Jahre aus unserem Leben verschwände und wir keine Nachricht von ihr hätten? Wir wüssten nicht einmal, ob sie noch lebte, so wie offensichtlich Blanka nicht wusste, dass ihre – unsere – Mama schon vor mehr als einem Vierteljahrhundert gestorben war. Ich musste wieder heulen, aber diesmal bedauerte ich nicht mich, sondern ich weinte über Blanka, die sich freute, nach vielen Jahren die zu treffen, die sie verlassen hatte.

Ich spülte mir das Gesicht ab, und obwohl meine Augen immer noch rot vom Weinen waren, ging ich in die Küche zurück.

Ich überlegte, ob ich jemandem die Nachricht zeigen sollte – Vater, Martin oder Běla –, aber dann beschloss ich, auf eigene Faust zu handeln. Am Abend las ich wieder, was Blanka schrieb, und tippte meine Antwort.

Ich wusste nicht, wo ich anfangen sollte. Ich kannte die Gründe nicht, die Blanka zur Flucht aus dem Land getrieben hatten, in dem sie geboren wurde, und von den Menschen, die sie gernhatte. Wie sehr musste ein Mensch in seiner Heimat unzufrieden und unglücklich sein, um die Sicherheit des Heims und seine Nächsten zu verlassen, obwohl er nicht wusste, ob er sie je wiedersehen würde? Ich kannte Blankas Lebensgeschichte nicht und konnte nur raten, welche Worte ich wählen sollte, um ihr mit der Nachricht, dass von ihrer Familie nur ein Torso übrig war, so wenig wie möglich weh zu tun.

Ich schrieb ihr von Mamas Tod, meinem Schweigen, Vaters Krankheit, lud sie zu uns ein und versprach, ihr das Heft mit meinen Aufzeichnungen zum Lesen zu geben, damit sie sich selbst ein Bild machen konnte, wie wir hier lebten.

Ich überließ es ihr zu entscheiden, ob ich dem Vater sagen sollte, dass wir uns gefunden hatten, und Blankas Antwort verwunderte mich. *Ich überrasche Papa lieber*, schrieb sie. *Ich möchte nicht riskieren, ihn um seine Erlaubnis zu fragen. Wenn er die ganzen Jahre nicht von mir gesprochen hat, heißt das, dass er noch ärgerlich ist. Vielleicht will er mich nicht sehen, vielleicht schickt er mich fort, aber ich muss ihn sehen und ihn bitten, mir zu verzeihen. Ich erledige ein paar Dinge und komme sofort, wenn es möglich ist. Kannst du mir wenigstens ein paar Fotos einscannen?*

Da ich Vaters Hartherzigkeit kannte, verstand ich Blankas Befürchtungen völlig, und so bat ich sie, mir wenigstens etwas aus ihrem Leben zu schreiben. Sie war überraschend knapp.

Ich bin von einem Ort zum anderen gezogen, schließlich fasste ich auf Ausflugsschiffen als Pianistin und Vokalistin Fuß. Jetzt arbeite ich schon seit Jahren auf einem der Schiffe als Betriebsleiterin. Ich war verheiratet, wir hatten weder Kinder noch Besitz, also ging die Scheidung ohne Schwierigkeiten vonstatten. Und dann schrieb sie einen Satz, den ich nicht verstand. *Ich habe das Leben, das ich verdiene. Nach einer Schuld muss die Strafe folgen und dann kommt vielleicht die Vergebung. Dadurch, dass ich davonlief, bin ich der Bestrafung nicht entronnen, ich habe sie nur in eine endlose Agonie verwandelt, aus der es kein Entrinnen gibt.*

Ich hatte überhaupt keine Ahnung, was sie meinte. Vielleicht erfahre ich es, wenn Blanka kommt – schon **im Frühling ...**

20 / VATER UND TOCHTER

Im Frühling lief Svatopluk schon durch den Garten und kontrollierte, ob die Angestellten der Gartenbaufirma ihn, der nach einem ganzen Jahr unzureichender Pflege und dem windigen Winter ganz heruntergekommen war, in Ordnung gebracht hatten. Den gesamten Garten aufzuräumen, war für ihn eine nicht zu bewältigende Aufgabe, aber Samen in die Erde zu legen und in dem reparierten Gewächshaus die mitgebrachten Setzlinge zu pflanzen, das würde er schaffen, da war er sich sicher. Er brachte sich den Holzhocker mit in das Gewächshaus und stellte ihn auf den Gang. Er setzte sich versuchsweise hin und nahm die dunkle Erde in die Hand. Seit seinem Schlaganfall war ein Jahr vergangen, in dem Svatopluk oftmals dachte, er würde nie mehr zur Gartenarbeit zurückfinden.

In den ersten Tagen und Wochen nach der Entlassung aus dem Krankenhaus übte er jeden Tag. Mit einem Bemühen, das an Verzweiflung grenzte, hörte er auf jede Anweisung des Rehabilitationspersonals, und obwohl sein Zustand sich verbesserte, war er nicht zufrieden. Er kämpfte mit unüberwindbarer Müdigkeit und am meisten quälte ihn, dass er nicht sprechen konnte. Sein Hals war zugeschnürt und die Zunge schwer und gehorchte ihm nicht. Von Zeit zu Zeit verfiel er in Hoffnungslosigkeit, aber dann gab es wieder einen Fortschritt – besseres Festhalten des Balls oder ein paar Schritte durchs Zimmer ohne die Hilfe der Assistentin – und Svatopluk ärgerte sich über sich selbst für die vorübergehende Schwäche. So viele Leute gehen ohne Folgen aus einem

Schlaganfall hervor, oder nur mit kleiner Behinderung, also warum sollte mir das nicht auch gelingen? Das wiederholte er sich immer wieder. Ich bin noch nicht so alt, ich habe noch ein paar Jahre vor mir. Ich will sehen, wie Petra groß wird, ich will herausfinden, was mit Blanka passierte ...

Im vergangenen Herbst, in den Tagen, als das nicht zusammengeharkte Laub im Garten durch den ersten nassen Schnee schimmerte, schaffte er es, ohne Stock durchs Haus zu gehen. Dann traute er sich auf kurze Spaziergänge hinaus und seine Hand war ausreichend fest, um die kleine Petra auf dem Schoß zu halten, wenn Bohdana sie ihm in den Sessel reichte, der am Fenster stand. Aber zu sprechen schaffte er nicht.

Die Stille, die zwischen ihm und Bohdana schwebte, änderte sich aber. Auch er brauchte zur Verständigung mit ihr jetzt keine Worte mehr. Er lernte die Sprache der fragend hochgezogenen Augenbraue, der gekrausten Nase, der zusammengekniffenen Augen, kleiner Lächeln und feiner Gesten, die lange vor ihm Běla zu beherrschen lernte und dann auch Martin. Auf einmal verstand er sich ohne Worte mit der Tochter. Und Bohdana, die an ein Leben in Schweigen gewöhnt war, verstand ihn.

Es blieb so viel unausgesprochen, dachte Svatopluk. Aber vielleicht war das gut so. In meinem Leben habe ich zu viele Worte gesagt, die nie hätten ausgesprochen werden sollen ...

Mit einem Holzstab zeichnete er die Reihen an, riss die Papiertüte auf, schüttete den Samen in die Handfläche und legte ihn in flache Vertiefungen und schob sie vorsichtig zu.

Er beendete gerade die zweite Reihe, als er die Klingel hörte. Das war wohl der Besuch, dessentwegen Bohdana schon zwei Tage putzte. Sie hatte sogar einen Marmorkuchen gebacken und zum Mittag Lendenbraten gemacht. Vielleicht sollte ich mich für die paar Tage, die Bohdanas Freundin hier sein würde, in mein Zimmer zurückziehen, damit sie ihre Privatsphäre hatten. Und ich letzten Endes auch, dachte er und fuhr mit der Arbeit fort.

Heute würde er eine Seite des Gewächshauses einsäen, die Setzlinge kommen morgen an die Reihe. Der Doktor meinte, er solle sich nicht überlasten, damit es nicht wie im vergangenen Jahr endete. Er seufzte. Trotz aller Anstrengungen der Logopädin und seiner selbst, war die Sprache nicht wieder zurück und ein Bein war noch immer schwächer. Aber der linke Arm war schon vollkommen in Ordnung. Bestimmt kann er Martin mit der Montage der Kinderrutsche für die kleine Petra helfen. Einen Platz hatten sie schon ausgesucht.

Die Gedanken und Pläne jagten ihm durch den Kopf und übertönten die Geräusche aus der Umgebung. Er bemerkte nicht den Wind in den Ästen, den Vogelgesang, die entfernten Rasenmähergeräusche und auch nicht die Schritte, die sich dem Gewächshaus näherten. Dann erfasste er aber den Schatten zweier Gestalten und hörte eine zaghafte Stimme.

„Papa?"

Alena Mornštajnová im Unionsverlag

Hana

Mira findet, dass es sich manchmal lohnt, ungehorsam zu sein. Zum Beispiel für einen wagemutigen Ritt auf einer Eisscholle. Triefend nass erwartet sie als Bestrafung Erbsenpüree zum Abendbrot, doch die wahren Folgen ihres unschuldigen Abenteuers bringen ihre Welt zum Stillstand. Das Schicksal bindet Mira an ihre seltsame Tante Hana: Spindeldürr und schweigsam, sieht sie in ihren ausgeleierten schwarzen Pullovern aus wie ein Nachtfalter. In dem Versuch, miteinander auszukommen, lernt Mira langsam zu verstehen, warum ihre Tante sich so schwer im Leben zurechtfindet, und was das leise hinter ihren Rücken gemurmelte »Jude« bedeutet. Über drei Generationen hinweg entfaltet sich eine aufwühlende wie berührende Familiengeschichte, gelenkt von grausamen Mächten, aber auch von selbstloser Liebe.

Stille Jahre

Bohdana wohnt in dem Haus am Ende der Straße, wo der Lavendel vor den Fenstern blüht und sich bunte Zeitschriften auf dem Küchentisch türmen. Während Bohdana mit ihrer Stiefmutter Papiervögel bastelt, verschanzt sich ihr Vater hinter mürrischen Kommentaren. Erst als ihre Großmutter sie mit einem anderen Namen anspricht, beginnt Bohdana zu ahnen, dass der Vater ihr etwas verschweigt. Vierzig Jahre früher wuchs er unter den Versprechen des Kommunismus auf. Begeistert widmete er sein Leben der Partei. Warum fand sein Glück ein jähes Ende? Alena Mornštajnová erzählt die Geschichte einer zerrissenen Familie, die entgegen aller Wahrscheinlichkeit versucht, wieder zusammenzufinden.

»Geschichten so zu erzählen, dass sie die Lesenden nicht mehr loslassen, ist das Geheimnis guter Bücher. Alena Mornštajnová schreibt solche Geschichten.« *Der Haubentaucher*

Mehr über Autorin und Werk auf *www.unionsverlag.com*

Ursula Hegi im Unionsverlag

Die Andere

Trudi Montag wünscht sich ganz fest, so groß zu werden wie die anderen Kinder, aber ihr Körper wächst einfach nicht mehr. Als sie älter wird, beginnt Trudi zu verstehen, dass sie in ihrem kleinen Dorf am Rhein immer die »Andere« sein wird. Aber Trudi hat etwas, was sonst niemand hat: Geschichten. In der Leihbücherei ihres Vaters saugt sie alles auf, was die Leute erzählen, sammelt Geheimnisse, Wünsche und Wahrheiten. Doch mit den Jahren wird der Ton im Dorf ein anderer. Braunhemden schwingen wütende Parolen, und der Metzger stellt Alpenveilchen vor das Porträt des Führers. Die Geschichten werden düsterer, und schließlich kann Trudi nicht mehr nur zuhören. Ursula Hegis Geschichte eines deutschen Dorfes im Dritten Reich ist einer der großen, vergessenen Romane der deutschen Literatur.

»Kühn, aufwühlend und vielschichtig. Meisterhaft erzählt Ursula Hegi über das Leben in Deutschland in der Zeit des Nationalsozialismus.« *Oprah Winfrey*

»Dieses Buch musste geschrieben werden. Ein Roman, episch breit und lang wie ein Strom, ein gewichtiges Werk mit gewaltigem Thema, deutsche Geschichte vom ersten bis zum zweiten Weltenbrand, vom Aufstieg der Braunhemden, ihrer Barbarei und ihrem Verschwinden im Schweigen der Nachkriegszeit, erzählt aus der entlarvenden Perspektive eines kleinwüchsigen Menschen.« *Der Spiegel*

Mehr über Autorin und Werk auf *www.unionsverlag.com*

Adam Andrusier im Unionsverlag

Tausche zwei Hitler gegen eine Marilyn
»Schon wieder die Nazis?«, fragt Adams Mutter, wenn der Vater bereits beim Frühstück einen leidenschaftlichen Vortrag über die Verbrechen des Dritten Reichs hält. Oder im Skiurlaub dem deutschen Ehepaar stolz seine Postkartensammlung zerstörter Synagogen präsentiert. Dass er die Familie dann auch noch regelmäßig zum Israelischen Volkstanz schleift, bringt nicht nur die Mutter zur Verzweiflung. Adam jedoch weiß sich zu retten: Eine echte Berühmtheit zieht in ihren Londoner Vorort, und Adam ergattert ein Autogramm. Bald schreibt er von Sinatra bis Mandela alles an, was Rang und Namen hat, und verfällt einer Leidenschaft, die alles andere in den Schatten stellt. Eine Komödie mit Widerhaken über das Erwachsenwerden, jüdischen Familienirrwitz und das unbedingte Verlangen nach Freiheit.

»Ein humorvolles, herzerwärmendes Buch über das Heranwachsen in der Vorstadt, das Fan-Dasein und so vieles mehr. Eine vergnügliche, anrührende Lektüre.« *Zadie Smith*

»Vom Autogrammsammeln erzählt Andrusier sehr witzig mit feiner Selbstironie. Ein warmherziger Blick auf einen Kosmos von Exzentrikern und gefälschten Unterschriften.« *ZDF*

»Eine wahre Geschichte: Adam Andrusier, der hier seinen sehr unterhaltenden Erstling vorlegt, ist nach einer Jugend als Sammler schließlich Autografenhändler geworden. Dieses lustige Buch ist ein Spaziergang durch unbekannte Welten, wahnsinnig interessant.« *Elke Heidenreich*

Mehr über Autor und Werk auf *www.unionsverlag.com*

Im Wieser Verlag erschienen

MICHEL JEAN *Maikan – Der Wind spricht noch davon*
Seit der Mitte des 19. Jahrhunderts bis 1996 wurden rund 150 000 Kinder in etwa 139 kirchlichen Internatsschulen (davon zehn in Québec) gebracht, deren Ziel es war, den »Indianer im Kind zu töten«. Dieser Roman erzählt das Schicksal von drei jungen Innu, Marie, Virginie und Thomas, die im August 1936 ihren Familien entrissen und mit dem Flugzeug in das tausend Kilometer entfernte Internat Fort George in der James Bay gebracht wurden, wo es ihnen verboten war, ihre Sprache zu sprechen, sie nur noch eine Nummer waren und hilflos brutalen Übergriffen und sexuellem Missbrauch von Seiten der Mönche und Nonnen ausgesetzt waren, die sie »Wölfe« (maikan) nannten.
2013 macht sich die Anwältin Audrey Duval auf die Suche nach ehemaligen Internatsschülern, um ihnen zu der von der kanadischen Regierung zugestandenen Entschädigung zu verhelfen. Und sie muss feststellen, dass ihre Namen spurlos aus dem Indianerregister verschwunden sind. Auf abenteuerlichen Wegen findet sie schließlich Marie in einem abgelegenen Dorf, die ihr ihre Geschichte erzählt.

»Tausende indigene Kinder im Quebec wurden in Internate zwangsverbracht und dort ihrer Namen und Sprache beraubt. Auch Angehörige des Autors Michel Jean: Im Doku-Roman *Maikan* erzählt er ihre Geschichte.« *Die Presse*

www.wieser-verlag.com